# Le Fils du professeur

Luc Chomarat

# Le Fils du professeur

ROMAN

la manufacture de livres

Si vous souhaitez recevoir notre catalogue
et être tenu informé de nos publications,
envoyez vos coordonnées en citant ce livre à :

La Manufacture de livres, 101 rue de Sèvres, 75006 Paris
ou
contact@lamanufacturedelivres.com

ISBN 978-2-35887-774-9

*« Il y a des choses, voyez-vous, qu'on ne trouve pas dans les livres. »*

Joseph Conrad

*À mon frère*

1

# Pénicilline

Quand j'étais enfant je trouvais tout normal. Ma mère m'enfermait régulièrement dans la cave, dans le noir complet. Je trouvais ça normal.

La cave était située sur le palier. Chaque appartement disposait de ce petit réduit où l'on pouvait caser tout ce qui encombrait, les balais, le seau, la serpillère, et moi. Au début des années soixante j'étais une petite chose à peine débarquée, mais j'étais tellement furieux que je donnais des coups de pied dans la porte pendant des heures, ou ce qui me semblait des heures, hurlant et trépignant et crachant des larmes de rage. Puis après j'avais peur, je m'asseyais dans un coin, silencieux comme les ombres, guettant son pas à l'extérieur. Peut-être qu'elle allait me laisser là pour toujours ? On ne sait jamais avec les femmes.

Quand je dis que je trouvais ça normal, c'est tout simplement que je n'avais aucun moyen de comparer. Je ne savais pas comment ça se passait pour les autres enfants. On ne parlait pas de ça, à l'école. Car j'allais à l'école, depuis quelque temps. Un jour j'étais sorti de la cour très fier et j'avais annoncé : « J'ai un copain il s'appelle idiot. »

Pour une raison aujourd'hui obscure, je considérais ça comme un titre de gloire. Ça et le fait qu'il savait siffler. Il savait siffler, je ne blague pas. Pourtant lui aussi était haut comme un champignon. Ma mère se livra à une rapide enquête, et il s'avéra que mon copain s'appelait en fait Irridio, comme son père qui était italien. Ce fut une première défaite contre la réalité.

Après, j'ai étouffé. Les parois du cou se sont resserrées au milieu de la nuit, une nuit chaude et sèche. Étouffer, j'avais l'habitude. J'étais arrivé sur terre avec une double circulaire du cordon. La double circulaire du cordon laisse des traces : le désir de vivre, d'aller vers la lumière, entraîne la suffocation et la mort possible. Plus on va vers l'air libre, plus on meurt. Les enfants sont décidément une cause de souci.

On étouffait de toute façon, je suppose. Les grands ensembles, comme on les appelait à l'époque, étaient une nouveauté. Enfin, c'est à la télé qu'on parlait de grands ensembles. Maman disait : « la maison », mais la plupart des gens parlaient de cages à lapins. Je croyais que ça avait quelque chose à voir avec le fait que j'étais son petit lapin. Mais ce n'était pas la vraie raison. Avant, personne n'avait pensé à entasser autant d'êtres humains dans des espaces aussi étriqués, sauf peut-être quand on les mettait en prison. Si par exemple ils avaient tué leur femme, ou volé l'argent des impôts.

C'était un minuscule deux-pièces, mes parents avaient casé là le peu qu'ils avaient rapporté d'Algérie, les deux fauteuils en osier, les paniers kabyles et la table basse, kabyle elle aussi, et moi aussi il avait fallu me caser là. Moi aussi je viens d'Algérie.

J'aimais ma maison, ma cage à lapins, mais l'air devait être chaud et sec et le plafond à portée de main, et les parois du cou se sont resserrées dans la nuit chaude.

Mon père m'a enroulé dans une couverture. Les voilà en train de courir sur le parking de l'immeuble. Il faisait nuit, le ciel était noir comme un puits, partout autour de nous, on aurait dit qu'il dévorait les maisons. Je n'avais jamais vu ça, normalement je n'avais pas le droit d'être dehors à cette heure-là.

Je suis maintenant dans les bras de ma mère. La 2CV toute neuve a démarré tout de suite. Je me souviens de la beauté sidérante des néons de couleur qui défilaient derrière la vitre. J'ai dû perdre connaissance. Tout de suite après je regarde mon petit corps potelé, assis en couche sur la table d'examen, comme si je le voyais du dehors, et je sens ma respiration qui se calme comme après un gros chagrin. Les doigts froids du docteur sur ma peau. Je n'avais même pas senti la piqûre.

L'infirmière qui fut chargée de m'injecter régulièrement de la pénicilline, le mardi après l'école je crois, était d'origine italienne, comme Irridio, mon copain qui savait siffler. Mme Buzzi. C'était une femme courte et large, une sorte de cube qui éjectait ma mère de la pièce avec autorité. Les injections de pénicilline sont désagréables, à cause de l'épaisseur du liquide. Mme Buzzi, qui avait de grosses mains d'ours et détestait les enfants, faisait son possible pour que ce soit douloureux. Ça faisait un mal de chien, je n'ai pas peur de le dire.

Ensuite, se produisait le miracle. Mme Buzzi disparaissait avec sa mallette, et ma mère, une jeune femme toute fraîche, presque une enfant, apparaissait à la porte de ma chambre avec la petite voiture qu'elle m'avait promise.

– T'y es déjà allée ?

– Oui.

– Et t'es déjà revenue ?

Elle éclatait de rire devant ma bouille interdite, mes larmes oubliées qui séchaient déjà.

– Oui.

Une Jaguar type E. Je me souviens encore du jour de la Jaguar type E (elle ne choisissait pas toujours aussi bien).

– Une Jaguar, une Jaguar rouge !

Voilà probablement ce qu'éprouvent les hommes qui s'offrent enfin le véhicule de leurs rêves. Mais bien sûr, ce ne sera plus jamais un événement d'une telle ampleur. La dame de vos pensées vous offrant une Jaguar type E alors que vous venez de traverser une terrible épreuve. Ce ne sera plus jamais aussi intense.

Ma stupéfaction, bien sûr, ajoutait au plaisir. Car je savais très bien d'où venait la petite voiture. C'était une Matchbox, et les Matchbox on les trouvait uniquement à la maison de la presse, sur la colline en face quand ça remonte après l'école. Autant dire qu'elle avait volé jusque-là, je veux dire volé comme une sorcière, avec des ailes, un balai, quelque chose de pas normal. Personne au monde ne pouvait faire l'aller-retour à la maison de la presse, à huit cents mètres de là, sans parler de descendre et remonter les dix étages, en quelques secondes à peine.

Je n'ai jamais compris qu'elle avait acheté ma voiture le matin même, pendant que j'étais à l'école. Je n'ai jamais imaginé qu'elle pouvait anticiper cette séance de torture avec l'ignoble Mme Buzzi, quand j'en étais incapable. Pour donner une idée de ma naïveté à l'époque, la vision de ma mère se téléportant comme ils font dans *Star Trek*, ou traversant huit cents mètres de ciel le plus naturellement du monde, façon *Silver Surfer,* ça me semblait moins dingue, plus acceptable, que le fait qu'elle savait très bien que Mme Buzzi allait se pointer avec sa mallette et qu'elle n'avait rien fait pour empêcher ça, ou pour assurer notre fuite. Enfin, si, j'ai fini par comprendre. Mais il était tard, il était vraiment très tard, beaucoup plus tard dans ma vie et trop tard pour m'en remettre : ma mère était une magicienne.

Par ailleurs, elle savait que Zorro et Don Diego de la Vega étaient une seule et même personne. Comment elle avait compris ça, mystère. J'étais très sceptique, au début. Je fronçais les sourcils, sans quitter la télé des yeux.

– Mais ça peut pas être lui, Zorro, puisqu'il parle de Zorro.

– Oui, il parle de Zorro (elle avait toujours ce sourire enjôleur et sans réplique, je voyais bien qu'elle en savait long), mais je crois quand même que c'est lui, Zorro.

Évidemment la suite devait lui donner raison. Zorro et Don Diego de la Vega étaient bien une seule et même personne. Elle pouvait voir des choses qui échappaient au commun des mortels. Qui échappaient au sergent Garcia. Qui m'échappaient à moi.

## 2

# À côté

J'aimais faire des tours de manège. La plupart des enfants je crois aiment faire des tours de manège. Ce que je voulais vraiment c'était aller sur les autos tamponneuses, bien sûr. Mais je n'avais pas le droit. J'étais trop petit. Un jour j'ai été attiré par ce manège sur l'eau, des petits bateaux qui tournaient comme à Venise. Il n'y avait personne, personne à des lieux à la ronde. Mon père et ma mère me tenaient par la main, j'étais cette chose écartelée entre eux qui essayait de désirer quelque chose.

La dame qui tenait le manège aux bateaux s'est penchée sur moi avec un sourire.

– Tu veux ?

C'était une jolie dame, j'avais envie de lui faire plaisir, et puis un manège sur l'eau, je trouvais ça incroyable, mieux que tout ce que j'avais jamais vu. Mais j'ai hésité, j'avais peur parce qu'il n'y avait personne sur le manège. J'ai hésité trop longtemps et ils ont décidé pour moi, en riant tous les trois. Les deux mains qui me traînaient ont fait demi-tour et j'ai suivi, triste et soulagé. J'ai regardé par-dessus mon épaule la jolie dame qui s'éloignait.

Je ne l'ai jamais revue. De ma vie. Et je n'ai jamais revu un manège comme celui-là. Je raconte ça parce que c'était mon premier chagrin d'amour.

En général on s'entendait bien avec mes parents. J'avais l'impression de les connaître comme si je les avais faits. Une sorte d'évidence. Cette jeune femme très Nouvelle Vague, cinquante de tour de taille, des dents blanches et bien alignées, grande douceur un peu triste, un peu hébétée, c'était ma maman. L'autre, si grand que la plupart du temps je ne savais pas trop à quoi il ressemblait là-haut, c'était le professeur. Mon papa. Une voix qui descendait d'entre les nuages et qui s'entendait partout, même quand j'étais dans l'autre pièce, un peu comme un camion qui va nous doubler remplit tout le rétroviseur.

Parfois, je leur parlais de mes parents d'à côté. Cela les amusait beaucoup. On se demande pourquoi. Ils avaient l'air d'imaginer qu'ils étaient les seuls parents possibles. Que je ne pouvais pas changer. Mes parents d'à côté étaient des gens adorables, nettement plus âgés, bienveillants. Ils ne me grondaient pas, ils n'élevaient pas la voix comme mon père. Ils ne commettaient aucune des nombreuses erreurs de mes parents. En retour, je me montrais sage avec eux.

Et puis, mes parents d'à côté étaient tout le temps tous les deux. C'est encore une différence avec mes parents. Mon père, on n'est jamais sûrs qu'il va rentrer. On ne savait même pas s'il allait pouvoir rentrer d'Algérie. Je ne me sentais pas très en sécurité, sans lui. Je n'étais pas certain de pouvoir m'occuper de ma mère tout seul. J'étais tout petit.

Quand je leur parlais de mes parents d'à côté, je voyais bien qu'ils ne comprenaient rien. J'essayais de leur expliquer, c'est vrai qu'il me manquait encore des mots à ce moment-là. C'était pourtant pas compliqué à comprendre. Tout le monde a des parents d'à côté, pour pouvoir changer au cas où.

Ils ont bien rigolé en entendant ça. C'est encore un truc qui arrivait souvent. Je leur expliquais sérieusement quelque chose, et ils se marraient comme si j'avais raconté une blague.

– Je crois qu'ils existent surtout dans ton imagination, avait dit ma mère.

Je n'avais pas su quoi répondre. D'abord je ne savais pas ce que ça voulait dire, mon imagination. Et puis elle avait eu ce sourire, et elle avait passé la main dans mes cheveux. J'adorais ça, alors j'oubliais ce que j'étais en train de dire.

J'aime bien me promener avec ma mère cela dit, parce qu'elle est très jolie, plus jeune et bien mieux foutue que les autres mamans. J'aime bien ça, avoir une maman jeune et jolie, ça montre un peu aux autres de quoi je suis capable. Je la guide dans les allées du parc, je la tiens par la main. Elle va mieux maintenant, depuis qu'on est rentrés d'Algérie, et elle sourit souvent. Elle a ce sourire comme les filles à la télé, ce qui est assez rare quand on n'est pas dans la télé. Les gens ne sourient pas, dans l'ensemble, et ils ne sont pas très agréables à regarder. Ce n'est pas pour dire du mal des immigrés mais la mère d'Irridio a un peu l'air d'un cube, comme Mme Buzzi.

Quelqu'un qui est très important pour moi, aussi, c'est Josh Randall. Quand c'est l'heure d'*Au nom de la loi* à la télé, je n'y suis pour personne. Maintenant j'ai le droit de le regarder jusqu'au bout, je me couche plus tard, du coup.

Au début on voit juste sa carabine, c'est une Winchester à canon scié. Il la porte exactement comme un revolver, comme les autres cow-boys, sur le côté. Sauf que ce n'est pas un revolver, c'est une petite carabine. J'ai la même. Elle vient du marchand de journaux de la colline d'en face, comme mes petites voitures. Je n'ai pas le droit de l'emporter à l'école. À l'école on a des revolvers et des carabines qui marchent aussi bien, on les fait avec nos doigts.

À l'école avec Irridio on doit parfois se défendre contre les Indiens. Les Indiens attaquent en général en venant du fond de la cour et en galopant le long du mur de derrière. On les descend un par un sans faire de quartier. Irridio a un fusil et moi une carabine, ou alors deux pistolets. Parfois il est blessé, ou alors je suis blessé. Mais on finit toujours par les avoir.

– Ça va, Bill ?

– Oui, attention y en a un derrière toi.

Celui-là, on s'y met à deux pour le descendre, on tire tellement de balles qu'on y passe pratiquement toute la récré, presque autant que le temps qu'il nous a fallu pour le reste de la tribu. Pourquoi, je ne sais pas. Peut-être parce qu'il a essayé de nous prendre en traître.

Irridio après allume un cigare.

– On les a eus, conclut-il.

– Oui. Bien joué.

Il se met à siffler, comme ça, juste pour montrer qu'il sait faire.

Irridio a la sale habitude de m'abandonner dans le désert. Je ne comprends pas toujours ses raisons. Nous avons encore un vocabulaire limité. Ce qui est sûr, c'est que quand je le retrouve au saloon, je le tue.

Je dois donner à boire à mon cheval d'abord. Irridio siffle pour montrer qu'il n'a pas peur, puis après je le tue mais il me tue aussi. On continue de se tuer sans s'arrêter jusqu'à ce que nos mamans viennent nous chercher.

L'avion, mon avion, est un Super Constellation, un quadrimoteur qu'on reconnaît à son triple empennage. Je fais tourner les hélices avec les doigts, puis je le fais décoller au-dessus de ma tête en roulant sur le dos. C'est dans cet avion que nous sommes rentrés d'Algérie, avec ma mère. Un Super Constellation. À ce moment-là mon père, lui, n'a pas le droit de rentrer. Pas encore. La situation est très compliquée dans ce pays.

Il a serré ma mère dans ses bras, puis elle s'est éloignée. Elle est allée vers l'avion, dont les quatre moteurs tournent dans un bruit d'enfer. Elle porte le bébé, qui regarde tout avec des yeux ronds, et parfois s'endort : trop d'informations à la fois. Dans l'avion, elle le fait tomber par terre. Le bébé c'est moi.

« Quelle mère je fais ! »

C'est ce qu'elle se dit, tandis qu'elle le regarde rouler dans l'allée. Elle se dit aussi qu'il faut quand même qu'elle sorte de sa torpeur, et qu'elle ramasse le bébé.

Je ne sais pas où se situent mes parents d'à côté sur l'arbre généalogique. C'est un fait. Ma mère m'a montré comment ça marche un arbre généalogique, pour que je comprenne bien. Mais ça, c'était sa façon de voir les choses. Ce que je voyais moi, c'est qu'il y avait toute la place qu'il fallait sur l'arbre, puisque tout le monde ou presque était mort.

On était donc une toute petite famille, juste mon père, ma mère et moi. J'avais un ours, aussi. Presque tous les enfants avaient un ours, pour les aider à s'endormir. Je lui avais arraché les yeux et les oreilles, mais tout de suite après, j'avais regretté Je le serrais fort contre moi la nuit, je me disais qu'il était triste de ne plus rien voir.

Le soir ma mère me lisait parfois l'histoire d'*Apoutsiak*, le petit Esquimau. C'était un album du Père Castor, une collection de livres pour enfants qui tiennent avec des agrafes au milieu. Je crois bien que j'ai eu les meilleurs albums du Père Castor : *Le Tigre en bois, La Vache orange, La Grande Panthère noire* et *Apoutsiak* le petit Esquimau. Apoutsiak a une très grande famille avec des enfants qui courent partout. Au début, lui aussi est un enfant, mais dans la suite de l'histoire il devient un homme. Il finit par être grand-père. Il chasse des ours et il mange de la viande de phoque. Puis après, une nuit, il meurt et il monte au ciel.

Je crois que je me disais que cela fait partie des choses qui arrivent. Un jour on meurt et on monte au ciel. C'est la vie. Je n'avais pas peur.

Ma mère m'a demandé où habitaient mes parents d'à côté, et je lui ai dit, pas loin. Elle m'a demandé de lui montrer, mais ça c'est hors de question, je ne veux pas qu'elle vienne m'embêter quand je suis tranquille avec eux. Ce qui est très reposant, c'est qu'ils sont là, mais qu'ils me laissent faire ce que je veux. Il faut qu'il y ait quelqu'un, bien sûr. J'ai vraiment besoin de la présence d'adultes que je connais, à qui je peux faire confiance. Il m'est arrivé parfois de me retrouver seul, au parc, ou dans la cour de l'immeuble, ou même à la maison. Pas longtemps mais quand même, je me souviens d'avoir éprouvé une vraie panique. Je suis encore un trop petit enfant, je ne vois pas comment je pourrais m'en sortir tout seul.

Avec mes parents d'à côté, je me sens en sécurité. Mais en même temps, ils me laissent tranquille. C'est toute la différence. Quand j'en ai assez de me faire gronder, je m'enferme dans ma chambre et je vais les voir. Ils me regardent jouer. Mais ils n'interviennent pas, ils ne disent rien. Ils me regardent simplement en souriant, ils sont contents. Parfois je pousse un bateau sur le tapis comme si c'était la mer.

Mes parents doutent de leur existence. Je le vois bien, ça les fait rigoler. À leur place, je la ramènerais un peu moins. Un de ces jours, je pourrais bien décider de rester chez mes parents d'à côté pour de bon. Des fois j'y pense sérieusement.

Les livres ont commencé d'envahir la maison. Il y a à peine la place de s'asseoir, juste les deux fauteuils en osier, et moi je suis assis par terre la plupart du temps, comme une petite grenouille. Mais il y a déjà des livres partout. Et le président Kennedy vient d'être assassiné.

On lui a tiré dessus. Il était dans sa voiture et il a pris une balle dans la tête. On a attrapé le tueur mais presque tout de suite après, il s'est fait tuer par un autre type. Le rapport balistique est un peu bizarre, il y a des tas de zones d'ombre dans cette histoire.

L'assassinat de Kennedy restera un mystère. Et aussi la raison pour laquelle ma mère m'enfermait dans la cave.

# 3

# Lina

Quand nous partons pour la maison de Lina, il me semble parfois que nous n'y arriverons jamais, que nous allons nous perdre dans la forêt, comme dans les contes que ma mère me lit le soir.

Je pose des questions, le nez contre la vitre. C'est un si long voyage. Par exemple, là, à droite de la route, c'est la Meuse. C'est une des premières indications que me donne mon père. Ensuite la route et la Meuse se séparent, et nous nous enfonçons dans la forêt.

Mon père sait presque tout. Je crois que l'endroit où il va travailler s'appelle le lycée. Je sais peut-être qu'il est professeur. C'est un mot qui a dû être prononcé à plusieurs reprises.

Nous nous arrêtons en route, pour nous dégourdir les jambes. Il y a des sapins de tous les côtés, on n'entend pas un bruit. Et là, au milieu du silence, arrive la première neige. Je n'en crois pas mes yeux. Je prononce un mot d'enfant devant les flocons lourds, immaculés qui traversent le ciel :

– Ce n'est pas la mer.

De cela je suis sûr. J'ai vu la mer. Je l'ai vue. Je fais ce rapprochement parce que c'est joyeux, probablement. Tous ces petits points blancs qui tombent du ciel m'emplissent d'une joie soudaine et inexplicable.

C'est la beauté du monde en mouvement, c'est Dieu à l'œuvre, ce spectacle soudain qui fait qu'on peut s'arrêter de se battre. On devrait, en tout cas.

Je vais retrouver Lina, ma cousine, et la chambre que nous partageons, avec ses gros édredons et ses lits jumeaux aux montants de bois, qui sont comme des bateaux voguant côte à côte. Lina c'est ma petite cousine. L'autre est beaucoup plus grande.

Peu avant d'arriver, nous retrouvons la Meuse. Elle traverse le village et le coupe en deux. Lina habite une grande maison en face de la gare. Son père vient nous ouvrir le portail. On peut garer notre voiture juste derrière la leur. C'est une Traction, ainsi qu'on les appelle à l'époque. Une Citroën 11, en fait. C'était interdit de monter dedans, mais si je suis honnête, nous jouons parfois dans la voiture. C'était une voiture de bandits, on les appelait d'ailleurs le gang des Tractions Avant. Mais les gens normaux aussi avaient le droit d'en avoir une.

Et nous on venait là pour Noël. C'est pour ça qu'il neigeait.

Lina, ma petite cousine, me dépassait d'une tête. C'est une des particularités des filles, je le découvrais : elles ont les cheveux longs, elles portent des jupes et des fois, elles sont plus grandes même quand elles sont plus jeunes. Les filles ne font rien comme tout le monde.

Noël, en fait, revient tous les ans. C'est l'anniversaire de la naissance du Christ. On a déjà dû me l'expliquer mais j'ai oublié. Mon anniversaire aussi tombe en décembre, et j'ai du mal à m'y retrouver dans tous ces évènements importants. On est déjà venus l'année dernière. Cette année, je suis plus grand, on me confie des tâches importantes, et notamment je dois aider à faire la crèche. C'est à cette occasion que je vois pour la première fois le petit Jésus dans son berceau de paille. Je suis très intéressé par l'âne et le bœuf qui lui soufflent dessus pour le réchauffer. Lina comme d'habitude est plus sérieuse et sait plus de choses que moi, notamment comment disposer les Rois mages Balthazar et Melchior et Gaspard et aussi les parents Marie et Joseph. Comme d'habitude elle prend une claque. Certainement pour une bonne raison, mais nous ne connaissons pas cette raison.

Elle est montée dans la chambre en courant. Je me suis demandé si j'avais le droit et puis je suis allé la voir.

– Hé.

Elle ne bouge pas, serrant le gros oreiller contre sa figure. J'essaie de la remuer, mais c'est comme si elle était morte. Je ne sais pas quoi dire, ni quoi faire.

– T'as mal ?

Elle ne répond pas à ma question. Je regarde par la fenêtre le temps qui passe et les trains immobiles, la petite gare vide, emplie de brouillard et de silence.

Lina se faisait tout le temps gronder. Je ne sais pas pourquoi. Je crois qu'elle se faisait gronder juste parce qu'elle était là. Tant qu'on ne croisait pas son père, tout allait bien. C'était une grande maison, et il y avait des gens partout et on pouvait être à l'étage quand les autres étaient en bas ou alors monter au grenier ou descendre au garage, on n'avait pas le droit mais on le faisait quand même et donc la plupart du temps on ne croisait pas son père et quand on croisait des gens personne ne faisait attention à nous. Les gens ne faisaient pas très attention aux enfants à l'époque, on était juste comme deux petits chiens qui se poursuivaient dans l'escalier et ça n'intéressait personne sauf quand on manquait de faire tomber quelqu'un, là on se faisait bien engueuler. Il faut bien dire qu'on ne faisait pas attention aux adultes non plus, une fois qu'on était tous les deux Lina et moi c'est comme s'ils n'existaient plus, on savait juste qu'ils étaient là et que ce soir on aurait à manger.

Lina était une princesse, et moi je devais la sauver avec mon épée en plastique. C'est pour ça que je courais dans les escaliers. Lina avait les cheveux longs déjà, elle était très jolie ce qui est normal pour une princesse, c'est pour ça qu'on veut les sauver. En même temps il fallait que quelqu'un la retienne prisonnière et ça ne pouvait pas être moi, parce que moi je devais la délivrer. Donc à ce moment-là de l'histoire elle était aussi le méchant qui m'attaquait en traître derrière la porte de la salle de bains. Mais j'étais assez fort en escrime et je réussissais à la pousser par-dessus les créneaux, dans le ruisseau plein de crocodiles. Les crocodiles la mangeaient, et après je pouvais la délivrer. Mais elle ne comprenait pas toujours quand il fallait être le méchant et puis quand il fallait changer, être de nouveau la princesse. Moi ce que j'aimais c'était la chercher au premier étage, dans les buissons. Je descendais de cheval et j'avançais sur la pointe des pieds. Quand je l'avais trouvée je la ramenais dans le royaume et après il fallait jouer au papa et à la maman.

Pour ceux qui ne connaissent pas, c'est un jeu sans intérêt où on est un papa et une maman normaux. Je ne suis même pas détective ni rien. On est juste là et elle prépare des trucs à manger.

C'est difficile à expliquer mais c'était super de ne pas être tout seul avec ses parents. Et même quand il fallait aller se coucher, on n'était pas seuls. On dormait dans la même chambre, au fond en haut, la dernière avec les grandes fenêtres qui donnaient sur la gare. On se couchait sagement mais tout de suite après elle sautait sur mon lit, et quand elle m'a appris, je faisais pareil, je sautais sur son lit. Il ne fallait pas tomber à cause des crocodiles. Surtout qu'on était pieds nus. Ensuite on se faisait gronder.

Je crois qu'on riait tout le temps et que ça faisait du bruit. C'est sa mère qui venait la plupart du temps, alors on se faisait juste gronder. On n'a pas pris de claques ni rien. Pas le soir. Le soir son père discutait avec mon père dans le salon en bas.

On avait de gros oreillers et de gros édredons. C'était bien chaud, et je regardais la neige derrière la fenêtre, qui tombait sans bruit sous le réverbère. On avait l'impression que ça n'allait jamais s'arrêter. Il y en avait des milliers, et encore des milliers, comme si le ciel tout entier allait descendre sur la terre en petits points blancs.

– Tu dors ?

Elle ne dormait pas, et je le savais très bien parce qu'avant de dormir elle remuait la tête dans tous les sens pour s'assommer, et là je voyais bien qu'elle remuait encore la tête. Mais la nuit on demande toujours aux gens s'ils dorment, c'est normal. La nuit au bout d'un moment tout le monde dort.

– Tu as déjà essayé de les compter ?

– Quoi ? Je dors.

– Non tu dors pas.

– Compter quoi ?

– Les flocons.

– Ça sert à rien de compter les flocons. D'abord tu sais compter jusqu'à combien ?

– Jusqu'à cent.

– Même pas vrai.

– Merde !

Et elle éclata de rire parce que c'était un gros mot. Elle avait un gros rire comme les pirates et certains bandits mexicains. Puis d'un seul coup elle s'est assise dans le noir. Il ne faisait jamais tout à fait noir, à cause du réverbère alors je pouvais la voir, ombre chinoise parmi les ombres, sa bouche entrouverte et ses cheveux longs qui rebiquaient sur son pyjama derrière.

– Qu'est-ce qu'il y a ?

– J'ai pas fait ma prière.

Les ombres des flocons dansaient sur le mur autour d'elle. Elle a joint les mains et elle a récité des trucs que je n'entendais pas très bien, des trucs de son invention. Puis elle a fait le signe de la croix et elle s'est renversée en arrière, d'un coup.

Je suis tombé amoureux d'elle cette nuit-là, je pense, quand elle priait au milieu des flocons, avec tous ces crocodiles qui passaient et repassaient entre nos deux lits. Ni les flocons ni les crocodiles ne faisaient le moindre bruit, la nuit il n'y avait pas le moindre bruit ici, pas comme en ville, dans ma cage à lapins, on entendait toujours quelqu'un ou quelque chose.

Dieu lui-même était silencieux, et pourtant il était clair qu'il veillait sur nos existences minuscules, ici dans ce village lugubre, un point sur la troisième planète à gauche du soleil. Il y avait à ce moment-là trois milliards d'êtres humains sur terre.

# 4

# L'éléphant s'évapore

Je ne savais pas compter jusqu'à cent. Je ne savais probablement pas compter jusqu'à cinq, à l'époque. Le professeur était très fort pour les chiffres. Il me montrait, parfois. On comptait les allumettes. Les chiffres faisaient tout ce qu'il voulait. Moi, ils me résistaient. Ils se montraient obtus, opaques, indivisibles, compliqués. Avec lui ils étaient simples, souples, solubles.

– D'abord, pourquoi il y a deux sortes de chiffres ?

C'était la première énigme. Je lui arrivais encore au genou et il tirait sur mon bras et je devais sautiller pour rester à sa hauteur.

– Deux sortes de chiffres ?

– Il y a les chiffres sur la pendule et les chiffres à l'école. C'est pas les mêmes.

– Les chiffres sur la pendule, ce sont les chiffres romains. Les Romains nous ont envahis il y a longtemps, et c'est pour cela qu'il y a encore leurs chiffres sur les pendules et sur les montres, par exemple.

– Moi j'aime mieux les autres chiffres.

– Les chiffres romains sont très beaux, mais ils manquent d'efficacité. Les chiffres arabes, les chiffres de l'école, sont plus pratiques. À cause du zéro.

Il était fou du zéro. Je notais soigneusement toutes ces informations, totalement inexploitables. Un jour, j'aurais zéro à l'école. Peut-être que c'était censé arriver. On entendait tous mes crayons remuer dans mon cartable, à chaque saut de carpe que j'effectuais à ses côtés, tandis qu'il envoyait l'une après l'autre ses longues jambes sur le chemin de l'école.

– Le zéro fut longtemps un secret bien gardé, devait m'expliquer mon oncle qui voyageait beaucoup, un peu partout dans le monde.

Mon oncle était le frère de mon père. On ne le voyait pas souvent, il habitait Paris. C'est loin. Mon oncle vivait tout seul au milieu des livres, il avait des fauteuils club et un gros ventre. Lui aussi il était fou du zéro. Ce que mon père et mon oncle ne savaient pas, parce qu'on ne s'intéressait pas aux mêmes choses et que, finalement, je m'intéressais surtout aux voitures et aux avions, c'est que le Zéro fut aussi un des avions les plus célèbres de la Deuxième Guerre mondiale. Il était drôlement maniable et j'aimais beaucoup la cabine, avec toutes ces petites vitres sur le côté.

Noël ça ne dure pas longtemps. Après, il fallait rentrer. Je suis encore étonné de la facilité avec laquelle j'acceptais tout ce qui m'arrivait : être soudain séparé de Lina, m'endormir sur la banquette arrière de la 2CV, alors que nous partions pour ce voyage interminable qui nous ramenait dans notre cage à lapins. En fait ça faisait cinquante kilomètres. J'avais l'impression que c'était à l'autre bout du monde, aussi parce que la nuit tombait, la nuit et la neige. Cinquante kilomètres de petites routes qui tournaient et qui parfois montaient, mon père devait rétrograder parce que la 2CV n'avançait plus, même les camions nous doublaient, j'étais sûr qu'on n'arriverait jamais. Cinquante kilomètres, plus d'une heure de route dans le vacarme infernal du *flat-twin*, j'essayais de m'imaginer que j'étais dans un avion mais c'était difficile, on n'avançait pas et j'étais assez triste et fatigué.

Parfois mon père et ma mère échangeaient des phrases pleines de mots compliqués. Il y était question des parents de Lina. Je n'arrivais pas à savoir s'ils les aimaient ou pas.

De retour à l'école, je retrouvais Irridio et les jumelles. Les garçons et les filles allaient ensemble à la maternelle. Ce n'est qu'après, en primaire, qu'on les séparait. Je confondais toujours les jumelles.

– Elle est où Nicole ?

– C'est moi, Nicole.

Elle me disait ça comme si j'étais complètement idiot, alors qu'en fait elles étaient habillées pareil, le même tablier à rayures roses et blanches, et elles avaient exactement la même tête, avec la queue-de-cheval qui remontait derrière. Alors je les trouvais jolies mais j'ai arrêté de leur parler parce que c'était trop compliqué. Irridio sifflait presque tout le temps maintenant, et lui aussi ça devenait compliqué de lui parler. Je me suis retrouvé assez seul dans la cour, et j'ai commencé à jouer tout seul.

Je crois que l'école finissait tôt et je passais pas mal de temps avec ma mère, parfois on faisait les courses, parfois on allait au parc et parfois on restait à la maison. J'avais envie de voir Lina mais ce n'est pas moi qui décidais. Je suppose que le temps passait mais je n'en avais pas conscience. Je vivais ici et maintenant, sur le tapis du salon la plupart du temps.

Mon père rentrait plus tard, bien après nous. À ce moment-là je devais faire moins de bruit avec mes voitures. Il s'asseyait dans un des fauteuils en osier, faisait des mots croisés ou il lisait des livres. On ne se voyait pas beaucoup, même quand il était là. À de rares occasions, c'était lui qui me promenait ou qui m'emmenait à l'école. C'étaient des moments précieux, je ne sais pas pourquoi. Ce qu'éprouve un petit garçon est ambigu, complexe. Je crois que j'étais heureux d'être seul avec ma mère, surtout qu'elle était jolie et que j'étais fier de la montrer, quand on allait au parc tous les deux par exemple. J'aimais aussi qu'elle m'achète des trucs, c'est normal je crois.

C'était exceptionnel que mon père s'occupe de moi. Parfois on faisait le tour de l'immeuble, pour que je prenne un peu l'air. Je lui expliquais ma vision de l'existence, je crois bien qu'il écoutait un mot sur deux. Il riait beaucoup de tout ce que je disais, il n'avait pas l'air de se rendre compte qu'on n'avait pas le même âge et que je ne pouvais pas voir les choses comme lui. Mais comme il avait l'air content je continuais de parler. J'étais content qu'il soit mon père, parce que le père de Lina, par exemple, ne disait jamais rien et lui mettait des claques et on ne savait même pas pourquoi.

Ces grands immeubles aux petites fenêtres de couleur, dressés contre le ciel, vont très loin sur la droite, très loin sur la gauche quand je tourne la tête. « C'est la muraille de Chine » dit mon père tandis que nous nous promenons le soir. Peut-être que nous avons encore changé de pays. Tout de même, je m'en serais aperçu. Mais j'ai sommeil. Souvent j'ai sommeil quand je ne comprends pas. Il me soulève dans ses bras et nous allons prendre l'ascenseur. Je m'endors sur son épaule.

C'était une toute petite famille de trois personnes, et il ne se passait pas grand-chose dans notre vie, sauf quand j'étouffais au milieu de la nuit. Au printemps mon oncle proposa que nous allions lui rendre visite à Paris, là où il habitait. Apparemment personne n'avait très envie de venir nous voir dans notre cage à lapins. C'était trop petit pour loger quelqu'un d'autre que nous et notre ville n'avait pas de potentiel touristique. Paris avait un potentiel touristique.

Je ne me rappelle pas très bien ce séjour chez mon oncle. Je me souviens d'avoir été sur ses genoux et d'avoir enfoncé mes mains dans son gros ventre. C'était tout mou.

Il voulait savoir si je travaillais bien à l'école. Ça avait l'air très important pour lui, alors j'ai dit oui. Il était content. D'ailleurs c'est vrai que je travaillais bien, je terminais tous mes dessins et je savais aligner les cubes dans le bon ordre.

– *Sic itur ad astra*, il a dit mon oncle. Il disait souvent des choses comme ça. Et puis il a suggéré qu'on aille au zoo de Vincennes.

On est tous montés dans la 404, j'étais derrière avec ma mère et je passais mes doigts sur la banquette rouge, c'était vraiment la plus belle voiture que j'avais jamais vue. C'est Pininfarina qui l'a dessinée, elle avait ces grands feux pointus derrière, et j'ai eu le droit d'essayer le klaxon. Et puis on est partis. À l'avant mon père et mon oncle parlaient de choses tellement sérieuses que personne n'y comprenait rien.

Au zoo tout le monde a essayé de me montrer l'éléphant qui était venu me regarder sous le nez, sans doute intrigué de ma présence ici à Vincennes. C'est un animal impressionnant, le plus gros animal qu'on peut voir sur la terre.

Mais je n'ai pas vu l'éléphant. Il y avait un petit oiseau entre ses grosses pattes de devant qui me fascinait. Cela pour donner une idée de tout ce qui me séparait des adultes à l'époque.

# 5

# Poupées mannequins

Pour ce que j'en pensais, la vie aurait pu continuer ainsi éternellement. Mais ce n'est pas comme ça que ça se passe. J'ai commencé à grandir. Pour des raisons qu'on n'a pas daigné me communiquer, ou peut-être que je n'ai rien compris, nous avons passé la fin de l'année scolaire chez Lina, ma mère et moi, dans sa grande maison, dans la chambre au bout du couloir.

Lina allait toujours à l'école. Comme personne ne savait quoi faire de moi dans la journée on a décidé que j'irais avec elle.

– Il faudra bien diluer ta peinture, m'a dit la maîtresse.

J'ai essayé de dessiner cet imbécile de coq comme sur le modèle, mais ça n'a pas marché. Ça ne ressemblait à rien. Je n'avais pas bien dilué ma peinture, et la maîtresse me l'a tout de suite fait remarquer.

– Tu n'as pas bien dilué ta peinture.

– Évidemment, je n'ai pas bien dilué ma peinture. Je ne sais pas ce que ça veut dire, diluer. Qui, à mon âge, emploie couramment le verbe diluer ? Qui a la moindre idée de ce que cela signifie, diluer ?

La maîtresse ne savait pas trop où se mettre. Ce que je disais tombait sous le sens. Elle eut ce geste avec ses cheveux, ce geste qu'ont les femmes quand il s'agit de gagner du temps. Ma mère aussi faisait ça, et Lina le faisait déjà.

– Mais… Pourquoi n'as-tu pas demandé, tout simplement ?

– Tout simplement ? Tu te fous de ma gueule, ou pas ? Je ne suis pas dans ma classe, je ne suis pas dans mon école, tu n'es même pas ma maîtresse, je ne connais pas les autres enfants, je pourrais aussi bien être sur Mars. Je suis terriblement intimidé, je suis complètement perdu ici. Sans compter que déjà, vous êtes des villageois, et moi je suis un citadin, ça ajoute à l'étrangeté de la situation. Je vois bien que nous avons autant de points communs que des cannibales et des missionnaires. Où veux-tu que j'aille chercher le courage de dire que je ne sais pas ce que ça veut dire, diluer ? Dans ce contexte précis.

– Oui, je comprends. Je suis désolée.

– Mon cul. Pour toi c'est un incident mineur. Tu n'imagines pas ce qui vient de se passer dans mon univers, cet univers dont je suis le centre, et sur lequel je n'ai pourtant aucune prise. Tout ça pour peindre un coq, note bien, alors que je n'ai même jamais vu de coq pour de vrai. Ce n'est pas comme si l'humiliation que j'ai subie était l'objet d'un enjeu quelconque. Tu me suis ? Tu vois le massacre gratuit ?

La maîtresse s'est assise à son bureau pour pleurer. Lina m'a donné la main pour rentrer à la maison. C'était un village, on avait le droit de rentrer tout seuls à condition de bien regarder au croisement. Nos mamans suivaient à distance.

– Tu n'avais pas bien dilué ta peinture, dit-elle.

J'ai haussé les épaules. J'ai essayé de dire que ce n'était pas ma faute, je ne voulais pas que Lina me trouve nul. J'essayais de ne pas pleurer.

Nous avons traversé le pont. C'était un grand pont en métal et il fallait faire très attention de ne pas tomber. Le village était séparé en deux par la Meuse. On s'est penchés avec Lina. Ça, on n'avait pas le droit.

– Ne t'inquiète pas, je vais le finir, le coq. Tout ira bien.

C'est la première, et la dernière fois que nous sommes allés à l'école ensemble, Lina et moi. C'était le printemps mais il faisait froid. Je me souviens qu'on avait des grosses écharpes et des bonnets sur la tête.

On nous laissait seuls la plupart du temps. On nous laissait même aller dans la rue. Il y avait peu de passage, parce que c'était quand même un village au bout du monde, et Lina faisait de la patinette et moi du vélo. Il y avait aussi une balançoire au fond du jardin. Lina était capable de sauter quand elle arrivait tout en haut. Physiquement, elle était capable de faire un tas de choses incroyables, des trucs que je n'aurais même pas osé essayer. Elle savait grimper aux arbres et sauter de la troisième marche de l'escalier. Elle n'avait peur ni des chats ni des chiens. Il y avait trois chats qui se baladaient dans la maison, et un gros chien au bout de la rue, qu'elle aimait embêter en passant sa règle tout le long de la balustrade. Elle était intrépide. J'étais censé la sauver avec mon épée, mais la vérité c'est que je ne pouvais pas faire tout ce qu'elle faisait.

Un matin pourtant, j'ai réussi à sauter de la troisième marche de l'escalier, et je me suis dit que tout était possible.

Dans une des pièces du bas il y avait un piano. Personne ne savait jouer du piano dans cette maison mais il y avait quand même un piano. Parfois je montais sur le tabouret et je jouais des morceaux de ma composition, mais très vite quelqu'un me disait d'arrêter. Alors je faisais tourner le tabouret, ça aussi c'était drôle.

C'est la première fois que j'ai senti que quelque chose était fini, même si je ne savais pas quoi. Peut-être parce que mon père n'était pas là.

Quand on disposait les santons dans la crèche avec Lina, je me disais, voilà, ça c'est la famille idéale. Le papa, la maman, un bon berceau de paille avec les pailles qui sont comme les rayons d'un soleil, et surtout, surtout, l'âne et le bœuf. Voilà, c'est ma famille, l'âne et le bœuf, c'est comme s'ils étaient là pour de vrai. Un papa et une maman, ça trouve toujours des trucs à dire, par exemple si tu ne ranges pas tes jouets. Mais l'âne et le bœuf se contentent de respirer fort et de souffler pour que tu aies chaud. L'amour infini dont parlent les Évangiles, c'est celui-là. Sauf que Lina s'est pris une claque.

Je me souviens qu'une micheline, ces petits trains rouges qui ressemblent à des jouets, est passée tout doucement sans s'arrêter. Il n'y avait personne dedans et je me demandais comment consoler Lina, mais je ne savais pas si elle pleurait encore sous son oreiller. Des fois elle retirait l'oreiller brusquement et je voyais qu'elle rigolait.

C'est ma mère qui m'a raconté l'histoire de Jésus. Dès le début, cette histoire semblait être une évidence pour tout le monde. C'était comme si je la connaissais déjà, ou tout au moins c'est le souvenir que j'en ai. Lorsque j'aidais Lina à disposer les santons dans la crèche, tout cela était très clair. Mais il y avait des pans de l'histoire dont je ne voulais pas entendre parler.

Les soldats, par exemple. Ils étaient poursuivis par des soldats. C'était curieux, cette petite famille de trois poursuivie par des soldats. Un peu comme nous quand on était rentrés d'Algérie. C'était une histoire à part, une histoire qui n'arrivait pas aux autres. Les parents de Lina, semble-t-il, n'avaient jamais quitté la terre de France. Nous étions très seuls là-dedans, et je me sentais assez proche du petit Jésus. Je savais que les Rois mages étaient guidés par une étoile, et cette étoile était visible dans le vrai ciel, Lina me l'avait montrée par la fenêtre de la chambre.

Le père Noël, lui, tout le monde savait qu'il n'existait pas, mais les enfants gardaient ça pour eux. C'était pratique, on n'avait pas à dire merci ni rien de ce genre, on pouvait prétendre qu'on ne savait pas d'où venaient ces cadeaux, on faisait comme si. Mais contrairement à l'histoire de Jésus, on savait très bien que ce n'était pas vrai.

Être blotti sous un gros édredon, compter les flocons qui dansent dans la lumière du réverbère, savoir qu'en bas des adultes vivent leurs vies compliquées, confuses, on entend parfois leurs phrases creuses traverser le salon, et leurs rires, suffisamment proches pour qu'on soit en sécurité, suffisamment loin pour qu'on soit libres, écouter dans le lit voisin la dame de vos pensées respirer, chantonner, dire sa prière et même, en cas de gros rhume, ronfler, il n'y aura plus jamais un endroit au monde où je me sentirai aussi bien. Ici, dans ce village perdu des Ardennes, en face de la gare à moitié abandonnée, je repose en vitesse le recueil du *Journal de Mickey* et j'éteins la petite lampe juste à temps, avant que ma mère ou la mère de Lina entrouvre la porte pour voir si nous dormons sagement comme nous sommes censés le faire à cette heure tardive.

Jésus était le fils de Dieu, mais il avait aussi un papa et une maman, Joseph et Marie. Cela ne me posait aucun problème. Rien de ce que me racontait ma maman ne me posait problème.

Dès le début, j'ai pris Dieu très au sérieux. Je voyais bien que Lina n'en faisait pas le même cas que moi. Je ne suis pas sûr de pouvoir expliquer ça exactement. Pour Lina, Dieu c'était un truc des parents. Je crois qu'elle faisait sa prière un peu comme elle se lavait les dents, ça faisait partie des choses à faire, elle n'allait pas chercher plus loin. Elle voulait la paix.

Et puis les années ont passé. Pour Noël l'année d'après on n'a pas pu venir, on avait déménagé à presque huit cents kilomètres de là. Mais l'année encore après on était à nouveau là, et comme mon père avait les vacances scolaires on pouvait rester longtemps, toutes les vacances en fait. Lina avait une grande sœur, une très grande sœur, qui ne nous adressait pas la parole la plupart du temps. Elle avait ses amies, et puis il y avait les parents et parfois des amis des parents, des voisins aussi, beaucoup de circulation. Mais tous ceux-là disparaissaient dès qu'on se retrouvait Lina et moi, on était dans notre monde. Dans cette maison tout le monde était dans son monde, la maison était assez grande pour ça, on se croisait c'est tout. Parfois Lina et moi on mangeait avant les autres, dans la cuisine, sinon il fallait se tenir bien à table et attendre que les autres aient fini, presque sans bouger. Je m'ennuyais et Lina finissait toujours par prendre une claque.

La grande sœur nous a aidés pour le sapin et la crèche. Parfois on allait dans sa chambre pour fouiller dans ses affaires. On regardait partout, dans les tiroirs de sa table de nuit, dans son armoire, partout.

Je me souviens de cette petite pièce, aussi, où ils entreposaient les recueils du *Journal de Mickey* et les 45 tours. Et des poupées mannequins de Lina : elle en avait deux. Dans l'une d'elles on pouvait enfoncer une petite clé et après on tirait sur ses cheveux et elle avait les cheveux plus longs. En principe je n'aime pas les poupées, c'est des trucs de filles, mais celles-là me plaisaient bien. Elles se tenaient sur la pointe des pieds et je pouvais les prendre par la taille, une dans chaque main. Je me disais que Lina serait un peu comme ça plus tard. Elle avait déjà des jambes comme ça, on a l'impression qu'elles ne se terminent jamais. C'est pour ça qu'elle courait plus vite que moi.

À quel moment avons-nous cessé d'être des enfants ? Cela ne s'est pas fait en un jour. Les enfants ça met du temps à grandir. En fait, les années ont passé, tout simplement. Une DS 19 a remplacé la Traction. Nous avons regardé *Les Envahisseurs*, *Les Incorruptibles*, *Destination Danger* et *Ma sorcière bien-aimée*. Je me souviens des disques des Beatles, des recueils de *Tintin* et de *Spirou* qui s'entassaient sur les recueils de *Mickey*. Ma tante lisait Agatha Christie. Il faisait toujours aussi froid et brouillasseux, là-haut près de la frontière. J'ai demandé à Lina si on allait se marier quand on serait grands et elle m'a expliqué que ce n'était pas possible, que les cousins faisaient des enfants pas normaux. J'ai demandé à ma mère si c'était vrai. C'était vrai.

– Faire un enfant, a-t-elle ajouté, ça ne réussit pas toujours. Et parfois c'est mieux comme ça.

Lina faisait des choses qu'elle n'avait pas le droit de faire. Alors moi aussi je faisais des choses que je n'avais pas le droit de faire, quand j'étais avec elle. Par exemple on passait par-dessus la barrière de l'autre côté de la rue et on traversait les voies de chemin de fer. C'était interdit de faire ça.

Au bout de la rue la forêt commençait. On n'avait pas le droit d'aller là-bas non plus et mine de rien, j'avais un peu la trouille. On peut se perdre dans la forêt.

Et plus tard avec elle on regardait *Les Envahisseurs* et ça aussi c'était interdit. Enfin, ce n'était pas vraiment interdit. Je savais juste que ce n'était pas pour nous. Il y avait des moments qui faisaient très peur. Je crois que Lina n'avait peur de rien, ou qu'elle aimait avoir peur. Souvent les filles aiment avoir peur. Moi je n'aime pas ça. Mais je ne pouvais pas m'empêcher de la suivre.

– Et si un train arrive ?

– T'as vraiment peur de tout.

Fouiller dans la chambre de sa sœur aussi c'était interdit. Un jour je suis tombé sur une revue, ouverte sur le lit défait, on y voyait deux femmes presque toutes nues, et cette phrase sur la photo, que je n'eus aucun mal à décrypter car je savais lire à ce moment-là : « Je mets toujours un porte-jarretelles, je sais qu'il adore ça. »

Lina ne vivait pas dans le même monde que moi. C'était difficile à admettre, mais je me cognais à cette évidence à tous les coins de couloir. Mes parents écoutaient de la grande musique : de grands disques austères, aux pochettes sombres. *La Symphonie du nouveau monde, L'Art de la fugue*. Des quatuors à cordes, de grands orchestres philarmoniques. Il n'y avait pas d'autre musique à la maison. Lina avait un petit tourne-disque dans sa chambre et des petits disques, aux pochettes colorées. Sur les disques de mes parents il y avait parfois un personnage qui avait l'air de revenir d'un enterrement, habillé en noir et qui ne rigolait pas. Sur les pochettes de Lina on voyait toujours des barbus colorés et des filles aux cheveux longs avec des foulards partout. Sur presque tous ses disques revenait la formule magique : numéro 1 aux USA. Je ne savais pas ce que ça voulait dire, mais ça avait l'air bien. On les écoutait tous l'un après l'autre : Billy Swan, Captain and Tennille, Maxine Nightingale. *El Bimbo* et *La Balanga*. Je me souviens des pochettes dispersées sur le tapis de la chambre. Nous avons dansé comme des fous, sur le tapis, sur les lits et sur *La Balanga*.

Lina vivait chaque instant comme si rien n'allait arriver après. Tous ces disques, elle les oublierait. L'important, c'était le fameux sticker, Numéro 1 aux USA. Elle avait envie d'être une jeune fille de son temps. Une hippie avec des foulards partout. Brigitte Bardot. D'être bronzée. Moi j'avais envie de faire plaisir à mes parents. D'être sage, d'avoir de bonnes notes, de croire en Dieu. Nous n'étions pas grand-chose, si on regarde bien. Mais notre amour était pur, et l'étoile du Berger brillait aussi pour nous là-haut, comme pour Apoutsiak, comme pour les Rois mages. L'étoile du Berger brillait au-dessus du pôle Nord, au-dessus du désert, au-dessus de Paris, qui avait un potentiel touristique. Et elle brillait aussi ici au bout du monde, au-dessus des voies ferrées que je traversais derrière elle, le cœur battant.

## 6

# Corvée de bois

Un soir mon père prépara le dîner. Il ne mit que deux assiettes sur la table.

– Ta mère est fatiguée.

Je n'avais pas le droit d'aller la voir dans la chambre. J'ai demandé si elle était très malade, comme ça m'était arrivé l'année d'avant.

– C'est la grippe ?

– Non. Assieds-toi comme il faut.

Je me suis assis comme il faut. Je ne l'avais jamais vu faire quelque chose dans la cuisine. C'était toujours ma mère qui faisait la cuisine, et la vaisselle après. Mon père partait travailler le matin et quand il était à la maison il réfléchissait et lisait des livres et fumait des cigarettes, des Disque Bleu sans filtre. Il corrigeait des copies et préparait ses cours. Il écrivait des trucs, aussi. Je n'ai jamais su ce qu'il écrivait. Son écriture était illisible.

Je l'ai regardé faire, un peu effrayé par ce qui se passait. Soudain c'était un homme très nerveux, très inquiet, qui brutalisait les casseroles, les différents ustensiles, les robinets et les cuillères en bois, tout ce qui lui tombait sous la main. Rien n'allait assez vite pour lui. Manger était une perte de temps. Il lui fallait apprendre encore, savoir davantage, dévorer de nouveaux livres.

Ce que nous avons mangé ce soir-là, je ne m'en souviens pas. Je n'arrivais pas à capter son attention. C'était probablement ce que je désirais le plus au monde. Qu'il me regarde avec étonnement, comprenne soudain que j'étais là. Moi tout entier, pas juste ce môme inerte et transparent qu'il fallait nourrir et mettre au lit, cette corvée.

– Allez, au lit maintenant.

– Tu me lis une histoire ?

J'essayais de le garder près de moi, le plus longtemps possible. Je voulais tout son être, tout ce qu'il était. Lui voulait probablement se défaire de moi au plus vite, retourner près de ma mère.

– Quelle histoire tu veux ?

– *Apoutsiak*. Non, *La Vache orange*.

Il lisait trop vite. Je connaissais l'histoire par cœur, ce n'était donc pas ça l'important. J'avais besoin de son temps, j'avais besoin qu'il arrête de galoper, de me fuir, de chercher vainement à rejoindre ce temps où je n'existais pas, où je n'avais pas besoin de lui.

Et d'autres ennuis s'annonçaient, d'autres obstacles entre lui et la place qu'il espérait tenir.

– Tu me laisses la lumière ?

Ma petite lampe de chevet avait un abat-jour en métal cabossé, percé de petites étoiles qui pleuvaient sur le mur au-dessus de moi. C'est le ciel qu'on avait rapporté d'Algérie.

– Oui. Dors, maintenant.

Je suppose qu'il avait peur, lui aussi.

Deux jours plus tard, il me l'annonçait.

– Tu vas avoir un petit frère.

En fait, il n'en savait rien. Dans les années soixante

on n'avait aucun moyen de savoir si le bébé allait être une fille ou un garçon. Ni s'il allait être normal. Rien de tout ça. Mais, pour une raison ou pour une autre, il n'a jamais imaginé que je pouvais avoir une petite sœur.

Quant à moi, je n'avais aucune idée de ce dont il pouvait bien parler. J'avais toujours été seul au monde. Qu'est-ce qu'il pouvait bien vouloir dire ? Lui-même ne semblait pas très désireux de s'étendre sur le sujet. Sans doute lui avait-on confié la mission de me faire passer le message. Ils m'avaient trahi, c'était clair. Trahi comme jamais on n'avait trahi quelqu'un, et ils le savaient. Il était chargé de me mettre devant le fait accompli.

Comme souvent, comme toujours, il avait un livre en mains. Il l'avait replié sur ses doigts qui marquaient la page. J'essayais de partager ce moment avec lui, j'étais assis sur le tapis, en face de lui et je lisais *Le Journal de Mickey* (très exactement *Alerte aux Skorpis*, une nouvelle aventure de Guy l'Éclair). Là-haut, assis sur le fauteuil qui venait d'arriver, un gros fauteuil qui n'aurait pas pu rentrer dans l'appartement d'avant, il ressemblait au mont Rushmore.

« Petit frère » : information inexploitable. Dans ma tête le tiroir adéquat avait avalé la fiche perforée et s'était tranquillement refermé, en attente de nouveaux développements, s'il devait y en avoir. J'avais un Service des affaires classées très au point.

J'ai tendu le doigt.

– C'est quoi, ce que tu lis ?

Machinalement, il a regardé la couverture de son livre, comme s'il avait oublié de quoi il s'agissait.

– *Don Quichotte*. Probablement le livre le plus important de la littérature occidentale.

– Ah bon.

– C'est le genre de chose que je vais t'asséner sans relâche dans les années qui viennent. Bien sûr, un jour ou l'autre, tu auras les moyens de penser par toi-même. Je vais d'ailleurs beaucoup insister là-dessus, penser par soi-même (comme si ça voulait dire quelque chose). En tout cas, tu auras du mal à t'en défaire. De l'idée que *Don Quichotte* est probablement le livre le plus important de la littérature occidentale.

Il avait raison. J'étais là sur le tapis, les yeux levés sur le mont Rushmore, l'esprit comme une éponge. Je voulais qu'il m'aime, qu'il s'intéresse à moi.

– En même temps, il y a peu de chances que je lise un jour un livre aussi gros. C'est écrit tout petit, en plus.

– Nous verrons.

– Moi je lis *Alerte aux Skorpis*. Mais je suppose que tu n'en as rien à faire ?

– Tu as raison, ça ne m'intéresse absolument pas.

Ma mère, je crois, avait envie d'une fille. Déjà, la première fois, elle avait envie d'une fille. J'en suis presque sûr. Et puis j'étais arrivé, et tout le monde a vu que j'étais un garçon. Les élèves kabyles de mon père l'avaient félicité :

– Un garçon ! du premier coup !

Et mon père avait dû faire le tour de la ville et payer à boire à tout le monde, tous ceux qui avaient le droit de boire. Ma mère n'arrivait pas à me prendre dans ses bras. Qu'est-ce qu'on allait faire de ça, maintenant ? Elle était très triste, comme ça arrive parfois aux femmes qui viennent d'avoir un bébé.

C'était la guerre. Le jour d'avant elle avait fait sa petite valise pour se rendre à la maternité. *Je dois y aller maintenant, avant le couvre-feu.* C'était une bonne idée.

Après on ne peut plus circuler et les patrouilles tirent à vue.

Elle était à nouveau enceinte. Mais la guerre était finie, l'Algérie était loin. Elle se sentait en sécurité. Ce bébé allait être moins compliqué à fabriquer.

L'hiver est arrivé. Cette année encore, on allait fêter la naissance de Jésus. La neige a commencé à tomber et je devais aller à l'école tout seul. C'était tout droit, je ne pouvais pas me perdre. Je levais la tête vers le ciel et j'ouvrais la bouche pour avaler les flocons.

– Je vais faire la crèche avec Lina.

– Nous n'irons pas voir Lina, cette année.

– Pourquoi ?

– Le docteur a conseillé à ta maman de ne pas voyager. On fêtera Noël à la maison.

J'ai eu le droit d'aller voir ma mère dans sa chambre. Elle n'avait pas l'air fatigué. Elle avait coupé ses cheveux, presque comme un garçon. Il régnait une chaleur de serre dans leur chambre, peut-être parce que mon père avait peur qu'elle prenne froid et qu'il mettait le chauffage à fond, et peut-être aussi parce que je pouvais sentir quelque chose de leur intimité, quelque chose qui m'échappait, et qui flottait encore là dans l'air comme un fantôme.

– Pourquoi les soldats poursuivaient Jésus ?

– On avait dit… qu'un roi allait naître cette nuit-là, et qu'il régnerait sur toute la terre. Les gens qui étaient au pouvoir à ce moment-là ne voulaient pas qu'on leur prenne leur place.

– Pourquoi on ne va pas voir Lina cette année ?

Elle a posé sa main sur moi et elle a fait ce sourire comme les filles à la télé.

– On fera la crèche tous les deux. Et tu vas aller nous trouver un beau sapin avec ton papa.

Le samedi matin j'ai aidé mon père à dégivrer le pare-brise de la 2CV pendant que le moteur tournait. Il avait l'air content. Puis nous avons pris la direction du col du Grand Bois, vers le sud. La 2CV peinait dans la montée, mais de toute façon il fallait rouler lentement à cause du verglas. Je n'avais pas le droit de monter devant, j'étais trop petit. Je me suis mis debout derrière pour voir la route.

– Peut-être que ton oncle va passer nous voir.

– Pourquoi les soldats voulaient tuer Jésus ? C'était un enfant.

– Les soldats tuent les enfants, parfois.

– Moi ils pourraient me tuer ?

– Nous ne sommes plus en guerre

– Toi tu as fait la guerre ?

– Oui.

À Saint-Étienne il neigeait une petite neige comme sur une carte de vœux, mais plus on montait plus ça ressemblait à une tempête du pôle Nord. On ne voyait pas très loin devant, comme s'il allait faire nuit à nouveau, et les essuie-glaces marchaient moyennement bien, ils marquaient un temps d'arrêt au milieu. Je me suis demandé si mon père allait m'abandonner dans les bois. Quelquefois dans les histoires ça se passe comme ça. *Le Petit Poucet*, par exemple. Les parents sont trop pauvres pour nourrir tous les frères, et justement j'allais avoir un frère. Mais au Service des affaires classées la fiche perforée était bien rangée dans son tiroir, et je me suis dit que mes parents n'étaient pas trop pauvres.

– On va essayer par là, a dit mon père.

Il a tourné dans un chemin qui ressemblait aux chemins des histoires, avec tous les arbres autour tordus comme des vieilles femmes.

– On va trouver un sapin ici ?

– J'espère.

Il m'a aidé à descendre de la voiture, il m'a soulevé dans ses bras. J'avais mes petits gants en laine inutiles, tout mouillés dès que j'essaie de faire une boule de neige. Je les ai posés sur ses joues, j'avais envie d'être avec lui, d'être contre lui, de sentir sa force entre moi et la neige.

– Corvée de bois, il a dit en rigolant.

– Ça veut dire quoi ?

– Ça veut dire qu'on emmène les prisonniers quelque part pour les tuer. Mais toi, non. Toi, je vais te ramener au chaud, à la maison. Et on va trouver un sapin pour maman.

Il a pris la hache dans le coffre, et aussi la scie, et il pouvait tenir tout ça d'une main. Je ne savais pas qu'on avait tous ces outils et aujourd'hui encore ça me paraît très bizarre. Mon père était un garçon de la campagne. Les grandes villes avec des lumières partout et des voitures partout et des gens qui n'arrêtaient pas de marcher dans tous les sens, c'était arrivé après. Quand il était petit les gens étaient à la campagne avec les vaches. Ils vivaient dans des villages et ils allaient à l'église le dimanche. Ils travaillaient dans les champs. Ils habitaient dans des maisons avec de gros murs en pierre et ils faisaient du feu dans la cheminée. Quand une voiture passait c'était toute une histoire, ils arrêtaient tout pour la regarder passer.

Son enfance et la mienne étaient aussi différentes qu'un Chinois et un Skorpi. Pour aller chez moi il fallait prendre l'ascenseur. Ou monter plusieurs étages par l'escalier, parce que je n'avais pas encore le droit de prendre l'ascenseur tout seul. Je vivais dans des petites pièces et j'étais souvent assis devant la télévision. Presque tout le monde à part nous avait le téléphone. Je construisais des trucs en Lego et je possédais une Jaguar type E, une Ferrari Dino, une Ford Thunderbird, une Chevrolet Corvette.

Ici seul avec lui dans la forêt, au cœur de la tempête, à la recherche d'un petit arbre qui pourrait rentrer dans le coffre de la voiture et tenir dans le salon, je compris que j'étais dans son monde, celui qu'il comprenait.

– Jésus n'a pas toujours été un enfant. On le représente ainsi à Noël, parce qu'il venait de naître. Il est devenu un homme courageux, un homme habité d'une telle certitude qu'il n'avait peur de rien.

– C'était le fils de Dieu.

Il n'a pas répondu à cela. Je voulais lui montrer que je savais des choses, je voulais désespérément lui montrer que moi aussi je savais des choses utiles. J'ai cru qu'il n'avait pas entendu à cause de la tempête, qui tournait autour de nous comme une bête furieuse tandis qu'on s'enfonçait dans les bois. Une partie de moi sentait bien qu'il n'aimait pas trop cette partie de l'histoire, le fait que Jésus avait déjà un père et que c'était aussi le fils de Dieu.

J'ai fait une autre tentative :

– Et il est mort sur la croix.

– Oui.

– Parce qu'ils ont fini par le rattraper ?

– D'une certaine façon.

Je ressentis soudain une grande tristesse. J'ai eu l'impression très nette qu'on était tout seuls sur la terre, mon père et moi. Que la nuit allait tomber et qu'on ne retrouverait pas la voiture. Qu'on ne reverrait jamais ma maman.

– Tu en as tué, des prisonniers ?

– Non.

Ma petite main disparaissait dans la sienne. Je sautillais à ses côtés pour ne pas tomber. Il ne se rendait compte de rien, il n'avait aucune idée des difficultés que j'avais à le suivre.

Encore quelques mètres et nous avons trouvé le petit arbre.

Cette année-là j'ai fait la crèche avec ma mère. Elle était presque tout le temps dans son lit mais elle s'est levée pour m'aider à disposer les santons au pied de l'arbre. Les Rois mages étaient de l'autre côté de la pièce, sur le buffet, pour montrer qu'ils arrivaient de loin. C'est moi qui avais eu l'idée.

Une lettre de ma tante est arrivée au début des vacances. Lina avait fait un dessin pour moi. Une sorte de dragon, ou peut-être un lapin, c'était difficile de savoir. Lina était très jolie avec ses cheveux longs comme ça sur le côté, mais elle dessinait n'importe comment.

J'ai quand même pensé à elle le soir, en regardant son dessin pourri. C'était la seule fille que je connaissais, maintenant. J'allais dans une école de garçons. Parfois je pensais encore aux jumelles, Geneviève et Nicole. J'étais un peu amoureux d'elles, aussi, mais c'est compliqué d'être marié avec des jumelles. On aurait dû habiter tous les trois et je me serais trompé tout le temps. Par exemple je me serais disputé avec Nicole, et après elle serait revenue me voir en me faisant croire qu'elle était Geneviève.

En fouillant dans les différents tiroirs, le Service des affaires classées a découvert un certain nombre de faits troublants. Le moment où ma maman s'était levée, par exemple. Bien entendu, il faudrait des décennies pour décanter tout ça. La plupart du temps, on enterre les dossiers. C'est plus simple.

– Dieu leur avait interdit de manger le fruit d'un seul arbre, l'arbre de la connaissance du bien et du mal. Mais le serpent a parlé à la femme…

– Oui. C'était le plus intelligent des animaux du jardin.

– Oui. Et il lui a dit de…

– Il lui a dit de manger du fruit et elle l'a fait et en a donné aussi à son mari et ils en ont mangé tous les deux et après ils n'avaient plus le droit d'être dans le jardin.

– Oui mon chéri.

Elle a passé la main dans mes cheveux et je me suis mis contre elle, et c'est vraiment ce que je connaissais de mieux, mais elle n'aimait pas trop ça. Il y a des femmes que la proximité d'un garçon met mal à l'aise. Ma maman était ce genre de femme.

Mon père m'aidait à faire mes devoirs. À ce moment-là ça voulait dire faire des lignes d'écriture, pas toujours des trucs utiles, par exemple des lignes de k majuscules. Je ne connais aucun adulte capable d'exécuter correctement un k majuscule en cursive, et pour être honnête ça ne sert pas souvent.

## 7

# Dieu dit à Abraham

L'instruction religieuse de mon frère dura moins d'une minute. Quel âge pouvait-il avoir ? Je me demande bien. Ma mère s'est assise à côté de lui sur le lit et a commencé à lui expliquer qu'au début, au tout début, Dieu avait créé le ciel et la terre. Exactement comme elle l'avait fait avec moi.

Mon frère, haut comme trois pommes, sa casquette vissée sur la tête, ne s'était pas démonté.

– La terre, dit-il les yeux rivés sur la moquette, je préférerais que ce soit un gaz.

– Un gaz ?

– Une réaction chimique, un enchaînement de phénomènes mesurables, des formules, des équations… Pas ce barbu là-haut qui décide brusquement de créer des trucs.

Son ton était sans réplique. Il était au courant, pour le Big Bang. Ma mère quitta la chambre, un peu étonnée. Elle fit immédiatement son rapport à mon père, avec ce sourire incrédule qu'elle avait quand les évènements ne se conformaient pas à la petite route toute droite qu'elle avait en tête. Je l'imagine très bien.

– Un gaz ?

– Oui, c'est exactement ce qu'il a dit.

– Un gaz. Ça alors !

Mon père, lui, fut abasourdi. Un peu embêté, mais pas tant que ça, finalement. Dès le début, il s'est identifié à cet enfant. Il s'est reconnu dans son esprit frondeur, sa rigueur scientifique, son courage intellectuel. Il voyait en lui son héritier. Moi j'étais juste un môme.

– C'est extraordinaire, conclut-il, avec l'air de le penser.

Et l'histoire s'arrêta là. Ma mère n'alla plus jamais se frotter à ce libre penseur avec ses évangiles et ses paraboles, et tous les petits livres qui l'aidaient, elle, à croire en un monde meilleur.

J'ai toujours envié les athées.

Mon frère est arrivé dans ma vie sans prévenir. Peut-être que j'ai préféré faire comme si. Comme si ma mère n'attendait pas un nouveau bébé. Ce serait assez mon genre. Mais ça n'a pas marché. D'un seul coup il était là, à table avec nous, à engloutir des Danone en face de moi.

Très vite j'ai dû partager ma chambre avec lui. L'appartement était plus grand que celui qu'on avait avant, mais je ne voyais pas l'intérêt si on était plus nombreux. Surtout si on était plus nombreux dans ma chambre, en fait.

C'est vrai, quoi, je n'étais plus chez moi. Il était là tout le temps. Je n'avais plus de lieu où me réfugier quand ça se passait mal avec les deux autres. Dès qu'il a su marcher il me suivait partout, avec cet air fâché qu'il avait. Il avait toujours l'air fâché. En plus il savait à peine parler et il voulait jouer avec mes voitures, alors qu'il n'y connaissait rien. Il ne savait pas distinguer une Ford Mustang d'une Plymouth Barracuda.

On avait des lits exactement pareils. Le même couvre-lit kabyle, comme si on était une seule et même personne. Alors que lui il était né ici. Rien ne tenait debout dans cette histoire. Il y avait eu une erreur quelque part, quelqu'un aurait dû s'en rendre compte.

Il s'endormait tout de suite. Moi je pouvais rester des heures à regarder le plafond, à penser à des trucs. Je devais faire ma prière, après quoi il y avait toute une gymnastique de l'esprit, assez compliquée, parce que je savais que Dieu voyait tout ce que je pensais, et souvent j'avais envie de penser à des choses avec lesquelles Dieu n'était pas d'accord. J'essayais de ne pas penser trop fort. Un peu comme quand on parle doucement pour ne pas réveiller quelqu'un qui dort.

Je voyais bien que ma mère était de nouveau triste, comme quand moi j'étais né. En Algérie il avait fallu lui donner des cachets pour pas qu'elle se tue, et après elle ne pouvait pas me toucher. Et c'était la guerre alors tout était compliqué, il n'y avait personne pour lui apprendre à s'occuper d'un bébé, elle avait juste ce gros livre.

Là je me disais que peut-être c'était en partie ma faute, parce que ce petit frère, je n'en voulais pas. Alors maintenant j'essayais de me rattraper. De faire attention. C'est peut-être à cause de ça qu'il avait toujours l'air fâché.

– OK, tu peux rester, mais n'oublie pas : ici, c'est moi qui commande.

Il a fait semblant de ne pas comprendre, mais je voyais très bien qu'il comprenait. Il n'y a que les parents pour croire que les enfants ne peuvent pas comprendre. On a commencé à jouer aux voitures ensemble. Je lui laissais celles qui étaient pourries, je gardais les américaines et les coupés sport.

Il n'aurait pas dû être là. C'est ça la vérité.

Je me souviens assez bien de ce soir-là. Mon père affolé qui enfile son manteau, qui passe devant moi en courant. La porte qui claque. Et peut-être que ma mère n'était plus dans la chambre, peut-être qu'elle était déjà à la clinique. Je ne comprenais pas très bien ce qui se passait. La porte au fond du couloir était fermée, et je n'avais pas le droit d'aller voir. Mais j'ai compris qu'il n'y avait plus personne, que la maison était vide. J'imaginais les rideaux qui se soulevaient dans le léger courant d'air, silencieux comme des fantômes. Et le lit défait, les oreillers en vrac, et personne dans la pièce.

Mon père avait dû me dire qu'il revenait tout de suite, et après il n'était pas revenu. J'avais dû rester seul tandis que la nuit tombait derrière les vitres. Il n'y avait aucune étoile dans le ciel. Il n'y avait même pas la lune. J'avais eu si peur que j'avais préféré faire comme si tout était normal. J'étais allé me brosser les dents. J'avais mis mon pyjama, et j'avais fait ma prière.

– Faites que mon petit frère disparaisse.

Je n'avais pas osé le dire tout haut, mais je l'avais pensé assez fort pour que même les Chinois l'entendent, de l'autre côté de la mappemonde. J'étais terrifié par ce qui se passait, et mon père ne revenait pas. Je ne comprenais pas pourquoi j'étais tout seul. Je me disais que peut-être ça allait être comme ça toute ma vie. Qu'ils n'allaient pas revenir. Je ne suis pas allé voir dans leur chambre. Je n'avais plus l'impression d'être à la maison, c'était un endroit que je ne connaissais pas, plein d'ombres et de silence.

Je me suis endormi sur le tapis du salon. J'ai senti que mon père me prenait dans ses bras. J'ai posé la tête sur son épaule. C'est la dernière fois que j'ai été un petit enfant qu'on porte jusqu'à son lit.

Le lendemain mon père a recommencé à s'attaquer à tout ce qui traînait dans la cuisine comme si c'étaient ses ennemis jurés. La grande poêle, les spatules et les cuillères en bois, acharnées à sa perte. Je voulais l'aider, mais je ne savais pas comment faire.

– Ne reste pas dans mes jambes. Je t'appellerai quand ce sera prêt.

Je sais qu'à un moment donné, mon oncle est arrivé. Je le revois dans l'entrée, avec son gros ventre et ce petit sourire qu'il avait. Je me disais qu'il n'allait jamais passer dans le couloir. C'est plus grand que l'appartement d'avant, mais quand même, ce n'est pas très grand. Il avait cette petite valise avec plein d'écussons collés dessus. Je sais qu'il est resté plusieurs jours, parce qu'un soir on était juste tous les deux, et c'est lui qui a fait à manger.

– Viens, on va prendre l'apéritif.

Je n'en revenais pas. C'est les adultes qui prennent l'apéritif, normalement. Les adultes font tout ce qui est interdit aux enfants. C'est même ce qu'ils préfèrent. Boire de l'alcool, fumer, et d'autres choses qu'on voit dans les films. En tout cas mon oncle a sorti deux petits verres pour nous, et la bouteille de porto.

– *In vino veritas*. Je ne t'en mets qu'un tout petit peu.

On a trinqué. J'étais content. Quand mon oncle était là les choses avaient l'air moins graves. Il expliquait tout le temps des choses, comme mon père. Mais ça avait l'air moins grave.

– Nous avons toujours l'impression qu'il nous arrive ceci ou cela, mais c'est une illusion. Nous ne sommes pas séparés du reste du monde, tu vois. Rien n'existe en vérité. C'est un tout, si tu préfères. Un sans un second.

Il suffit d'être en accord avec les forces en présence, traversé par elles au lieu de leur résister.

Je ne comprenais rien à ce qu'il disait, peut-être parce que j'étais déjà saoul. Pourtant j'en avais pris qu'un tout petit peu.

– Vide ton esprit de toute pensée parasite, mon garçon. Bois un coup. *Nunc est bibendum, nunc pede libero pulsanda tellus.*

Il a rigolé. Alors j'ai rigolé aussi, et j'ai bu. Je me demande pourquoi les adultes aiment ça, c'est vraiment pas bon. Après on est allés dans la cuisine, j'ai mis la table et il a fait à manger.

Peut-être parce que j'avais bu ce verre de Porto, même s'il n'y en avait qu'un tout petit peu, je n'arrivais pas à me souvenir de tout ce qui se passait. Des images manquent. D'autres ne sont pas dans le bon ordre. Tout était flou dans ma tête, comme quand il y a un problème dans la télé.

Je me revois ouvrant la porte de leur chambre. Ma mère est étendue dans son lit, toute floue elle aussi, peut-être parce que j'ai des larmes dans les yeux. Je suis si content qu'elle soit rentrée. J'ai envie de lui dire que je regrette, je regrette tellement d'avoir souhaité que mon frère disparaisse.

– Tout va bien, là, là. Tout va bien, mon grand garçon.

Je vois qu'elle sourit, je sens ses doigts dans mes cheveux.

Mon oncle monte dans sa 404, démarre et s'en va. J'ai l'impression de nous voir, mon père et moi, nous tenant par la main au milieu de la rue, devenir tout petits dans le pare-brise arrière. Je fais au revoir avec la main.

Et plus rien n'a été pareil. On m'avait prévenu mais ça n'a servi à rien.

Au début, pourtant, le bébé se contenta d'être un bébé. J'allais parfois jusqu'à son berceau, je me penchais sur lui et je le regardais avec des yeux ronds. En fait, il n'était même pas là. Mes parents avaient acheté le berceau en prévision de son arrivée. Je me penchais sur le berceau et je m'entraînais à avoir un petit frère.

Contrairement à moi, il ne ressemblait pas du tout à Jésus. Il y avait déjà en lui quelque chose de terriblement sérieux. Je me dis parfois, quand je pense à ces instants où j'étais penché sur lui, agité de sentiments contradictoires, d'une envie bien naturelle de le tuer par exemple, je me dis que nous aurions pu nous aimer. Il aurait suffi de pas grand-chose. Après tout je me sentais un peu seul.

Au bout d'un moment je m'en allais. Ma vie et la sienne n'avaient rien à voir : il dormait presque toute la journée, et moi j'allais à l'école. J'y allais tout seul. Les premiers temps ma mère m'avait accompagné, parce que je ne connaissais pas le chemin. Je ne connaissais pas cette ville. On venait juste d'arriver.

Pour aller voir Lina maintenant, il fallait faire huit cents kilomètres. Ma mère m'avait montré sur la carte. On habitait beaucoup plus au sud.

– Saint-Étienne. Ici, tu vois.

– Et la maison de Lina, elle est où ?

Oh là là. Lina habitait bel et bien au bout du monde, presque à la frontière belge. Et ma mère pleurait, elle pleurait sans pouvoir s'arrêter. On aurait dit un tout petit enfant. Je ne savais pas quoi faire. Je voulais faire quelque chose, mais quoi ?

– C'est comme ça, c'est Dieu qui l'a voulu, elle a dit au bout d'un moment, et elle a passé sa main dans mes cheveux.

Dieu était tout-puissant, on me l'avait bien expliqué. Et j'en étais persuadé. Pour une raison ou pour une autre je me le représentais comme un homme athlétique en costume sombre, de bonne coupe. Peut-être parce que je regardais toutes ces séries américaines et que c'était là mon idée de la toute-puissance : un type musclé, en costume. Il était au ciel, naturellement, et il patrouillait un peu comme un avion furtif. Il ressemblait d'autant plus à un avion que je l'imaginais les bras en croix. Je mélangeais un peu tout ce qu'on me racontait. On m'avait dit que Jésus était Dieu autant que Dieu lui-même, alors j'imaginais Dieu les bras en croix, lui aussi. Je confondais aussi la Bible et l'Évangile, parce que les histoires qu'on me racontait venaient indifféremment de l'une ou l'autre, et que personne ne m'avait expliqué la différence.

Quand on croyait en Dieu il fallait dire sa prière tous les soirs. Ne pas faire de mauvaises actions, ne pas mentir, ne pas tuer des gens, éviter de penser du mal des autres. Et puis il fallait aller à la messe le dimanche.

Mon frère ne croyait pas en Dieu, il préférait que la terre ce soit un gaz, un truc chimique qui s'était passé dans l'espace il y a longtemps, ce qui fait qu'on se retrouvait maintenant avec toutes ces planètes. C'est aussi ce qu'on m'avait expliqué à l'école, et scientifiquement ça tenait debout. Je veux dire que ça ressemblait pas mal à ce qu'on racontait aux actualités, quand il y avait un tremblement de terre ou un truc comme ça. Au journal télévisé ils ne disaient pas que Dieu y était pour quelque chose. Tout ça pour dire, mon frère ne faisait pas sa prière le soir, il s'endormait d'un coup.

Et bien sûr, il n'est jamais allé au catéchisme. C'était encore un truc que je faisais en plus de l'école, qui faisait que j'avais encore moins de temps le soir pour jouer.

J'allais à la grande école, maintenant. J'apprenais à lire, à écrire et à compter. Les deux écoles étaient l'une à côté de l'autre, l'école des garçons et l'école des filles. Moi j'allais dans l'école des garçons évidemment, celle qui était la plus proche du carrefour et j'étais dans la classe de Mme Siard. C'était une vieille dame très sévère et très ridée, avec un petit chignon au-dessus de sa tête et c'était la dernière année qu'elle faisait classe. J'étais son chouchou.

– C'est ce que tu apprendras de plus important, disait mon père. Lire, écrire, compter. Le cours préparatoire, c'est la classe la plus importante de toutes, donc écoute bien ce que dit ta maîtresse. Après, le reste, ça va tout seul.

Il disait ça, et je pense qu'il croyait ce qu'il disait.

Il avait l'air épuisé.

J'ai appris à lire, à écrire et à compter sans problème. J'ai même appris à écrire sur les cahiers à petites lignes avant tous les autres, parce que j'étais le chouchou et que Mme Siard s'occupait de moi beaucoup plus. Un peu avant Noël elle est tombée malade. C'était une vieille dame et il faisait très froid. L'Éducation nationale a envoyé une remplaçante : Brigitte. Elle était très jeune, elle avait les cheveux longs, quand elle se tournait pour écrire au tableau ses cheveux tournaient autour d'elle, puis ils retombaient sur ses épaules, comme ça. Je la trouvais jolie.

J'ai aussi appris à jouer aux dames. C'est mon père qui m'a appris. Parfois le soir nous faisons une partie tous les deux. Il gagne toujours. Après on fait la revanche, mais la revanche aussi il la gagne. Il est vraiment beaucoup plus fort et il mange tous mes pions. J'ai envie de jouer avec lui, mais il gagne toujours. Finalement, je n'ai plus envie.

Quand le printemps est arrivé Mme Siard est revenue. Elle n'était plus malade, elle allait beaucoup mieux. Elle a touché son petit chignon, comme ça, et elle a demandé qui on préférait, elle ou Brigitte. Alors toute la classe a crié *Vous madame, vous.*

J'en croyais pas mes oreilles. Ou ils étaient tous fous ou c'étaient tous des menteurs.

J'ai levé la main.

– Oui loupiot, tu veux dire quelque chose ?

– Ben moi je préférais l'autre.

– Ah ah, et pourquoi ça ? Elle a demandé Mme Siard en penchant la tête un peu sur le côté.

– Ben elle était plus jeune, et plus jolie.

Comme j'étais assis au troisième rang tout le monde s'était retourné pour me regarder, et comme un seul homme ils se sont tous retournés dans l'autre sens pour voir ce que Mme Siard allait dire. Et là elle a fait quelque chose que personne n'a compris : elle a éclaté de rire comme si quelqu'un lui avait raconté une blague.

Déjà le catéchisme je n'aime pas ce mot, j'aime des mots qui sonnent bien, des mots comme Mustang,

Jaguar ou Barracuda, mais pas catéchisme. Et puis alors surtout, je n'aime pas y aller, parce que déjà l'école ça finit tard et il faut encore que j'aille chez Mme Faure. Je dois traverser deux fois, c'est des petites rues mais quand même. Je ne comprends pas trop qui est Mme Faure qui n'est pas un prêtre mais je ne pose pas de question, chaque fois que je pose des questions ça se passe mal.

Les dinosaures, par exemple. Je ne comprends pas comment c'est possible que la terre ait commencé avec Adam et Ève, et aussi avec les dinosaures, il y a très longtemps. Après les dinosaures, il y a les singes, et après l'homme, qui est une sorte de singe, mais sans les poils. Sauf que Dieu a créé Adam et Ève presque tout de suite. On me raconte ces deux histoires comme si elles étaient vraies toutes les deux, mais j'ai l'impression qu'elles ne vont pas ensemble. C'est aussi très bizarre que les avions ne croisent jamais Dieu. Si on y réfléchit.

Mais je ne pose pas ces questions-là. C'est comme s'il n'y avait personne à qui les poser. À l'école par exemple, on ne parle jamais de Dieu. Exactement comme s'il n'existait pas. Et tout ce que raconte Mme Faure a l'air vrai, sauf qu'elle ne parle pas des dinosaures, et je ne veux pas qu'elle croie que je ne crois pas en Dieu. Et puis j'ai envie de rentrer jouer avec mes voitures.

Ce que je n'aime pas, c'est aller à la messe. Je m'ennuie et ça m'épuise de rester debout sans rien faire. Le seul moment agréable c'est quand on prend l'hostie. Mais ça c'est vers la fin.

Et puis mon frère et moi on a commencé à grandir. Il portait tout le temps sa petite casquette. Moi je passais dans la classe du dessus, et puis encore dans celle du dessus. Un jour j'étais dans la classe de M. Didier qui est aussi le directeur et il m'a confié une mission. C'était l'après-midi, au printemps, les premiers jours quand on arrête de mettre son anorak.

– Tu vas aller à l'école des filles, tu demanderas au concierge où est la classe de Mme Machinchose et tu lui remettras ça de ma part.

Évidemment il n'avait pas dit Machinchose mais je ne me souviens plus du nom. Il m'a confié une grande enveloppe marron, avec rien écrit dessus.

– Tu en profiteras pour lui demander si elle a des craies de couleur, on n'en a plus ici.

Je suis parti avec mon enveloppe, tout seul au milieu de l'après-midi. J'ai descendu les escaliers et je me suis retrouvé dans la cour, et là j'ai vu la cour toute vide et silencieuse : tout le monde était en classe, on n'entendait rien. Le soleil passait à travers les platanes comme si une soucoupe volante allait atterrir, et je suis allé vers la porte de l'école. Je faisais tout ce qui était interdit, sauf que le directeur me l'avait demandé. Et je suis sorti dans la rue. Je suis allé jusqu'à l'école des filles et j'ai poussé la porte, qui est quand même assez lourde mais j'y suis arrivé.

L'école des filles.

C'était la même cour, avec les mêmes platanes alignés pareil. Là non plus on n'entendait rien. Mon cœur battait comme un dingue.

– Toi, là, qu'est-ce que tu fais là ?

C'était une dame avec les poings sur les hanches, une grosse dame avec de gros bras. J'ai montré mon enveloppe.

– Je suis en mission. Je dois donner cette enveloppe à Mme Machinchose de la part de M. Didier.

– Ah bon. Alors tu vas monter l'escalier là, et tu verras c'est la première porte. Et tu ne fais pas de bruit, hein !

J'ai monté l'escalier, c'était exactement le même que le nôtre et pourtant tout était différent : c'était l'école des filles. En arrivant en haut je commençais à avoir vraiment la trouille, j'entendais mon cœur partout et j'étais un peu essoufflé parce que j'avais couru dans l'escalier.

À droite du couloir il y avait des porte-manteaux comme dans mon école, et elles avaient toutes accroché leur manteau. Je me suis arrêté devant la porte. Je voulais frapper et tout faire bien comme il faut, mais la porte était grande ouverte. La maîtresse était tournée vers le tableau, elle écrivait en parlant. J'ai frappé quand même, mais pas assez fort. Sauf que toutes les filles me regardaient maintenant, elles n'écoutaient plus du tout ce que disait la maîtresse. Elles avaient des têtes bizarres, comme si elles avaient peur.

– Madame, madame…

– Madame, y a un garçon !

Au bout d'un moment la maîtresse a compris qu'il se passait un truc pas normal et elle a arrêté d'écrire. Elle s'est avancée vers moi et moi je suis entré dans la classe et j'ai avancé vers elle au milieu des filles qui me regardaient passer, elles n'avaient jamais vu un truc pareil. Un garçon au milieu de l'après-midi. Moi je faisais exprès de ne pas les regarder. C'était comme d'avancer tout seul dans le camp des Indiens. J'avais la raie sur le côté cette année-là, une grosse mèche sur le front qui me cachait presque un œil, des fois je la remettais en arrière d'un coup de tête (et là je l'ai fait) et ce jour-là je portais mes nouvelles Hush Puppies. Je sentais leur excitation autour de moi, je les entendais chuchoter des phrases emplies de folie, dans une langue à moitié compréhensible. Une foule de créatures sauvages, prêtes à tout.

Mais je savais que la maîtresse pouvait les contenir, les obliger à rester assises.

J'ai pris les craies de couleur et j'ai fait demi-tour, très lentement. J'ai remonté l'allée, toujours sans les regarder. Encore quelques mètres, et j'étais dans le couloir.

J'ai dévalé l'escalier en courant. Je savais que personne ne me croirait quand je raconterais ça, mais c'est bel et bien arrivé.

Mme Faure nous raconte des histoires que je sais déjà, parce que ma mère me les racontait parfois le soir. L'histoire de Noé, par exemple. Il y a eu des époques où Dieu était tellement en colère qu'il avait décidé de noyer la terre. Mais il avait dit à Noé de s'occuper des animaux, parce qu'ils n'avaient rien fait de mal. C'étaient les hommes qui faisaient la guerre et tapaient leurs femmes et d'autres trucs pas bien. Les tigres, les moutons, même les loups, ils n'avaient rien fait. Et parfois elle me racontait à nouveau tout depuis le début, comment Dieu avait créé le ciel et la terre et un peu tout le reste, et tout ce qui s'était passé après dans l'histoire des hommes. Elle s'asseyait sur mon lit ce qui tirait sur la couverture et je pouvais sentir son poids sur le lit, sa présence et sa chaleur au-dessus de moi, et comme elle avait éteint la grande lampe elle était éclairée par la lumière du couloir, par-derrière comme un assassin. Elle aurait pu être une autre femme, une femme mystérieuse. Jonas avait été avalé par le poisson et je m'imaginais, là dans mon lit, dans le ventre du poisson bien au chaud. J'aimais aussi l'histoire de Noé et la tour de Babel, un immeuble où on pouvait habiter au cent cinquantième étage ou même plus. Après elle se penchait sur moi et m'embrassait dans les cheveux, et je sentais ses cheveux à elle passer sur moi comme une brise.

Mme Faure raconte un peu les mêmes histoires, mais c'est comme si ce n'étaient pas les mêmes. On a l'impression que tout le monde est puni et que c'est bien fait. L'histoire la plus horrible, c'est celle d'Abraham. Dieu demande à Abraham de tuer son fils, de le lui offrir en sacrifice. J'ai demandé ce que voulait dire sacrifice.

– Tu regarderas dans le dictionnaire.

Je ne comprends pas l'histoire d'Abraham. Depuis que nous avons déménagé tout est plus compliqué. Même les histoires sont plus compliquées.

Je n'ai pas vu ma mère pendant cette période. Elle devait être très occupée, je me disais que c'était à cause du bébé. Un bébé ça demande du temps et de l'attention. Lui, j'imagine qu'elle ne le faisait pas tomber.

Quand mon père rentrait du lycée je devais le laisser tranquille parce qu'il était fatigué après son travail. Mes autres parents avaient disparu. Je ne pensais plus à eux. Personne ne s'intéressait à moi dans cette maison.

On aurait dû mon père et moi se rapprocher à ce moment-là. Mais ce n'est pas ce qu'il s'est passé. Je crois qu'il avait besoin de ma mère plus encore que moi, qu'il était perdu sans elle. Il ne savait même pas faire à manger. Ce bébé, c'était vraiment la poisse pour tout le monde. On était bien tranquilles avant.

Et puis, un jour, il a commencé à venir voir ce que je faisais dans la chambre, à m'aider pour les calculs et la lecture, même quand je ne lui demandais rien. Quand il m'expliquait je levais les yeux sur lui et je les ouvrais en grand, je voulais qu'il voie comme j'étais attentif. Je voulais qu'il reste là, dans la chambre, avec moi, à m'expliquer. Je faisais tellement d'efforts pour avoir l'air d'écouter que la plupart du temps je n'entendais rien de ce qu'il me disait.

Il était tellement fort en calcul. Avec les petits chiffres bien sûr, il les manipulait comme un magicien fait sortir des lapins de son chapeau. Mais il pouvait faire ça aussi avec des millions.

Et parfois, le professeur me confiait un billet de dix francs et m'envoyait chez le buraliste. J'aimais cette escapade, ce moment de liberté absolue où je remontais les cinquante mètres de trottoir qui me séparaient de la maison de la presse, avec une raison légitime d'entrer tout seul dans le magasin et de feuilleter les petites BD espagnoles ou italiennes qu'on trouvait là : *Captain Swing, Rex,* ou *Diabolik*. Ensuite j'allais jusqu'au comptoir, juste avant de me faire engueuler par la vieille qui tenait l'endroit et qui ne supportait pas les enfants et surtout pas ceux qui touchaient les revues.

– Bonjour, je voudrais deux paquets de Disque Bleu sans filtre. Et des allumettes, une petite boîte s'il vous plaît madame.

Quand j'y pense. J'étais bien élevé, j'avais l'air d'un ange. Je remettais les choses bien à leur place et je n'abîmais rien. Comment peut-on détester les enfants à ce point ? Et puis, je trouvais ça très étrange : elle vendait des revues avec des femmes à poil. J'aurais dû me douter que les adultes peuvent s'arranger avec à peu près tout et n'importe quoi. Dieu et les avions dans le ciel, Adam et Ève et les dinosaures, le commerce de la pornographie et une place centrale dans la communauté.

Un dimanche, j'ai dit que je ne savais pas quoi faire, et c'était vrai. Ma mère avait descendu le berceau qui ne servait plus à rien et maintenant elle regardait la pièce en se demandant comment remettre les meubles. Au bout d'un moment elle a dit à mon père qu'il devrait m'emmener faire un tour.

– Il y a du soleil, elle a ajouté.

Je me souviens de cette promenade avec mon père, ma main dans la sienne, mon amour pour lui, mon admiration sans fin qui me déchire le ventre, mon désir d'être à la hauteur et en même temps pas trop, qu'il continue à me protéger, ma peur de lui faire du mal, la peur de cette haine en moi.

– Pourquoi Abraham a voulu tuer son fils ?

– Dieu le lui avait demandé.

– Oui mais pourquoi ?

– C'est une bonne question.

Mon père était incapable de dire « je ne sais pas ». Il préférait dire « c'est une bonne question » et chercher un truc intelligent à dire.

– Il voulait éprouver sa foi.

Je ne compris pas sa réponse. Éprouver, foi, ces mots-là ne faisaient pas partie de mon vocabulaire. Un peu comme diluer. Je n'osais pas le lui dire.

– Mais toi, si Dieu te le demandait, tu me tuerais ?

Sans cesser de marcher il a tourné la tête vers moi, passé la main dans mes cheveux. Je me souviens d'avoir attendu la réponse avec la curiosité simple des enfants, je voulais savoir. Je voulais vraiment savoir.

Au bout d'un moment le professeur a ouvert la bouche pour répondre et moi j'ai ouvert tout grand mes yeux levés sur lui, pour qu'il voie comme j'écoutais bien.

8

# Parce que rien n'existe

Et puis le tableau est tombé sur la tête de mon frère.

On avait un tableau dans la chambre. Un tableau avec des craies, comme à l'école, juste beaucoup plus petit. La plupart des enfants avaient un tableau dans leur chambre à ce moment-là, c'était pratique, comme ça on était toujours à l'école, même quand on était chez nous.

Comment il s'est débrouillé, je n'en ai pas la moindre idée. Il s'est retrouvé coincé sous le tableau, derrière la porte. C'est vrai que ce machin n'était pas très stable. Je me suis dit, il est tout petit, il doit quand même avoir mal.

J'étais sur mon lit, occupé à lire *Le Lotus bleu*. Ou *Pat Poker,* les trucs que je lisais à ce moment-là. Je me suis levé d'un bond pour le délivrer.

J'étais plus grand, plus fort que lui. Le tableau, je pouvais le soulever. Pas de problème. J'allais le sauver. Il ne le méritait probablement pas, mais ce sont des trucs qu'on se dit après. J'étais son grand frère. C'était mon rôle.

– Crétin. Comment t'as réussi ce coup-là ?

J'étais en colère, d'un seul coup. Une colère noire. Je ne l'ai pas vue venir. Je me suis dit que si moi il m'arrivait quelque chose, personne n'en aurait rien à faire. Ce qui pouvait m'arriver à moi n'avait aucune importance. Lui, c'était grave. Depuis qu'il avait été question de lui, tout était toujours grave.

J'ai soulevé le tableau, quand même. J'étais enragé, je crois bien. Il servait à rien, ce tableau. Je l'ai balancé de l'autre côté de la chambre et j'ai shooté dans la boîte de craies, et les craies sont parties de tous les côtés comme un feu d'artifice.

Mes parents ont fait irruption dans la chambre. J'ai prudemment reculé, je leur ai laissé le champ libre, la situation me dépassait. Ils étaient quand même très tendus, depuis quelque temps. Mon frère était tranquillement assis sur son lit, comme si rien ne s'était passé. Mon père s'est tourné vers moi et il m'a mis une gifle qui m'a à moitié arraché la tête.

– Mais… non, a dit ma mère. Il n'a rien fait de si grave, tu vois bien.

– Mais bien sûr. C'est lui qui a renversé le tableau ! Il l'a fait exprès !

Et moi, lamentable, aveuglé par les larmes :

– Je voulais juste l'aider à sortir ! Il était coincé dessous !

Mais on ne comprenait rien à ce que je disais, j'avais cette voix déformée des enfants qui pleurent.

C'était la première fois que mon père me frappait.

J'aurais dû cesser de croire en Dieu immédiatement, mais ce n'est pas si simple. Depuis que j'étais tout petit, il avait toujours été question de Dieu. Mes parents croyaient en Dieu. Pour eux c'était aussi réel, aussi quotidien, aussi palpable que le temps qu'il faisait dehors, les choses qu'on mangeait ou ce qu'on regardait à la télé.

Et puis, ce n'est pas comme si j'avais pu habiter ailleurs. J'étais coincé avec mon frère, dans notre petite chambre. Mon père et ma mère, il était trop tard pour en changer. J'avais pas mal grandi, et mes autres parents m'étaient sortis de la tête. Comme ça, aussi simplement que s'ils n'avaient pas existé.

Mon frère avait le droit de ne pas croire en Dieu. Pourquoi, c'était un mystère. Et ce qui était un mystère presque aussi grand pour moi, où était-il allé chercher la force de ne pas y croire ?

Il avait toujours sa petite casquette sur la tête. Il faisait la moitié de ma taille et c'était peut-être un truc pour réduire l'écart entre nous. Mais peut-être aussi qu'il y avait un mécanisme dans cette casquette qui lui permettait de penser autrement. Peut-être qu'elle abritait un transmetteur cosmique qui lui permettait de communiquer directement avec mon père et avec la bibliothèque municipale. Oui, c'était ça l'explication. Ma mère l'obligeait à l'enlever pour dormir. La nuit j'avais la paix. Ou presque. Dieu était toujours là, mais mon frère était désactivé. J'avais la chambre pour moi tout seul.

J'aurais pu l'étrangler dans son sommeil, mais c'est vraiment très mal de faire ça, ou même d'avoir des idées pareilles. Et puis je n'étais pas sûr de savoir vraiment étrangler quelqu'un.

Le matin il remettait sa casquette pour prendre le petit déjeuner. On ne se disait pas un mot, on était juste assis l'un en face de l'autre, à avaler des trucs, moi je dormais encore à moitié. Après on partait pour l'école, mais on n'allait pas dans la même direction.

Mon frère allait dans une école privée, une école catholique. Saint-François, ou Saint-Louis, ou Saint-Machin. J'aurais bien voulu aller là-bas, c'était une école toute neuve et toute blanche, très moderne avec des baies vitrées, le contraire de la mienne qui ressemblait à une vieille prison. Mes parents l'avaient mis là parce que c'était l'école maternelle la plus proche de la maison. C'était ça la raison officielle. Et c'est vrai qu'elle était juste à côté.

Au Service des affaires classées ils ont examiné d'autres hypothèses. Comme il ne croyait pas en Dieu, c'était peut-être une façon de le mettre à l'abri. Moi j'allais à l'école laïque, l'école du gouvernement, l'école où Dieu n'existait pas : on n'en parlait jamais, sauf pour nous expliquer les guerres de religion. Et moi je croyais en Dieu. C'était un casse-tête pour le service, un des dossiers les plus compliqués sur lesquels ils ont bossé.

Les années passent. Je ne m'en rends pas compte. Je me lève le matin pour aller à l'école, j'ai l'impression que c'est tout le temps pareil. Mais ça ne me gêne pas. C'est la vie.

Quand Neil Armstrong met le pied sur la lune en 69, je ne suis pas très impressionné. En fait je trouve ça assez normal. Je lis *Guy l'Éclair* depuis que je suis tout petit, j'ai toujours vécu au milieu des fusées, des Skorpis et des planètes lointaines. Je suis né dans un monde de science-fiction. La Nasa est très en retard sur moi.

*Guy l'Éclair* paraissait dans *Le Journal de Mickey*. Mickey fut mon premier héros, je le trouvais très élégant quand il portait un nœud papillon. Je ne sais pas s'il existe un personnage plus fort que Mickey graphiquement, dans toute l'histoire de la BD et du dessin animé. J'aimais particulièrement *Mickey à travers les siècles*, et les histoires avec Super-Dingo et le Fantôme noir. Et j'aimais *Guy l'Éclair*.

*Guy l'Éclair*, en VO *Flash Gordon*, est un personnage créé par Alex Raymond au début des années trente. Alex

Raymond était un grand du Neuvième Art, et ce n'est probablement pas le cas de Dan Barry, mais moi je lisais la version de Dan Barry. Les Skorpis me faisaient très peur. C'étaient des extraterrestres animés d'intentions pourries, on pouvait les repérer parce qu'ils avaient trois cœurs. Leurs fusées étaient performantes et graphiques et elles ne livraient pas facilement leurs secrets.

Et bien sûr, Tintin avait déjà marché sur la lune. J'avais lu les deux tomes du chef-d'œuvre d'Hergé, chez Lina. Chez Lina on trouvait presque tous les *Tintin*, en plus ou moins bon état, ils ne sont pas soigneux dans cette maison. *Objectif Lune* tenait avec du scotch. Je me souviens que le sacrifice de Wolff m'avait bouleversé. À la fin il part tout seul dans l'espace parce qu'il n'y a pas assez d'air pour tout le monde dans la fusée. Je pense souvent à lui, en train de tourner là-haut, dans un silence impossible à imaginer, au milieu des étoiles, au milieu de rien.

La Nasa a lancé le programme Apollo quand Kennedy était président. En fait c'est Kennedy qui a décidé d'envoyer des hommes dans l'espace et sur la lune. Ce sont peut-être des extraterrestres qui l'ont tué. Ils sont décidés à nous exterminer ou à prendre le pouvoir sur nous. David Vincent les a vus.

Lina voulait toujours regarder *Les Envahisseurs*. J'avais peur mais je ne pouvais pas lui dire. On regardait aussi *Les Incorruptibles* et j'avais peur aussi, parce qu'à partir du moment où les fédéraux protègent quelqu'un on est sûr que le type va se faire tuer. Eliott Ness laisse son numéro de téléphone au type. Le type entre dans une cabine téléphonique et avant qu'il ait pu dire le truc important il se fait mitrailler.

Quand un envahisseur meurt il se désintègre alors on sait que c'en était vraiment un. De toute façon on sait qu'ils sont là à cause de la musique. C'est Dominic Frontiere qui a composé la musique des *Envahisseurs*, et la série a été créée par Larry Cohen. Je retenais tous les noms écrits à la fin. Lina ça ne l'intéressait pas de lire les noms, elle avait juste envie d'avoir peur.

Dominic Frontiere a composé la musique d'une autre série qu'on regardait aussi, assis tous les deux dans le canapé sauf qu'on ne restait pas toujours assis, parce qu'on avait vraiment la trouille et parfois Lina allait se cacher derrière le canapé et elle disait Tu me diras quand c'est fini, et moi je faisais semblant de ne pas avoir peur mais je remontais mes genoux et je fermais les yeux, mais la musique était toujours là alors à mon avis ce n'était pas fini, mais alors là pas du tout. L'autre série (qui faisait aussi très peur) c'était *Au-delà du réel*. Il y avait juste un petit point blanc au milieu de la télé et cette voix qui disait : « Ce n'est pas une défaillance de votre téléviseur, n'essayez donc pas de régler l'image. Nous avons le contrôle total de l'émission. »

Lina retournait derrière le canapé et elle se mettait les mains sur les oreilles, alors elle n'entendait pas quand je lui disais que c'était fini.

En 1969 j'avais neuf ans. On a marché sur la lune cette année-là. C'est une date à retenir. En histoire il y a tout le temps des dates à retenir. Les dates sont importantes. En 1492, Christophe Colomb a découvert l'Amérique. Les sans-culottes ont pris la Bastille en 1789. Charles Martel a arrêté les Arabes à Poitiers en 732. À ce moment-là Grissini a levé la main.

– Monsieur ! Y en a encore beaucoup des Arabes à Saint-Étienne.

Il rigolait. À un autre moment M. Didier l'aurait peut-être mis dehors, mais là non, il a dit en rigolant lui aussi (juste avant que ça sonne) :

– Si tu regardes sur la carte, tu verras que Saint-Étienne c'est plus bas que Poitiers.

J'aimais bien aussi l'histoire de Roland qui sonne du cor, et puis après il meurt. Et aussi la grande bagarre des Thermopyles. Celle-là c'est mon oncle qui me l'a racontée. Il était passé pour Noël, et puis le Noël d'après on s'était arrêtés chez lui, à Paris. On allait chez Lina, mais on ne pouvait pas faire huit cents kilomètres en une fois, avec la 2CV. Elle n'allait pas assez vite, en fait elle n'avançait pas du tout. Pourquoi mon père avait choisi justement cette voiture, alors que mon oncle avait une 404, les parents de Lina une DS19, et que d'une manière générale tout le monde nous dépassait sur la route, c'était un mystère et une terrible humiliation pour moi. Je sentais confusément qu'il y avait une raison, et que cette raison c'était aussi bien que je ne la connaisse pas.

Mon oncle avait je crois encore plus de livres que mon père. Je ne croyais pas ça possible, mais si. Il y en avait dans toutes les pièces et même aux toilettes quand je suis allé faire pipi. Je ne sais pas après quoi ils couraient en lisant tous ces livres. Ce n'est pas comme s'ils avaient pu s'arrêter quelque part. Il y avait toujours d'autres livres qu'ils n'avaient pas lus.

En tout cas mon oncle connaissait des tas d'histoires et pendant que mes parents étaient à la pharmacie parce que mon frère avait vomi dans la voiture, il m'a raconté la grande bagarre des Thermopyles, parce qu'il était en train de lire un livre sur le sujet. C'est arrivé il y a très longtemps, avant la naissance de Jésus. Les Spartiates qui étaient des grands spécialistes de la bagarre ont empêché des milliers de barbares de passer à un endroit où c'est très serré. Les Thermopyles, ça s'appelle. C'était important que les barbares ne passent pas parce qu'ils voulaient mettre le feu à Athènes, et s'ils avaient fait ça on n'aurait pas eu la philosophie ni les mathématiques. Les Spartiates sont tous morts, mais les barbares ne sont pas passés.

– C'est curieux qu'on se souvienne d'eux s'ils sont morts.

– La plupart des gens dont on se souvient sont morts, tu sais.

– Comme Jésus, tu veux dire. Mais il est ressuscité, c'est pour ça qu'on s'en souvient.

– Pour être tout à fait honnête avec toi, je ne crois pas beaucoup à cette histoire.

– Tu ne crois pas que Jésus est ressuscité ?

Je n'en croyais pas mes oreilles.

– Tout le monde ne croit pas en Dieu, tu sais.

Oui, ça, je le savais. À cause de l'école. Je savais très bien que tout le monde n'allait pas au catéchisme, par exemple. Grissini et Fournel, ils n'allaient pas au catéchisme. En fait on n'était pas très nombreux. Parfois le jeudi, j'allais passer l'après-midi chez Fournel, et je voyais bien qu'il n'était pas question de Dieu dans cette maison. Ils n'allaient pas à la messe le dimanche et tout ça. Et même les copains qui allaient au catéchisme avec moi, je voyais bien qu'ils s'en foutaient un peu. C'était juste un truc qu'ils faisaient parce que leurs parents les obligeaient.

Mais là j'étais surpris parce que quand même, c'était mon oncle. Je croyais vraiment que tout le monde croyait en Dieu dans cette famille.

– Par ailleurs, tu sais qu'il existe d'autres religions, n'est-ce pas ?

– Oui. Enfin, oui, je crois.

– Là où tu es né, par exemple, les gens croient en Dieu, mais ce n'est pas le même Dieu que toi. Ce sont des musulmans. (Il sourit, ouvrit les mains et les leva vers le ciel.) Et c'est ainsi qu'Allah est grand.

– J'ai pas compris.

– Allah est le dieu des musulmans. Les juifs non plus ne croient pas au même dieu que toi.

– Mais les juifs, c'est dans la Bible, non ?

– Si tu préfères, ils n'y croient pas de la même façon que toi. D'autres religions, comme l'hindouisme, croient en plusieurs divinités, qui ont chacune un travail à faire. Tout dépend à quel endroit du monde tu es né.

– Alors moi, je devrais être musulman ?

Il rit.

– Non, c'est plus compliqué que ça. Tes parents sont chrétiens, tu es né dans la culture chrétienne. À ce moment-là l'Algérie faisait encore partie de la France.

– Et puis il y a eu la guerre.

– Oui.

– Mais toi, tu crois à quoi ?

– Moi ? Je suis un héritier des Lumières, je suppose. Je retourne toujours à nos amis grecs, à toutes les questions qu'ils ont posées. Les questions les intéressaient au moins autant que les réponses, sinon plus. Les religions instituées doivent leur existence et leur longévité au fait que la plupart des gens ne supportent pas les questions sans réponses.

– Les Grecs c'est l'Antiquité, c'est ça ? C'est eux que les Spartiates ont protégés.

– Tu te souviens de ça ? C'est bien, je te félicite.

– Ils ne croyaient pas en Dieu ?

– Les Grecs ont pratiquement inventé les dieux. Ils en avaient plusieurs, eux aussi. Mais leur relation aux dieux n'était probablement pas celle que nous imaginons. Dieu est une catégorie de la pensée, tu vois, un peu comme le temps. Une petite boîte, quelque part dans notre tête. Il s'y passe de drôles de choses.

Je ne comprenais pas tout ce qu'il disait, mais j'étais content. On parlait. Au bout d'un moment :

– Et le Bouddha ? As-tu entendu parler du Bouddha ?

J'ai rigolé. C'était rigolo comme nom, je croyais qu'il blaguait. Le Bouddha.

– En Asie, le Bouddha est un personnage aussi important, aussi universel que le Christ en occident. Il y a des statues de lui un peu partout, de grandes et belles statues que tout le monde va voir, et des petites dans les magasins. Exactement comme le Christ en croix par ici. On représente le Bouddha en train de méditer, comme ça.

Il s'est assis sur le tapis d'une drôle de façon. J'ai essayé de faire pareil, c'était compliqué.

– C'est impossible de mettre les jambes comme ça.

– Tu n'es pas souple, mon garçon.

– Ça y est, j'y arrive.

– C'était un prince. Il avait tout ce qu'il voulait, de l'or, de l'argent, un palais, des femmes, des beaux vêtements. Il passait son temps à s'amuser et à jouer au foot. Il s'appelait Siddhartha.

– Comme Jésus qui avait deux noms ?

– Exactement. La grande idée du Bouddha, si j'y comprends quelque chose, c'est que Dieu n'existe pas, parce que rien n'existe.

– Le Bouddha non plus ?

– Le Bouddha non plus.

On a rigolé tous les deux. Mon oncle m'a regardé

un moment sans rien dire, je crois qu'il m'aimait bien. Je ne m'en rendais pas compte.

– Alors, les échecs chinois ? Ça te plaît ?

– Ouais c'est bien. Des fois je gagne !

Mon oncle voyageait partout dans le monde. Il changeait souvent de voiture et me permettait de monter devant, ce qui est interdit. Le Noël d'avant il avait rapporté un jeu très amusant de Chine : les échecs chinois. C'était un jeu où mon père ne pouvait pas m'humilier parce qu'on jouait tous ensemble et c'était un peu le bordel sur le plateau avec tous ces petits pions de couleur qui se bloquaient les uns les autres et je tirais assez bien mon épingle du jeu. Pour les adultes c'était l'occasion de parler et de boire l'apéritif, ils ne faisaient pas assez attention et pendant ce temps je gagnais.

Mon oncle m'a appris toutes sortes de choses, et même à conduire sa merveilleuse nouvelle Peugeot, quand j'ai été assez grand pour toucher les pédales. On allait sur des petites routes où il ne risquait pas d'y avoir des flics et j'ai passé la seconde. Une fois, on était dans la 2CV avec mes parents, il nous suivait avec la 404. Nous l'avons vu s'arrêter pour prendre un autostoppeur et ma mère a fait remarquer à mon père qu'on ne savait rien de sa vie privée.

Au début des années soixante-dix je ne lisais plus *Le Journal de Mickey*. J'avais également renoncé aux petites BD espagnoles qu'on trouvait chez les buralistes, et notamment *Captain Swing*. J'étais devenu un connaisseur. Je lisais le journal *Pilote*, occasionnellement *Tintin* et *Spirou*.

*Pilote* était très en avance sur le reste du monde. Ils avaient les meilleurs graphistes : Reiser, le génie absolu du dessin. Touïs et son *Sergent Laterreur*, une œuvre pop qui pourrait figurer entre Warhol et Keith Haring. Druillet se déchaînait sur la page avec *Les voyages de Lone Sloane*, des grands dessins très compliqués qui passaient à travers les cases, on avait l'impression qu'ils ne s'arrêtaient nulle part. Valérian arrivait à maturité avec *L'Empire des mille planètes*. C'étaient les premières aventures de Philémon dans le monde du A, et Blueberry se lançait à la poursuite du Spectre aux balles d'or. Jijé avait rendu Tanguy et Laverdure sexy, Bob Morane avait trouvé William Vance, il y en avait pour tous les goûts.

Tous les jeudis, j'attendais avec impatience la suite de mes séries préférées. J'avais rendez-vous. Comme il est bon d'avoir rendez-vous. J'allais en courant jusqu'à la maison de la presse, où officiait toujours la même femme, qui me détestait toujours, et je m'adressais toujours à elle comme on me l'avait appris, aimablement.

Un soir, mon père a fait irruption dans ma chambre comme s'il était chez lui et m'a toisé de tout en haut, il était quand même très grand. J'ai tout de suite compris que j'avais fait quelque chose qu'il ne fallait pas, mais là à première vue, impossible de savoir quoi.

– Pourquoi est-ce que tu ne lis pas ?

J'ai levé sur lui des yeux ronds. J'étais assis dans un des fauteuils en osier, qui avait émigré dans ma chambre à l'arrivée du nouveau canapé (notre premier canapé, en fait), un album de Buck Danny ouvert sur les genoux. Je me souviens que j'avais mes pantoufles, les rouges.

– Mais je lis !

– Il faut lire des livres. Des vrais livres, pas ces âneries dessinées.

Son mépris était aussi lisible que s'il avait arboré des peintures de guerre sur la figure. Qu'est-ce que je pouvais dire ? C'était un excellent album en plus, *Les Pirates du désert*. Hubinon commençait à trouver son style, plus académique, mais aussi plus étrange, que ses modèles américains.

Des vrais livres. Évidemment, ce n'était pas compliqué, dans cette maison. Il y en avait partout. On peut se demander pourquoi je persistais à lire *Tif et Tondu*, de préférence à Tolstoï.

Mon frère lisait carrément le journal. Avec sa petite casquette sur la tête. Enfin, il ne le lisait pas vraiment. Il ne savait pas encore lire. Mais il tournait très sérieusement les pages. Je le revois faire.

## 9

# Pilote de guerre

Alger la blanche. Vision saisissante d'une ville qui sort de l'eau, les arcades alignées au-dessus des vagues, dominos noirs aux courbes accueillantes. Je ne suis pas encore de ce monde. Je vais naître plus à l'est, en Kabylie.

– C'est beau, hein, mon lieutenant ?

– Oui.

Ils sont plutôt silencieux, sur le pont. Ils n'échangent pas de phrases en argot. Ce sont de jeunes hommes sortis de leur campagne, des poussins privés de coquille, pas des personnages plantés là pour faire vrai, dur, trash. Ils ne savent pas trop comment faire des durs crédibles. Et puis, ce n'est pas comme si c'était la guerre. On parle des *évènements* d'Algérie. Moi aussi, je suis un évènement d'Algérie. Un heureux évènement. Ma mère est en grande dépression.

La guerre, la vraie, c'est la guerre de 40, la guerre contre les nazis. Il y a tout le temps des films à la télé et tout le monde s'en souvient parce que les adultes étaient des enfants à ce moment-là. Avant il y a eu une autre guerre mondiale, mais moins moderne, en 1914. C'étaient des guerres qu'on avait gagnées. La guerre d'Algérie on l'avait perdue, c'est peut-être pour ça qu'on n'en parlait pas à l'école.

Mon père non plus n'en parlait jamais, sauf parfois des bribes, des choses qu'il racontait à ma mère ou à des invités, et j'étais là et j'écoutais. Je sais aussi qu'il en rêvait toutes les nuits. Des mauvais rêves. La guerre, il n'aimait pas ça. Moi, j'adorais la guerre.

En fait nous aimons tous la guerre à l'école. Surtout la guerre de 40. Nous pilotons des avions, des Spitfire, la plupart du temps, ou des P51 Mustang. Ce sont mes avions préférés à ce moment-là. Nous affrontons des escadrilles de Zéros ou de Stukas ou de Messerschmitts. Je suis parfois embêté parce que je trouve les Zero assez élégants, mais je ne peux pas piloter un appareil ennemi, ce serait quand même nul. De toute façon j'adore le Spitfire.

Avec mes copains Fournel et Grissini, on a été transférés sur une île du Pacifique. Ordre du capitaine. On s'est entassés tous les trois dans un transport de troupes. Fournel était lieutenant et Grissini et moi on était des sergents.

– Je me demande ce qu'on va trouver là-bas.

– Une île paradisiaque (Fournel connaissait plein de mots compliqués). Des palmiers, une eau turquoise. Quand on ne sera pas en mission, on ira à la plage. Par contre, la piste est très courte. Je ne veux que des pilotes expérimentés, totalisant au moins huit mille heures de vol.

Aucun problème. Grissini avait cent mille heures de vol et moi un million. On a passé la plupart des récrés sur cette île. C'était notre dernière année à l'école, on était les plus grands dans la cour et on sentait bien que quelque chose se terminait. On était des pilotes expérimentés de l'Air Force, pas comme les petits du cours préparatoire qui couraient dans tous les sens sans se rendre compte de rien. Je sentais dans mes os que rien ne pouvait durer très longtemps en ce monde. J'allais quitter l'école de garçons, perdre mes copains.

Mon père, avant d'être professeur au lycée, était dans les chasseurs alpins. Tout le monde devait faire son service militaire à cette époque-là, mais comme la guerre de 40 était terminée les soldats étaient employés un peu à n'importe quoi. Il devait conduire la Jeep d'un vieux médecin alcoolique.

Et puis ils ont commencé à entendre des bruits comme quoi en Algérie il se passait des choses et qu'ils risquaient d'y aller. Avec son copain Maigret ils devaient démonter leur PM et puis le remonter mais ils n'arrivaient pas à le remonter. C'était juste un truc pour faire enrager l'adjudant. L'adjudant reprenait le PM et il leur montrait à nouveau comment on le remontait et il leur disait de recommencer. Alors ils démontaient le PM mais après ils n'arrivaient pas à le remonter.

Et mon père connaissait ce vieux médecin alcoolique avec qui il buvait des coups le soir dans le bureau. Il conduisait sa Jeep dans la journée mais le soir ils prenaient un petit verre.

– T'inquiète pas, t'iras pas, je vais m'en occuper.

Et ils trinquaient à ça. Mais peu après le vieux médecin alcoolique est mort et il a été remplacé par « un type tellement dégueulasse que j'ai finalement demandé à partir ». Les fellaghas avaient déjà égorgé Maigret et ses autres copains. Mon père est arrivé par l'avion d'après, alors il était toujours vivant.

On a décollé ce matin-là en formation serrée, c'était une patrouille de routine, on n'avait aucune idée de ce qui allait se passer.

– Des Zéros à trois heures !

Ils ne nous avaient pas encore vus, on volait dans le soleil. Mais ils étaient déjà trop proches pour esquiver l'attaque. J'ai basculé mon zinc sur la gauche et je suis descendu au ras de l'eau, passant sous l'ennemi pour prendre de la vitesse. Fournel avait ouvert le feu avant d'être à bonne portée, il faisait toujours ça, une fois sur deux ça marchait. J'ai repris de l'altitude, un des Zéros avait aligné Grissini, il est parti en looping mais le jap l'a suivi. Fournel tirait dans tous les coins, s'il continuait il allait nous toucher, nous aussi. J'ai effectué un virage serré pour prendre les Zéros à revers, mon Spit tremblait de tous les côtés mais il a tenu bon.

À Alger, pendant un temps, mon père fut chargé de convoyer les prisonniers. Il s'arrêtait toujours chez son copain le libraire pour acheter des livres et les journaux de l'opposition : *le Monde*, *l'Express*. Après il s'arrêtait au café pour prendre un petit café et lire le journal.

– Garde mon flingue, disait-il au prisonnier. Je vais pisser.

Et il le faisait.

Fournel a abattu un des Zéros et moi deux autres, mais pas assez vite, Grissini était en flammes. Il est passé entre les deux platanes de justesse mais après il s'est écrasé dans le lagon en essayant de rejoindre la base. En fait il n'avait plus trop envie de jouer avec nous.

On était presque à court de carburant avec Fournel mais on a pu atterrir sans casse. Ensuite, pendant que les mécanos s'occupaient des avions on est allés s'asseoir sur la plage.

– Sale journée, a dit Fournel. On a perdu un avion et un bon pilote.

En fait c'était plutôt une belle journée. Il faisait grand soleil on approchait de la fin de l'année et personne n'avait envie de travailler, les maîtres pas plus que nous, alors on était tous dans la cour et on avait le droit de ne pas mettre les blouses, on pouvait faire ce qu'on voulait. Il y en avait qui jouaient à chat et d'autres aux billes contre le mur du grand bâtiment, au tir à la pyramide et certains préféraient les osselets, et nous avec Fournel on était plutôt dans la guerre. Sauf que là on était rentrés de mission et on parlait du bon vieux temps. C'était la dernière année, on le savait tous les deux.

– C'était pas mal, cette année.

– Ouais, c'était bien.

– Tu seras où au collège ?

– Claude Fauriel. Normalement.

– Moi je serai au Portail Rouge. Écoute, on pourrait faire un dernier vol de reconnaissance vers le nord, qu'est-ce que t'en dis ?

Et à ce moment-là ça a sonné.

Dans le bled il pleuvait tout le temps. C'est curieux pour un pays d'Afrique mais c'est comme ça. Les soldats s'ennuyaient à crever. Mon père fumait cigarette sur cigarette, il les allumait les unes aux autres parce qu'il n'y avait pas grand-chose d'autre à faire.

– On gardait ce foutu réservoir au milieu de nulle part. On va pour faire la relève au milieu de la nuit, et le type ne répond pas. « Merde, on s'est dit, ils l'ont flingué. » Au bout d'un moment on ne savait pas quoi faire, on est quand même monté voir. Il s'était tout simplement endormi.

C'était ce genre d'histoires. Des petites histoires où il ne se passait pas grand-chose, mais on sentait bien l'immensité du désert autour du réservoir, et la nuit, la voûte céleste et noire, les étoiles au-dessus d'eux comme dans la Bible.

– Si je l'avais dit, ils le fusillaient.

Ma mère a proposé aux invités de reprendre un verre. Ou alors on pouvait passer à table tout de suite. Elle avait préparé un couscous.

– On s'est jetés derrière le mur, mais ce n'était pas une mitraillette. C'étaient les cigognes. Quand les cigognes claquaient du bec, c'était exactement le bruit d'un PM.

Plus tard j'ai vu des photos de lui, ils avaient tous des chapeaux de cow-boy sur la tête. J'aurais voulu être son copain. On se serait bien entendus si on avait eu le même âge. J'aurais pu lui expliquer les trucs qu'il ne comprenait pas. Et moi aussi j'aurais eu un chapeau de cow-boy comme ça.

On ne parlait pas non plus de la guerre du Vietnam qui était la même que la guerre d'Indochine mais avec un autre nom. C'étaient les nouvelles guerres. On les perdait toutes.

Mon père ne parlait pas de la guerre d'Algérie, mais il voulait bien parler des autres guerres. Il était professeur, il savait tout sur les guerres. Il aimait bien m'expliquer. On jouait toujours aux dames tous les deux et en même temps je lui posais des questions sur les guerres mondiales, c'étaient celles-là qui m'intéressaient.

– La guerre de 14 a mis fin à l'idée de progrès, même si nous ne nous en sommes pas aperçus tout de suite. Les nations européennes, le berceau de toute la civilisation occidentale, ont décidé de s'entretuer, alors que leur maîtrise technique et scientifique leur avait permis de se défaire en grande partie des problèmes terribles qu'elles avaient rencontrés dans les siècles précédents : la famine, la plupart des grandes maladies, et la démocratie n'était plus tout à fait une utopie.

– C'est quoi démocratie ?

– Un système de gouvernement dans lequel (il m'a mangé trois pions) le pouvoir est exercé par l'ensemble des citoyens. Par le peuple, si tu préfères.

J'en revenais pas de cette façon qu'il avait de manger tous mes pions en parlant d'autre chose.

– Ces nations soi-disant avancées et civilisées ont mis tout leur savoir-faire et toutes leurs connaissances techniques dans la construction de nouveaux engins de mort. Et tu sais qu'une guerre coûte cher.

– Il y a eu beaucoup de morts ?

– Peut-être dix millions. On a appelé cette guerre la Grande Guerre, parce qu'on n'avait jamais vu ça. On n'avait jamais vu le monde entier participer à une guerre, avec de tels moyens mis en œuvre pour massacrer les gens.

– Il y avait des tanks ?

– Oui.

– Et des sous-marins ?

– Oui.

J'ai réussi à lui prendre un pion. Mais en fait c'était un piège et après il m'a encore pris trois pions et il a fait une dame.

Fournel, qui avait dû voir ça dans un film, a dit qu'on devait recevoir des lettres de nos fiancées sur l'île. Il m'a demandé comment s'appelait ma fiancée et ce qu'elle racontait dans sa lettre.

– C'est privé, j'ai dit en me tournant de l'autre côté pour lire ma lettre, et il a trouvé ça super comme idée. Et aussi quand on s'est dit que c'était trop triste, les lettres que la fiancée de Grissini continuait d'envoyer : elle ne savait pas qu'il était mort au combat.

– Faudra les brûler.

– Oui, c'est ce qu'il y a de mieux à faire.

En même temps, je me disais que la fiancée de Grissini ne devait pas lui écrire des choses très intéressantes, des choses qu'on aurait eu envie de savoir. J'ai cherché du regard où il était passé, il jouait aux osselets avec Ayagnan et Gai, sous le préau.

Ma fiancée, c'était Lina. Pas exactement comme elle était : plus grande. Un mélange de Lina et de ses poupées mannequins. Il faut dire que j'étais pilote de chasse, je ne pouvais pas être avec une enfant. C'était curieux de penser à ça, assis au soleil au bord du Pacifique.

– Elle est jolie, ta fiancée ?

– Je t'en pose, moi, des questions ?

Il a rigolé. C'est vrai que c'était plutôt drôle. Il a essayé de lire ma lettre par-dessus mon épaule alors je me suis tourné un peu plus.

– Allez, quoi. T'as pas une photo d'elle à poil ?

Ça aussi je crois qu'il l'avait vu dans un film. J'ai haussé les épaules. Ce que j'aimais bien chez Lina, c'étaient ses cheveux longs et qu'elle savait loucher, et la tête qu'elle avait le matin quand elle dormait encore, je la regardais un moment et après je m'asseyais dans le lit. Il y avait tous ces kilomètres entre nous et je n'y pouvais rien. Dans sa lettre elle disait qu'elle m'attendait à la maison, avec impatience. Au bout d'un moment Fournel en a eu marre.

– On pourrait faire une partie d'osselets avec eux ?

– D'accord, je finis ma lettre.

Je ne sais pas si on joue encore aux osselets dans les écoles. J'étais assez fort à ce jeu.

Mon père a été affecté au cinquième bureau, au fort de Dra-El-Mizan.

Le camp occupe une colline au sommet du village, sous un ciel d'un bleu jamais vu encore. Il y a peu d'opérations dans la région, peu de blessés. Le secteur est calme. La seule activité purement militaire consiste à monter la garde de nuit. On se lève quand on veut, il n'y a pas de clairon, pas de rassemblement à l'aube. Il lui arrive même de prendre son petit déjeuner au lit.

L'après-midi, il descend faire un tour au village. Il y a bien eu quelques grenades dans les cafés, mais c'est tout. Quand il écrit à mon oncle il lui vante « la douceur kabyle, et la beauté ». Il décide de commencer l'étude de l'arabe. Il achète un cahier, des livres.

Il s'assoit à la terrasse d'un bistrot et lit la réponse de mon oncle qui est arrivée au courrier du matin.

– Tu ne sais vraiment pas, demande mon oncle, ce qu'ils appellent l'Action psychologique ?

Mon oncle est à Paris, assis dans son fauteuil club, alors mon père ne peut pas lui répondre. Mais il l'écoute avec attention. C'est son grand frère. Il a toujours eu confiance dans sa façon de voir les choses.

Mon oncle se lève de son fauteuil, il se met à marcher de long en large.

– *Quo non descendant ?* Des jeunes gens formés à la pratique de la violence, du racisme, témoins, complices ou auteurs de tortures, ne peuvent que préparer à la France de tristes réveils.

Mon père repose son thé à la menthe sur sa petite soucoupe. La torture ?

En juin 1958 à Alger le général de Gaulle a fait un discours, il a dit : « Je vous ai compris. » Mais on ne sait pas exactement à qui il a dit ça, ni ce qu'il a compris.

Mon père a replié sa lettre, il a fini son thé à la menthe. Il est remonté au fort avec sa pile de livres. Il a entendu les cris avant d'arriver.

Un Kabyle était attaché à un poteau au milieu de la cour, en plein soleil.

À l'automne 1958 le proviseur du lycée de Tizi Ouzou s'est adressé à l'armée pour un poste vacant de professeur d'histoire. Mon père est aussitôt détaché à ce poste. Il quitte l'armée et le fort de Dra-El-Mizan, trop content. Eux aussi sont contents de se défaire de lui, il ne comprend décidément pas très bien l'Action psychologique.

Ma mère le rejoint là-bas. Elle ne sait rien de la situation en Algérie.

– C'était un peu comme dans les westerns, un paysage rougeâtre, assez inquiétant. On avait un appartement en haut de la ville, à côté du terrain où les hélicoptères ramenaient les soldats blessés. On voyait la chaîne du Djurdjura au loin. À part la route d'Alger nous étions entourés de barbelés. C'était le printemps.

– Et il avait un chapeau de cow-boy.

Tout le monde m'a regardé. J'étais assis sur le tapis.

– Plus à ce moment-là, a dit ma mère.

Les invités ont demandé quel âge j'avais maintenant. Ils n'avaient qu'à faire le calcul. Je ne sais plus qui c'était, un collègue de mon père et sa femme. Ils avaient cette façon de sourire quand je disais quelque chose.

– Les jours de marché, les enfants gardaient les ânes des femmes de la campagne, venues vendre leur production dans leurs tenues bariolées.

– On entendait les ânes braire de loin.

– Et les chacals la nuit. Les jours de sirocco, le vent jouait de l'accordéon dans les persiennes.

Elle a eu ce sourire triste.

– C'est drôle de repenser à ça.

Un garçon. Du premier coup.

Le commandant des Unités territoriales vint présenter ses compliments à ma mère, en claquant du talon au pied du lit. Les élèves kabyles m'ont offert une poupée de chiffons. Un petit Indien, lui aussi comme dans les westerns. Je l'ai toujours quelque part. Mais où ?

Et c'était toujours la guerre.

Mon père et mon oncle pouvaient parler de tout et n'importe quoi, la guerre par exemple, il finissait toujours par être question de livres. Mon oncle lisait des livres que ne lisait pas mon père, c'est pour ça qu'il en avait plus que lui. Peut-être aussi parce qu'il n'avait ni femme ni enfants, il avait plus de temps pour lire.

– Si tu veux un jour lire quelque chose sur la Grande Guerre, tu devras lire *À l'Ouest rien de nouveau.* C'est un livre écrit par un Allemand. C'est *le* livre sur la Première Guerre mondiale.

– Et les Américains ? Ils ont débarqué ?

C'est surtout ça qui m'intéressait.

– Les Américains n'avaient pas vraiment d'armée à ce moment-là, en tout cas pas à même de participer à un conflit d'une telle ampleur. En fait, ils ont en partie gagné cette guerre parce que les nations européennes en sont sorties terriblement affaiblies. C'est également à ce moment-là qu'a eu lieu la révolution de 1917 en Russie. Donc tu vois, les deux géants qui se partagent le monde aujourd'hui sont nés de cette guerre, la Première Guerre mondiale.

– Mais après il y en a eu une autre, et là les Américains ont débarqué !

La Deuxième Guerre mondiale, je la connaissais bien. Je pouvais dessiner un Panzer, un Sherman, un Stuka avec ses ailes tordues, une barge de débarquement, un porte-avions, un Curtis (super facile celui-là), un Spitfire évidemment. On faisait des concours avec Fournel, lui il était assez fort pour dessiner les forteresses volantes, les B17. Il dessinait l'appareil tout en haut de la feuille, et toutes les bombes qui descendaient jusqu'en bas où elles pétaient dans tous les sens, mais M. Didier est passé à ce moment-là et Fournel a passé la fin de l'après-midi au piquet. C'est un B17 qui a balancé la bombe atomique.

– La première bombe atomique est tombée sur Hiroshima en 1945, et puis la deuxième sur Nagasaki, et ça a mis fin à la guerre du Pacifique.

Mon père récitait ce qu'on trouvait dans les livres d'histoire. Je ne sais pas s'il y croyait vraiment. L'Asie, c'était un peu la lune, pour lui. Mon oncle il était allé en Asie. Il avait une autre vision de l'histoire, de cette histoire.

– La bombe n'a pas été envoyée à l'intention des Japonais, qui avaient déjà perdu la guerre, mais probablement à l'intention des Russes, qui devenaient les gens à surveiller, les ennemis pour les décennies à venir. Par ailleurs le projet Manhattan avait coûté cher, il fallait le justifier. Il y a cette fameuse petite erreur de zéro dans le *body count*, la projection du nombre de morts. Mais bon, Hiroshima, on peut comprendre. D'un point de vue purement stratégique, on peut comprendre. Nagasaki reste une énigme. Mais qui parle de Nagasaki ?

Mon père résumait tout ça :

– On ne connaît pas d'exemple historique d'arme qui ait été fabriquée, et dont on ne se soit pas servi. Tu vois, la guerre est un état naturel. C'est l'état naturel de l'humanité. La paix est un accident.

Il a mangé mes deux derniers pions, tranquillement, sans aucune pitié.

– Aujourd'hui les Américains, les Russes, et même la France, disposent d'une force nucléaire suffisante pour faire sauter la planète. Nous ne pourrions pas survivre à une troisième guerre mondiale.

– Alors, on la fera pas ?

– C'est ce qu'on avait dit après la première.

Je suis retourné dans la chambre. Mon frère était assis sur le lit. Je me suis assis à côté de lui.

– Quoi ?

Je l'ai pris dans mes bras. J'avais envie de pleurer je ne savais pas pourquoi. Peut-être parce que mon père avait mangé tous mes pions, encore une fois. Mais je ne pouvais pas pleurer devant cet avorton. Non vraiment. Et puis j'ai pleuré.

Un jour j'ai fait un vol en solo. L'océan Pacifique défilait sous moi sans fin. C'était presque la fin de l'année scolaire, il faisait grand soleil dans la cour. J'avais flingué ma dernière paire de Hush Puppies, ma mère m'avait acheté des Adidas qui sont des chaussures de sport super légères avec trois bandes sur le côté et j'avais l'impression de planer. De fait l'altimètre indiquait dix mille pieds. J'avais juste assez de carburant pour rentrer à la base si je ne faisais pas de mauvaise rencontre, et ce jour-là j'étais content d'être seul. Peut-être pour la première fois, j'ai senti que la vie allait se terminer un jour, exactement comme l'année scolaire, et qu'il était bon d'être là, d'être vivant, au soleil, d'avoir deux bras deux jambes, de respirer l'air de l'après-midi, de pouvoir courir. C'était une journée comme une autre, une heure comme une autre, mais bientôt cette heure ne fut plus qu'une minute, cette minute une seconde, et cette seconde se consuma au soleil et disparut, et suspendu entre ciel et terre j'entrai sans le savoir au Royaume des cieux.

Je coupai le moteur, tirai un peu le manche vers moi et laissai le Spitfire descendre en douceur vers notre petite île, pour la dernière fois, car la guerre était finie, je l'ignorais à ce moment-là, mais j'allais pouvoir rentrer chez moi, retrouver Lina qui m'attendait à la maison.

Fournel était assis dans le sable blanc de l'île paradisiaque, je crois que Grissini jouait aux billes quelque part. Notre patrouille n'avait pas tenu toute l'année. Je ne les reverrais ni l'un ni l'autre, de toute façon. Grissini allait redoubler et Fournel irait dans un autre collège.

Lina était contente de me voir rentrer, elle avait mis sa robe verte et des sandales dorées. Ses cheveux étaient encore plus longs que la dernière fois, ils descendaient presque sur ses fesses.

– Quelle idée de faire la guerre. (Elle a haussé les épaules comme elle faisait parfois, et ses épaules étaient toutes nues parce que la robe verte tenait juste avec des bretelles, j'aimais bien.) Des fois, je me demande, qu'est-ce qui se passe dans la tête d'un garçon ?

# 10

# Saint-Étienne

– Qu'est-ce qui se passe dans la tête d'un garçon ?

La question me prenait toujours de court. Une chose est sûre, il n'y passait qu'une chose à la fois. Le foot, par exemple.

Le foot n'est pas une option. Le latin, le grec, sont des options. Le foot, c'est obligé. Si tu es un garçon.

Quand on jouait au foot à l'école ça se passait toujours comme ça : les deux meilleurs au foot passaient capitaines et tous les autres s'alignaient contre le mur. Les deux capitaines choisissaient leurs joueurs un par un, chacun leur tour. Quand un joueur était choisi il décollait son dos du mur, comme ça, et il allait se placer dans l'équipe à côté de son capitaine. Inutile de dire que les capitaines choisissaient toujours en premier le meilleur au foot, puis après le deuxième meilleur et ainsi de suite jusqu'au plus nul. On était tous là alignés contre le mur comme au peloton d'exécution et petit à petit on était de moins en moins nombreux. À la fin il en restait trois, toujours les trois mêmes. Bonnet, un petit gros qui avait du mal à courir. Et les deux premiers de la classe, Mathieu et moi.

Longtemps, mon ambition fut de ne pas être choisi en dernier, de quitter le mur avant Bonnet et Mathieu. J'en étais éperdu de reconnaissance et d'amour.

Mais ça n'arrivait pas toujours. Le plus souvent je partais le dernier, ou l'avant-dernier, ce qui revenait au même. J'étais le dernier de mon équipe.

Je me souviens d'avoir pensé, plus tard, quand j'étais au lycée, que je savais exactement ce qu'éprouvaient les filles qu'on n'invitait pas à danser le slow. Ou si on les invitait, c'est parce que toutes les autres étaient prises. Ou alors on faisait semblant d'avoir autre chose à faire, on attendait le slow d'après en buvant de la sangria.

Heureux les derniers, car ils seront les premiers. J'avais appris ça au catéchisme. C'est exactement ce qui se passait dans la cour. Les deux capitaines étaient des abrutis complets. Et Grissini, qui savait à peine parler français et qui butait sur tous les mots en lecture, était un fin dribbleur, toujours choisi dans les premiers, capable de traverser le terrain tout seul, balle au pied, en mystifiant tout ce qui se présentait devant lui. Mathieu et moi on avait presque tout le temps des dix sur dix et on se disputait la première place au classement général. Mais ça c'était en classe et là on n'en menait pas large.

Je n'en ai pas tiré de théorie précise. Fournel par exemple, il était bon au foot, et c'était aussi un bon élève. Tout ce que je voyais, c'est que je n'appartenais jamais au groupe qui m'intéressait. J'allais au catéchisme quand les autres rentraient chez eux en rigolant et en se balançant leur cartable à la figure, et j'étais nul au foot.

Sur le terrain (la cour bétonnée qui nous servait de terrain, avec ses platanes tristes qu'on pouvait contourner pour mettre l'adversaire dans le vent) la punition continuait. Je courais dans tous les sens, espérant qu'on me passe la balle. Cela n'arrivait jamais. Dans ce contexte-là, ni Grissini ni Fournel n'étaient plus mes amis. L'idée c'était quand même de mener au score. Objectivement, me passer la balle n'était pas une bonne idée. Je la perdais immédiatement. Les membres de mon équipe me gueulaient dessus, et le match repartait sans moi. J'avais laissé passer la seule occasion qui m'avait été donnée de me révéler utile, de briller, qui sait, peut-être même de marquer.

Le soir, quand je faisais ma prière, je demandais à Dieu de me laisser marquer la prochaine fois. Un but, ou même deux. Faire gagner mon équipe. Savoir dribbler. Je ne pouvais pas demander ça à mon père, mon père ne jouait pas au foot. Je ne l'avais jamais vu faire du sport.

Mais Dieu n'écoutait pas.

Comme souvent, en fait.

Je restais étendu dans le noir, les yeux au plafond, à courir dans tous les sens, balle au pied. Mon frère dormait comme une bûche. Au matin j'étais crevé.

Saint-Étienne est une ville ouvrière, comme Liverpool, qui est connue aussi pour le foot et les Beatles. À Saint-Étienne on a juste pas les Beatles, mais sinon c'est pareil. Cela signifie pas mal de choses. Les gens, leur esprit de solidarité, leur extrême gentillesse. Pas tous, mais certains oui. Et il y avait des cafés partout.

En 1944 les B17 américains ont balancé plusieurs milliers de bombes sur cette petite ville sans importance, une ville qui n'aurait pas dû exister, une ville en-dehors des voies naturelles de communications, éparpillée sur des collines. Pourtant c'était un objectif stratégique, il avait fallu la bombarder. Mais elle était toujours là.

Le football est le sport de balle le plus populaire du monde. Le seul qui proscrit l'usage des mains. Je ne sais pas si ça a quelque chose à voir. Il y a comme ça dans le monde des villes où il n'y a pas beaucoup d'argent, mais sur un terrain de football, tout change. Ces oubliés de l'histoire deviennent tout à coup les plus forts, d'invincibles petites armées qui tiennent la dragée haute aux capitales et aux mégapoles.

À ce moment-là à Saint-Étienne, c'était la grande époque des Verts. La ville elle-même ressemblait à une équipe de foot, avec ses Italiens, ses Arabes, ses Noirs, ses Polonais mélangés. Albert Batteux était arrivé en ville pas longtemps après moi. C'était un grand entraîneur et le club allait rafler quatre titres de champion de France consécutifs, entre 67 et 70. En 69 ils ont déglingué le Bayern de Munich trois-zéro au match retour. Tout le monde à part moi connaissait le nom des joueurs. Si, j'en connaissais un : Keita. Keita c'était un Noir, comme Pelé. Les Noirs ils sont forts au foot. Il venait de Bamako. Mon père aimait raconter son histoire : quand Keita avait débarqué d'Afrique, à l'aéroport d'Orly, il était monté dans un taxi et il avait demandé qu'on l'emmène à Saint-Étienne. Et le type l'avait fait. Une course de cinq cents bornes. Mon père adorait cette histoire et il regardait les matchs à la télé. Mais jouer, non. On jouait toujours aux dames mais c'était tout.

Au milieu des années soixante-dix les Verts sont devenus une légende. La ville était en ébullition, on appelait d'ailleurs le stade le Chaudron. Tout le monde jouait au foot, même les filles. Même moi. Puis finalement ils ont perdu, en finale de la Coupe d'Europe en 76. Tout le monde les aimait. Je ne sais pas comment expliquer ça mais c'était encore plus fort que s'ils avaient gagné.

J'étais nul au foot, il n'y a pas d'autre mot. Je ne savais pas comment résoudre ce problème. C'était mon plus gros problème à l'école. Ça et Ayagnan qui m'envoyait des boulettes de papier quand M. Didier écrivait au tableau. J'aurais aimé aussi ne plus aller au catéchisme. Bonnet, le petit gros qui n'arrivait pas à courir, lui aussi allait au catéchisme. C'était comme s'il y avait d'un côté ceux qui croyaient en Dieu, et de l'autre ceux qui savaient jouer au foot.

– Attends-moi, disait-il, et je l'attendais. Bonnet je n'avais aucune envie d'être son copain, mais je l'attendais quand même et après on allait au catéchisme tous les deux, et il me racontait sa vie qui ne m'intéressait pas du tout et il avançait comme un escargot, on allait encore être en retard.

– Tu peux pas marcher plus vite ?

– Ben non. Pourquoi ?

Mme Faure habitait en face de la Manufacture d'armes et cycles, dans l'immeuble au-dessus de la supérette Casino où ma mère m'envoyait parfois faire les courses. L'avantage d'avoir un petit frère c'est qu'on considère que tu es grand, maintenant. Donc tu vas faire les courses à la supérette Casino. Pas toutes les courses, bien sûr, mais ce qui manque pour le dîner. Et souvent il manque un truc, à se demander si ce n'est pas fait exprès.

– Tu prendras aussi du gros sel, attends, je vais te faire voir la boîte. Et puis... Oh, il vaut mieux que je te fasse une liste.

Pendant ce temps, ton petit frère joue avec tes voitures. Il joue avec ta Jaguar type E, ta Corvette Stingray et ta Ford Galaxy et il ouvre les portières sans faire attention et il va les abîmer. Tout ça pour dire, je connaissais le chemin par cœur, à force d'aller à la supérette Casino et au catéchisme. Au lieu de continuer sur le trottoir avec Bonnet on a traversé le magasin de la Manufacture d'armes et cycles qui est tout en longueur et qui a une entrée des deux côtés. On regarde les fusils en passant. Ce sont des fusils de chasse, pas des armes automatiques ni des Colt 45 donc ce n'est pas très intéressant, mais on ne peut pas s'en empêcher, c'est quand même des armes. Du coup quand on sonne chez Mme Faure on est bien en retard.

– Eh bien, eh bien… On a traîné en route ?

On pose nos cartables dans l'entrée. Avec le livre d'histoire ils pèsent quinze tonnes. Mme Faure a les mains sur ses hanches, elle attend une réponse, et Bonnet il regarde par terre. Je la regarde d'un air innocent, c'est assez facile parce que je suis un enfant.

– Pardonnez-nous nos offenses, comme nous pardonnons aussi à ceux qui nous ont offensés.

– Ne fais pas ton malin, et va t'asseoir avec les autres.

On s'est assis avec Bonnet à la table de la salle à manger, c'est là que Mme Faure nous enseignait le catéchisme. Comment Jésus avait fait des miracles, comment il était mort sur la croix et avait ressuscité. Mais tout ça je le savais déjà, on en avait parlé l'année dernière et l'année d'avant. Il y avait deux autres garçons qui venaient d'une autre école, et eux non plus n'avaient pas des têtes à être bons au foot. Il y avait aussi une fille qui portait des lunettes et qui ne disait jamais rien, sauf quand elle se mettait à parler on ne pouvait plus l'arrêter. Tout le monde était moche. C'était une épreuve que le Seigneur m'envoyait.

– Bien, a dit Mme Faure, nous étions sur le passage du centurion romain, dont le serviteur est tombé malade. Et personne n'arrive à le guérir. Le centurion a entendu parler de Jésus. Il sait que Jésus guérit les gens, qu'il accomplit des miracles. Que fait-il alors ?

– Il va voir Jésus.

– Oui, et que lui dit-il ?

– Ben, de guérir son serviteur qui est malade.

– Ben oui.

– Et que se passe-t-il alors ?

– Ben Jésus il guérit le serviteur.

– Ouais, il le guérit avec un miracle.

– Mais pourquoi, c'est un ennemi le Romain, d'abord, pourquoi il guérirait son serviteur ?

– Eh bien…

– Ouais, on n'est pas dans *Astérix*. Pourquoi ce serait un ennemi ?

– C'était effectivement l'occupant. Mais ce qui est important…

– C'est quand même bizarre, les Romains, des serviteurs ils en avaient plein. Et puis ils s'en fichaient bien des serviteurs, c'est pas comme si c'était, heu, ben, sa fille par exemple, ou je sais pas…

– Un peu de silence, les enfants. En fait, le centurion s'adresse à Jésus, effectivement, et Jésus lui propose d'aller jusqu'à sa maison voir le malade. Et que dit alors le centurion ?

Et là il y a un silence et les deux de l'autre école se regardent et ils se marrent, Bonnet ne dit rien et la fille avec les lunettes regarde dans le vide d'une drôle de façon. On n'est pas aidés. Mme Faure voit que je connais la réponse et elle se tourne vers moi.

– Oui ? Que dit le centurion ?

– « Seigneur, je ne suis pas digne de te recevoir, mais dis seulement une parole et mon serviteur sera guéri. »

– Très bien. C'est très bien. Le centurion croit si fort en Jésus, qu'il sait déjà que son serviteur va guérir. C'est ainsi que nous devons croire en Dieu. Nous devons croire qu'il exaucera nos prières, même si nous ne sommes pas là pour le vérifier.

– Ouais, en même temps, je trouve ça un peu facile.

– Pardon ?

– Je prends l'exemple du foot. Je ne compte plus le nombre de prières que j'ai faites sur le sujet. C'est pas comme si je demandais un truc dingue. Être un peu meilleur au foot. Je ne parle même pas d'être aussi bon qu'un Noir. Juste savoir un peu dribbler, comme les autres. Tu crois que j'obtiens des réponses ? Elles vont être exaucées quand, ces prières ? Parce que je peux te dire que je suis toujours là pour vérifier. Pas plus tard qu'hier, encore, j'ai demandé. Et je fais tout comme il faut, je me mets à genoux dans le lit et je fais bien le signe de la croix au début et à la fin, et le gros sac ici présent (j'ai montré Bonnet avec le doigt) s'il avait deux sous de jugeote il ferait pareil. Mais je ne pense pas qu'il perde son temps à ça parce que, en vérité je te le dis, il n'y croit pas une seconde à tout ça. Pas plus que les deux idiots en face. Ce n'est pas comme si on pouvait vivre une seule vie, une vie unifiée et cohérente. Pour moi c'est plus douloureux, parce que je crois vraiment que Dieu est toujours présent. Et je vois bien que ça ne fonctionne pas.

– Mais peut-être que Dieu ne s'intéresse pas au foot ?

– Des clous. Il a fait l'homme à son image. Et l'homme il s'intéresse au foot. Et d'ailleurs, je trouve qu'on a évacué un peu vite les points soulevés par ces messieurs : qu'est-ce que le centurion en a à faire de son serviteur, si l'on en croit les mentalités de l'époque ?

– Je vais devoir parler de tout ça à ta mère.

Quand on est sortis ce soir-là avec Bonnet, je me sentais si seul que je l'ai accompagné un bout de chemin. Jusqu'à la porte de son immeuble en fait, qui était plus haut dans la rue. On ne disait rien. C'est juste là, quand on est arrivés devant chez lui, qu'il s'est tourné vers moi.

– C'était pas bien de dire que j'étais un gros sac.

J'ai haussé les épaules.

– Tout le monde le dit.

– Et alors ?

Il est entré dans l'immeuble. Il avait raison, c'était pas bien. Après ça, il ne m'a plus parlé.

Mme Faure et ma mère se sont vues le dimanche d'après et je ne suis plus allé au catéchisme cette année-là.

Cette dernière année d'école fut marquée par un autre évènement mémorable : mon oncle est passé pour Noël et on a eu un Scalextric, mon frère et moi. On a fait semblant de croire que c'était un coup du père Noël, comme d'habitude, mais c'était un gros cadeau et ça, je savais que c'était mon oncle. Mes parents les gros cadeaux, ce n'était pas leur truc, ils ne voulaient pas qu'on soit des enfants gâtés. En tout cas c'est la seule fois cette année que Dieu a entendu mes prières. Tous les ans je demandais un Scalextric, je le mettais sur ma liste et j'en parlais aussi dans mes prières. Et là pour la première fois, ça avait marché.

On a monté le circuit dans la chambre, il prenait toute la place et on ne pouvait rien faire d'autre, mais comme c'était un cadeau pour nous deux on y jouait ensemble. Et je n'étais pas énervé comme d'habitude parce qu'il faut quelqu'un pour conduire l'autre voiture et perdre. Il y avait une Porsche et une Ferrari dans la boîte et je prenais toujours la Ferrari. On riait comme des dingues parce qu'on était toujours à fond au lieu de ralentir dans les virages et les voitures partaient tout le temps dans le décor.

Le Scalextric n'a pas tenu jusqu'au printemps, et de toute façon il fallait qu'on le démonte parce qu'on ne pouvait plus marcher et ma mère voulait faire le ménage et la Porsche ne marchait plus. On a dû tout remettre dans la boîte et descendre la boîte à la cave. Après ça les parents s'imaginent qu'on réclame des trucs à cor et à cri et qu'ensuite on n'en veut plus et que donc ils ont bien raison de ne pas céder pour les gros cadeaux, parce qu'après on est des enfants gâtés. Mais la vérité c'est que mon frère tenait trop de place dans ma chambre et qu'une fois le circuit démonté et la boîte à la cave c'était foutu, on n'allait pas redescendre avec tous les risques que ça impliquait.

Dans cet immeuble la cave était au sous-sol, là où sont les caves normalement. J'avais peur d'y aller, quand la minuterie s'éteint il fait tout noir et je sais bien qu'il n'y a pas de monstres à la cave, mais en fait on ne peut pas être sûr. Mon père m'avait déjà menacé de m'y enfermer si je continuais comme ça. De temps à autre je prenais une beigne, mais jusqu'ici, la cave, j'y avais coupé.

J'ai pris la grosse clé dans l'entrée et on est descendus au sous-sol par l'ascenseur, j'avais le droit de le prendre tout seul maintenant, ou avec mon frère qui était sous ma responsabilité. C'est moi qui portais la boîte, elle était quand même plus grosse que lui. Et je devais aussi m'occuper de tenir les portes et d'appuyer sur les boutons. Mais comme on était tous les deux on avait moins peur. On a mis la boîte du Scalextric avec les autres choses qui ne servaient à rien ou alors pas souvent, j'ai appuyé deux fois sur le bouton de la minuterie et on a pu remonter dans l'ascenseur sains et saufs.

J'ai appuyé sur le bouton du cinquième et on est partis en silence à travers l'espace. Mon frère m'a regardé d'un drôle d'air.

– On va faire quoi maintenant ?

– Je ne sais pas. Il faut chercher des idées.

Je ne savais pas ce qu'il avait dans la tête, sous sa petite casquette. C'était difficile d'imaginer que lui aussi, il pensait des trucs. En tout cas, c'était bien de ne pas être seul pour descendre à la cave.

Je l'ai pris par l'épaule. Il y avait longtemps qu'on ne s'était pas disputés, ça aussi c'était plutôt bien. Parfois ma mère nous laissait tous les deux, pour aller faire les courses. Il fallait juste faire attention que le fer soit débranché.

J'ai été puni encore une fois, parce que je n'apprenais pas les fables de la Fontaine. M. Didier s'en est aperçu le jour où il m'a fait réciter en premier. D'habitude j'écoute bien le premier qui passe, et puis le deuxième et ça me suffit. Si je passe après je la sais à peu près, la fable, et ça passe. *Un agneau se désaltérait dans le courant d'une onde pure*, etc. Mais là, non. M. Didier a poussé son enquête un peu plus loin et il s'est aperçu qu'en fait je n'apprenais jamais rien à la maison, je regardais dans mon livre en vitesse pendant qu'Ayagnan ou Grissini passaient sur l'estrade. C'était une stratégie possible parce que M. Didier préférait interroger d'abord les élèves qui avaient des difficultés et ça je l'avais compris assez vite. Mon père lui n'a pas compris et j'ai encore pris une beigne et je suis allé pleurer sur mon lit. Mon frère m'a fait un dessin pour me consoler. Il l'a fait un peu vite et c'était un gribouillis sans intérêt, même en le regardant d'un point de vue très contemporain. J'étais le seul à avoir du talent dans cette famille. Il a repris son dessin pourri parce que mes larmes coulaient dessus et que ça allait l'abîmer.

Après ça j'ai été privé de télé. C'était la première fois qu'il me faisait un coup pareil. Mon père ne rigolait pas avec le travail scolaire, peut-être parce qu'il était prof, mais pas forcément, la plupart des parents à ce moment-là ils ne rigolaient pas avec ça. Ceux qui avaient un travail pas complètement idiot ou qui gagnaient bien leur vie ou les deux, c'étaient ceux qui avaient bien écouté à l'école et bien appris les fables de la Fontaine. En même temps, j'étais toujours premier ou deuxième, donc il y avait dans cette punition une absence de logique certaine, de mon point de vue en tout cas, et j'allais peut-être manquer les meilleurs épisodes des *Agents très spéciaux*.

Déjà, *Le Prisonnier*, je n'avais pas vu la fin. C'était une série vraiment très bizarre, on n'y comprenait rien. Ce qui est sûr, c'est qu'ils avaient des Mini Moke pour circuler dans le Village. Ça, ça me plaisait bien. J'aurais donné n'importe quoi pour avoir une Mini Moke. Le village où il était prisonnier était au bord de la mer, on avait l'impression qu'il était tout le temps en vacances, sauf qu'il ne pouvait pas partir. On n'y comprenait vraiment rien. On n'a jamais su s'il avait réussi à s'évader parce qu'ils ont arrêté la série à cause de Mai 68. Et on n'a jamais su non plus pourquoi il était prisonnier et on n'a jamais rien compris, mais j'aimais bien. En Mai 68 il s'est passé beaucoup de choses difficiles, surtout pour mon père et mon oncle qui faisaient tous les deux partie du corps enseignant. Les étudiants et les CRS se battaient dans la rue. Les filles ne voulaient plus porter de soutien-gorge, c'était n'importe quoi. Plus personne ne voulait travailler et surtout on n'a jamais su si le Prisonnier avait réussi à s'évader.

En fait, la plupart du temps, les histoires étaient trop compliquées pour moi. Je ne comprenais pas la moitié de ce que je regardais, je dois reconnaître. Sauf peut-être *Ma sorcière bien-aimée* qui est plus un truc de filles. Je le regardais quand même parce que parfois il n'y avait rien d'autre à voir, et puis Lina le regardait aussi, là-haut dans son village perdu, alors je pensais à elle. Regarder *Ma sorcière bien-aimée*, en fait, c'est un peu comme jouer au papa et à la maman.

Sinon Napoleon Solo et Illya Kuryakin étaient mes héros quand j'étais en CM2. Ils faisaient le métier qu'on voulait tous faire plus tard : agents secrets. C'étaient vraiment des agents très spéciaux. Ils avaient des noms bizarres et des têtes bizarres. Et surtout des flingues à rallonge, avec des viseurs et des silencieux. On n'en trouvait pas dans les magasins de jouets, alors que la carabine de Josh Randall, quelques années plus tôt, on la trouvait facilement. On a toujours trouvé facilement des armes de cow-boy, des chapeaux et des étoiles de shérif. Les armes modernes, qui ressemblaient à des vraies, on n'en trouvait pas. De toute façon la carabine, mon frère l'avait cassée.

Le truc qui faisait le plus peur, c'était *Chapeau melon et bottes de cuir*. Une fois je me suis trouvé tout seul devant un épisode horrible : *Les Cybernautes*. Au début il y a un type qui fuit mais on ne sait pas pourquoi. Il s'enferme dans son bureau, mais la porte s'ouvre quand même et la caméra avance sur lui et on ne voit rien et il a très peur, il tire avec son fusil, mais il ne se passe rien et finalement il meurt et le titre de l'épisode apparaît sur l'écran : *Les Cybernautes* et je ne sais pas ce que ça veut dire mais ça fait peur.

Steed, le héros, est toujours très calme et ça aussi, curieusement, ça fait peur. Emma Peel, la fille qui enquête avec lui, se bat avec O Yama, un type qui fait du karaté, dans un club de karaté. O Yama ça veut dire la grande montagne, c'est du japonais. Et Steed arrive dans une grande usine vide où tout fonctionne automatiquement. Le méchant de l'histoire dirige cette usine. Il est assis dans un fauteuil roulant et il appuie sur des boutons et tout est automatique. En fait les cybernautes sont des sortes de robots qui ressemblent à des humains et qui se baladent dans la rue avec un imperméable et un chapeau.

Les séries anglaises et américaines à la fin des années soixante, celles que je regardais en tout cas, donnaient à voir un monde déshumanisé. C'était évident dans *Les Envahisseurs*, ces êtres étranges venus d'une autre planète. Leur regard fixe, leurs gestes mécaniques, le fait qu'ils remplacent peu à peu les humains. Aussi, comme ils ne veulent pas attirer l'attention, ils établissent toujours leur camp de base dans des lieux déserts, des vieilles usines ou des villes abandonnées ou des vrais déserts, et David Vincent est toujours seul et il ne peut faire confiance à personne, il n'arrive jamais à établir le contact avec quelqu'un d'autre, ou alors c'est quelqu'un qui meurt très vite. Et tout ça, les lieux déserts, l'absence de chaleur humaine, en fait une des séries les plus tristes à regarder. J'étais toujours triste, après.

Lina, je ne l'avais pas vue à Noël (mais on avait eu le Scalextric). Je pensais que je la verrais peut-être pour les vacances d'été. En fait ça n'arrivait jamais, parce que ses parents partaient tous les ans en Espagne.

– Mais peut-être qu'elle pourrait passer les vacances avec nous ? Juste Lina ?

Ma mère tricotait quelque chose. Elle tricotait souvent quelque chose quand j'avais des questions importantes à poser. Ou alors c'est moi qui choisissais ce moment-là, je ne sais pas. En tout cas elle m'a regardé avec ce sourire qu'elle avait quand elle avait un truc déplaisant à dire, par exemple que j'avais rendez-vous chez le dentiste. J'ai regardé ses doigts, elle avait arrêté de bouger ses aiguilles.

– Tu sais, mon lapin, je crois bien que Lina préfère passer ses vacances en Espagne.

Je suis resté un moment sans rien dire. Un long moment. J'avais une boule dans la gorge. C'est compliqué pour parler, si on ne veut pas que ça se voie.

– Et nous alors, pourquoi on y va pas ?

– Je vais te faire couler un bain.

Elle n'a rien répondu d'autre. Là encore, je me doutais bien qu'il valait mieux que j'ignore la ou les raisons, ce qui expliquait que certains passent leurs vacances en Espagne et d'autres non, et aussi que les parents de Lina avaient choisi de rouler en DS19, une voiture de science-fiction, et que nous on préférait se traîner en 2CV, un tacot qui ressemblait à un parapluie pété. Et dans le lointain, dans le brouillard poisseux des choses inacceptables, là où même le Service des affaires classées répugnait à s'aventurer, que mon amour pour Lina ne pouvait pas déplacer les montagnes.

# 11

# Histoire du zéro

L'année d'après je suis entré au collège. C'est là que mon père travaillait. C'était un bâtiment grand comme un porte-avions, qui abritait toutes les classes de la sixième à la terminale. Mon père enseignait là depuis notre arrivée dans cette ville et il avait sa salle attitrée. La salle 30, sur la galerie supérieure, la première après les escaliers.

Nous partons ensemble le matin, il y a une petite demi-heure de marche. Nous nous séparons un peu avant d'arriver. Les profs et les élèves n'entrent pas par la même porte, et moi je préfère. Je n'aimerais pas qu'on nous voie arriver ensemble. On a vraiment l'impression que tu es un môme, si tes parents t'accompagnent. Mais moi je ne pouvais pas faire autrement, on allait au même endroit.

Nous ne parlons pas beaucoup pendant le trajet, parfois pas du tout. Il ne me donne plus jamais la main, ce qui est normal. Je suis grand maintenant, j'ai dix ans. À dix ans on ne donne plus la main à son père. Mais parfois j'aimerais bien qu'on se dise des trucs. Je ne sais pas trop comment lui parler. J'ai l'impression que toutes les choses que j'aimais bien avant sont en train de partir sans qu'on puisse rien faire pour les retenir, comme l'eau par le trou du lavabo.

Au collège on a plusieurs professeurs qui enseignent chacun une matière en particulier. Il y a des matières que nous détestons tous, comme les sciences naturelles, ou la techno. Les maths et le français, ça peut aller.

– Est-ce que tu seras mon professeur en histoire ?

– Non, en principe ils font attention que ce genre de chose ne se produise pas.

C'est la seule question que j'ai posée. J'avais tellement peur que ça arrive que je n'avais pas eu le temps d'avoir peur d'autre chose.

Le premier jour il ne s'est pas passé grand-chose, on a juste fait l'appel et le prof de français nous a expliqué comment ça se passait au collège, mais ça je le savais déjà. Après on s'est retrouvés dans la cour. Des cours il y en avait quand même trois, la troisième au fond était aussi grande que la place de l'hôtel de ville, avec ses terrains de basket et ses deux terrains de hand à angle droit. C'était comme une ville, il y avait des élèves partout, de tous les âges et de toutes les tailles. Les plus grands passaient les récrés à fumer et à discuter, les plus petits couraient encore dans tous les sens. Tout le monde changeait de salle tout le temps, alors il fallait sans cesse trimballer son cartable. On les posait en tas devant la salle, comme ça après on avait les mains libres.

Je ne savais pas trop quoi faire, à la récré. Je ne connaissais personne. J'avais toujours eu du mal à me faire des copains, mais là c'était pire que tout. C'est comme si je n'étais pas fait pour le collège. J'avais l'impression que tout le monde avait grandi autour de moi, et que je n'arrivais pas à suivre. Dire des gros mots toute la journée, par exemple, je n'y arrivais pas. Alors on avait l'impression que j'étais encore un petit.

Et j'étais toujours nul au foot. Tout le monde s'en est aperçu assez vite.

– Alors, comment ça s'est passé aujourd'hui ?

Ma mère posait la question tous les soirs. Bien, je disais. Je ne voulais pas l'embêter avec mes histoires. Et puis j'allais bientôt entrer dans l'adolescence, c'est le moment où on comprend que les parents ne peuvent pas comprendre.

Si ça se trouve je pensais déjà un peu aux filles. Il n'y avait pas de filles dans ma vie, il n'y en avait même pas dans ma classe. Il n'y avait pas de filles au collège, c'était un collège de garçons. Mais il y en avait toujours à la télé, dans *Chapeau melon*, par exemple, ou dans *Belphégor*. D'ailleurs Belphégor c'était une fille, mais ça on ne l'a su qu'à la fin.

En tout cas, dans les histoires que je me racontais la nuit, il y avait souvent une fille.

En classe, je n'étais plus le chouchou de personne. Ce n'était arrivé qu'une fois dans ma vie, avec la vieille Mme Siard, mais quand on a été le chouchou une fois, c'est difficile de constater que personne ne s'intéresse à vous. En tout cas, je n'avais pas mon père en histoire. Au moins j'avais échappé à ça.

En fait, j'ai découvert assez vite que je n'étais pas à l'abri pour autant. Je n'avais pas encore eu le temps de me faire un copain dans cette classe où je ne connaissais personne, et pour tout le monde j'étais déjà le fils du professeur. C'était tout ce qu'ils savaient de moi, et ça leur suffisait.

Les autres pouvaient raconter ce qu'ils voulaient sur leur famille, qu'ils étaient des caïds à la maison, par exemple. Ou que leur père était ministre, ou pilote de course, ou que leur mère était une actrice connue en Australie. À la maison pareil, ils pouvaient raconter ce qu'ils voulaient, prétendre qu'ils étaient des élèves brillants. C'était encore plus facile dans ce sens-là. N'importe qui était capable de truquer un carnet de correspondance. Même moi, j'aurais pu transformer un 7 en 17. Techniquement c'était pas compliqué. Tu mets un 1 devant et le tour est joué.

Tout le monde connaissait mon père, savait à quoi il ressemblait. C'était ce grand type à l'air sombre, un prof sur qui personne ne voulait tomber, parce qu'il avait cette réputation d'être très sévère, ça ne rigolait pas avec lui. On imaginait bien qu'à la maison, ça ne rigolait pas non plus. D'ailleurs c'était pas faux. Et mon père savait exactement comment je me comportais en classe. Il lui suffisait de demander à ses collègues. J'étais constamment sous le mirador, dans le faisceau du projecteur.

J'étais encore un enfant, quelqu'un qui avait un père dans les parages. Les autres c'étaient déjà des hommes, ils n'avaient de comptes à rendre à personne. Et j'étais toujours aussi inutile sur un terrain.

J'ai quand même réussi à me faire un copain. J'ai réussi ça avant l'hiver. Il avait un drôle de nom : Batou. Ce n'était évidemment pas une vedette locale. Batou était un petit gars à l'accent stéphanois prononcé, lui aussi incapable de taper dans une balle, toujours habillé pareil, à croire qu'il n'avait qu'une tenue dans son placard, ce qui était peut-être le cas. Il fallait être moi pour rechercher sa compagnie. Il boitait un peu, je ne sais plus pourquoi. Un truc qui n'allait pas dans son pied gauche. Et moi j'avais des problèmes de dos. On venait de s'en apercevoir. Deux mois après la rentrée, le docteur nous avait expédiés chez le kiné ma mère et moi. Le kiné habitait boulevard Karl-Marx et il m'a demandé de me déshabiller sauf le slip.

– Il n'a jamais été catalogué comme rachitique ?

– Non (elle a eu ce sourire curieux qu'elle a des fois), on m'a toujours dit qu'il n'était pas très étoffé voilà…

J'étais debout en slip devant toutes ces grandes glaces qui se reflétaient les unes les autres comme chez Louis XIV et j'ai vu mes omoplates qui sortaient dans mon dos, et que je ressemblais à ces gamins en Afrique que j'avais vus à la télé, sauf que j'étais pas Noir. Ils m'ont regardé un long moment sans rien dire avec ma mère, c'était très gênant, comme si j'étais un paquet arrivé par la poste qu'ils allaient devoir renvoyer contre remboursement, parce que dans cet état-là, non, tout de même il y a des limites. Et ils ont continué à parler de moi comme si j'étais ailleurs, les adultes faisaient tout le temps ça à ce moment-là.

– Cet enfant a effectivement une cyphose, mais ce n'est pas tout. Il a aussi un début de scoliose. Vous voyez, ici. Tourne-toi par là, bonhomme.

Je me suis tourné comme il disait et j'ai senti son doigt qui descendait le long de mon dos. Scoliose, cyphose, lordose compensatoire, il y avait de quoi faire. Deux fois par semaine j'allais devoir m'arrêter chez ce type pour qu'il essaie de me redresser. C'était le soir après les cours, mardi et vendredi.

Et j'allais encore et toujours au catéchisme, tel Sisyphe roulant son boulet. Sisyphe on en avait parlé en classe et mon oncle aussi m'en avait parlé. Dieu on n'en parlait toujours pas. On étudiait Zeus et Chronos et Osiris et tous les autres, mais celui-là non.

Les civilisations anciennes, qu'on étudiait à ce moment-là, fascinaient Batou. Qu'on se passionne pour quoi que ce soit émanant de l'école, voilà ce qui me fascinait moi. Comme je n'avais pas d'autre copain j'ai fait semblant de m'intéresser à ces trucs. Les pyramides et tout ça.

– Tu te rends compte que c'est des tombeaux ?

Il trouvait ça incroyable.

– Le type est mort, alors qu'est-ce que ça peut bien lui faire ? Sauf qu'après, il y a eu la malédiction, tous les types qui ont exploré le tombeau ont eu des maladies ou alors des serpents se sont glissés mystérieusement chez eux.

Je ne lui ai pas prêté *Le Mystère de la grande pyramide* parce que je savais qu'il allait l'abîmer. La plupart des types n'étaient pas soigneux avec les BD. Et puis c'était déjà mon copain, j'avais pas besoin de faire des efforts.

Après ça j'ai balancé ma mère par la fenêtre du cinquième étage. Avant, dans la cage à lapins, on habitait au dixième, mais c'étaient des tout petits étages, à cause du plafond qui n'était pas loin. Maintenant on était seulement au cinquième mais les pièces étaient plus normales, alors quand je l'ai poussée par-dessus la rambarde et que je l'ai regardée dégringoler ça a pris un temps fou avant qu'elle arrive en bas. Elle criait et elle tendait les bras vers moi et je suis juste resté là à la regarder et à rire. Je riais comme un dingue. Et puis je me suis réveillé, je me suis assis dans mon lit, secoué de sanglots. J'avais tué ma maman. Plus grave, plus inexplicable, ça me remplissait de joie. Je riais vraiment dans le rêve.

Je l'ai appelée. Mon frère ne s'est même pas réveillé. C'était pas son problème. Mais peut-être qu'il faisait semblant, qu'il ne voulait pas entendre parler de cette histoire.

– Qu'est-ce qui se passe ?

Elle s'est assise sur le lit à côté de moi, elle a passé sa main dans mes cheveux, c'était un geste qu'elle faisait encore à ce moment-là. J'ai raconté mon rêve, ce qui a pris un petit moment parce que j'étais secoué de hoquets comme un bébé. Curieusement, elle n'a pas eu l'air plus inquiète que ça. Il est vrai qu'elle était toujours en vie.

– Tu sais, Freud a dit qu'il fallait tuer ses parents. C'est normal.

Je sais qui est Freud. Il fait partie des discussions familiales, surtout quand mon oncle est là. Je sais qui sont Parménide, Marx, Zénon d'Élée, Nietzsche, Einstein et d'autres gens, pour les mêmes raisons. Cela fait partie des informations inexploitables qui m'encombrent la tête. Je connais moins bien les groupes de rock, c'est pour ça aussi que je passe pour un nul.

– C'est normal ?

– Mais oui. Allez, il faut dormir.

J'ai eu un dernier hoquet. Ma respiration se calmait. Je me suis souvenu de cette nuit chaude et sèche, quand les parois de ma gorge s'étaient refermées et que l'air ne passait plus. Après la piqûre du docteur je respirais un peu comme ça, en escaliers qui ralentissaient. J'avais vu mon corps de l'extérieur à ce moment-là, un bébé à l'air étonné, assis en couche sur la table d'examen.

– Alors c'est normal ?

– Oui, ne t'inquiète pas.

En fait, non, ce n'était pas normal. Les garçons, en principe, fantasment sur le meurtre du père. C'est lui que j'aurais dû balancer par la fenêtre. Mais comme elle avait dit de ne pas m'inquiéter je me suis étendu à nouveau, elle a remis la couverture en place sur mes épaules et après une dernière caresse dans mes cheveux elle s'est levée, et elle est partie. Encore quelques secondes et la lumière du couloir s'est éteinte. Je me suis retrouvé dans le noir à regarder les lumières du boulevard qui passaient entre les persiennes et traçaient au plafond des petites routes bleues.

C'était la première fois que ma mère se levait pour moi la nuit. Justement cette nuit-là, la nuit où je l'ai tuée. En Algérie elle ne répondait pas à mes appels. Je hurlais, pourtant. J'avais faim. Elle ne voulait pas voir son bébé, sans même parler de le nourrir. Par quel miracle avons-nous survécu ?

Quand j'y pense ma mère était vraiment triste. Quand j'étais petit elle avait ce sourire comme un soleil. On habitait beaucoup plus au nord, pourtant j'avais l'impression qu'il y avait tout le temps du soleil partout. Même en hiver il y avait ce gros réverbère et les flocons qui dansaient dedans, on aurait dit que Dieu éclairait tout. Mais maintenant je commençais à comprendre que Dieu c'était un peu n'importe quoi et ma mère ne souriait pas souvent.

Je me doutais bien que ça avait quelque chose à voir avec l'arrivée de mon frère. Déjà quand j'étais né, elle était tellement triste qu'il avait fallu lui donner tous ces cachets et après elle me laissait tomber par terre.

Elle continuait de tricoter le soir, assise dans le canapé devant la télé. Quelqu'un aurait dû lui dire que ça ne servait plus à rien.

Le mardi soir et le vendredi soir, je devais m'arrêter chez le kiné, à cause de mon dos tordu. Je m'asseyais tout seul dans la salle d'attente parce qu'il avait toujours un truc à finir avant, et là, normalement, j'aurais dû me dire que ma vie était pourrie. C'était un peu l'endroit idéal pour se dire ça, avec la nuit qui tombait dehors et la moquette dégueu qu'il aurait quand même dû changer. J'essayais de penser à des trucs, des histoires où j'étais le héros et parfois ça marchait. Après il me faisait entrer dans une petite cabine et je devais me déshabiller sauf le slip.

Le kiné n'était pas un mauvais bougre, comme on dit. Il me faisait faire des tas d'exercices qui faisaient super mal partout. Il m'obligeait à les faire jusqu'au bout, et comme je suis plutôt le garçon obéissant et pas du tout rebelle je les faisais jusqu'au bout. L'idée c'était que j'arrête d'être bossu et tordu. C'était une bonne idée. Mais comme j'avais mal partout à force de faire les exercices je n'arrivais pas à voir les choses comme ça. La nuit tombait, il faisait froid et après il fallait encore que je rentre et ce n'est pas pratique de rentrer depuis le boulevard Karl-Marx, il n'y a pas de bus qui va dans ce sens, je suis vraiment obligé de rentrer à pied.

En plus, j'avais le cartable le plus lourd depuis l'invention de l'école publique. Je suis sûr que c'est pour ça que je commençais d'être bossu. Je ne voyais pas bien l'utilité de ces exercices pour me redresser le dos si après il fallait que je porte mon cartable, avec les deux livres de maths, le livre d'histoire et puis le Lagarde & Michard et tous les cahiers que voulaient les profs, avec des pages spéciales et des carreaux comme ci ou comme ça. Mon père ne comprenait pas. Il découvrait, cahier après cahier, que ses collègues jouaient un peu à la dinette.

– Explique-moi pourquoi il veut un cahier de 96 pages à petits carreaux ?

– Je ne sais pas, c'est ce qu'il a demandé.

Il ne comprenait pas, et moi non plus. Mais il ne pouvait pas remettre en cause leurs exigences, alors c'est ma mère qui s'occupait des fournitures. On allait ensemble au supermarché, mon frère s'asseyait dans le caddie et je le poussais dans les allées, on dérapait dans les virages comme si c'était une Mini Cooper au rallye de Monte-Carlo. On prenait aussi du poisson pour le dîner, j'aimais passer mes doigts dessus pendant qu'elle parlait avec le poissonnier, une fois je me suis fait bien engueuler. Et j'avais le droit d'avoir un gros Bic 4 couleurs tous les ans, parce que tous les ans il était de nouveau pété à force de le faire cliquer tout le temps, en plus ça énerve tout le monde.

Tout ça pour dire, j'avais ce cartable de quinze tonnes et je devais vraiment rentrer depuis le boulevard Karl-Marx comme si c'était la porte à côté, alors que pas du tout. Le kiné, qui était chauve, me faisait aussi souffler dans un truc avec une aiguille qui mesurait ma capacité respiratoire. Comme il était penché sur l'aiguille pour voir si je faisais des progrès je voyais son crâne chauve et je me disais que peut-être lui aussi il avait des problèmes, alors je le détestais moins.

Mon frère, avec sa casquette, ressemblait aux enfants qu'on voit dans les vieilles réclames. Il n'était pas tordu, lui. D'ailleurs moi c'était arrivé à cause de la croissance, c'est ce qu'on disait, et lui la croissance il n'y était pas encore, même s'il était tout le temps en train de lire ces livres très sérieux qu'il prenait dans la bibliothèque du salon, il m'arrivait toujours au sternum.

En tout cas quand je revenais du kiné il y a longtemps qu'il était rentré, je le trouvais tranquillement installé dans la chambre en train de lire. Il lisait tout ce qui lui tombait sous la main. Enfin, presque tout. Il n'était pas question qu'il touche à mes BD.

– Ça m'intéresse pas, tes âneries dessinées.

Il disait ça avec cet air suffisant qu'il avait, je crois qu'il lisait Homère à ce moment-là. Moi j'étais dans Philémon, *Le Voyage de l'incrédule*, un de mes préférés. Je crois qu'il avait très envie d'y jeter un coup d'œil, mais je ferme mon armoire à clé pendant la journée. Je ne suis pas fou.

– Les mathématiques sont les meilleurs outils pour structurer ta pensée. Et donc pour mener ta vie intelligemment, ne pas te laisser aveugler par des problèmes d'ordre psychologique. En maths, quel que soit le problème posé, il n'y a qu'une réponse juste. Tes problèmes personnels, tes opinions sur le sujet, n'ont pas à intervenir.

Les mathématiques modernes, je crois, ont mis cette conception à mal. Mais c'était vrai, évidemment, en ce qui concernait le second degré, ce qu'on apprenait au collège. Mon père avait décidé de m'aider. Peut-être qu'il avait déjà eu des remarques, à ce moment-là.

– Une seule réponse, la bonne. Et plus important encore, s'il n'y a pas de réponse juste, en d'autres termes si le problème posé n'a pas de solution, tu dois être capable de le savoir avec certitude, et de l'affirmer.

J'écoutais religieusement comme chaque fois que mon père me consacrait du temps. Bien sûr, j'aurais préféré qu'il soit question d'autre chose, mais j'étais preneur de tout son amour. Et si ce n'était pas de l'amour, j'en voulais bien aussi. Et puis on était dimanche après-midi. On s'ennuie le dimanche, tout est fermé.

– Comprends-tu le temps que cela te fera gagner dans la vie ? Quand il n'y a pas de solution, ou quand le problème est mal posé, ce qui revient souvent au même, tu es capable de t'en apercevoir.

– Oui, je comprends.

Je comprenais que dalle. Les phrases pourtant sont restées imprimées dans ma chair, gravées sur mon disque dur. Attendant de servir à quelque chose, comme des taupes, des agents infiltrés.

– Les chiffres sont des abstractions, créées de toutes pièces pour nous permettre de quantifier la réalité, de comparer, d'échanger, de prévoir. S'il n'existe qu'une réponse juste, alors les schémas se répéteront, le résultat sera toujours le même et nous pouvons prévoir l'avenir avec précision.

Mon oncle aussi était fort en maths. Il m'a tout expliqué sur le zéro. C'était Noël à nouveau, et à nouveau cette année, mes parents avaient décidé que c'était trop fatigant d'aller voir Lina. Mon oncle était venu nous voir avec sa 404. Elle a les vitesses au volant je trouve ça trop bien.

– Le zéro a été inventé par les Babyloniens pour montrer une absence dans l'écriture d'un nombre, comme dans 404 où le zéro montre l'absence de dizaines. C'est le zéro de position. Les Indiens en ont fait un vrai nombre qu'on peut additionner et multiplier, comme les autres. Cette invention indienne est arrivée chez nous par les Arabes, notamment par les travaux d'Al-Khwārizmī, un grand mathématicien dont le nom a donné « algorithme ». En Europe les chiffres arabes vont remplacer les chiffres romains.

– C'est quoi, algorithme ?

– C'est une séquence d'instructions qu'on utilise pour résoudre un problème, toujours dans le même ordre. On sait que ça marche dans cet ordre-là, on n'a pas besoin de se poser la question à chaque fois. Le zéro est la frontière entre les nombres positifs et les nombres négatifs, que tu vas étudier bientôt. C'est un chiffre presque comme les autres, qui s'additionne, se multiplie et se soustrait.

– Et pourquoi on a été les derniers à en entendre parler ? Je veux dire, les Indiens et les Arabes ils savaient tout ça avant.

– Eh bien, c'est la faute de Dieu, ça aussi (mon oncle semblait penser que beaucoup de choses étaient la faute de Dieu). Après l'avènement de la chrétienté, les dirigeants religieux européens expliquèrent que puisque Dieu est dans tout ce qui existe, alors toute représentation du néant devait être l'œuvre du diable. Dans l'espoir de sauver l'humanité, ils ont interdit le zéro. En Orient, personne n'avait ces problèmes. Tu te souviens du Bouddha ?

– Oui, ça c'était rigolo.

J'aimais bien ce mot, Bouddha. Il me faisait rire à chaque fois.

– Dans la philosophie bouddhiste, au contraire, le concept de vide est une clé essentielle pour atteindre le nirvana. Le nirvana c'est un peu le paradis, si tu veux. En fait, le mot anglais *zero* est dérivé à l'origine du mot hindi « sunyata », qui signifie « néant ». C'est un concept central dans le bouddhisme.

Mon père ne savait pas tout ça. Ou s'il le savait, il n'en a jamais parlé. Bouddha, il n'en a jamais parlé. Peut-être que Bouddha c'était un problème si on croyait en Dieu, le Dieu de la Bible.

– Le zéro permet aussi de compter avec un seul

chiffre : le un. C'est comme ça que comptent certains ordinateurs, qui comptent plus vite que nous.

– Mais des chiffres, y en a neuf, en fait.

– C'est une décision arbitraire. Tu comprends, le zéro permet de faire des tas. Dix, ce n'est pas un chiffre, c'est un nombre, c'est-à-dire un tas. Imagine que tu comptes des crayons. Tu as neuf crayons, tu ajoutes un crayon, tu décides que c'est un tas de crayons. Tu as un tas et zéro crayon, donc tu écris ça 10. Mais tu pourrais aussi bien décider de faire des tas de cinq, par exemple. Tu as quatre crayons, tu ajoutes un crayon…

– Et tu écris ça 10 !

– Exactement. Et le un suffit pour compter. Tu fais des tas de deux. Un crayon plus un crayon égalent…

– 10 crayons !

– Bravo. Et tout ça, grâce au zéro.

L'histoire du zéro est fascinante. On en trouve aussi une version chez les Mayas, en Amérique du Sud, et on peut dire qu'il a beaucoup voyagé avant d'atterrir sur ma feuille.

– Zéro ? Comment est-ce possible ?

Mon père n'en revient pas. Il regarde la copie double, paraphée en rouge par son collègue d'histoire. C'était juste après les vacances.

Il ne me serait pas venu à l'idée de lui cacher cette catastrophe. Ou peut-être que si, si j'avais été un enfant comme les autres. Mais ce n'était pas le cas. Il était dans la place. Tout ce que j'aurais eu la fantaisie de lui dissimuler, il l'aurait forcément appris par ses collègues.

– Comment as-tu fait ton compte ?

– Je me suis trompé de leçon.

J'étais au bord des larmes. Zéro. J'aurais pu me suicider. C'était idiot. Si on y réfléchit. On ne se tue pas pour ça.

Je n'avais jamais eu de mauvaise note. De ma vie. Avant d'entrer au collège, la plus mauvaise place que j'avais obtenue au classement général, c'était second. J'avais toujours droit au tableau d'honneur, aux félicitations du jury, et, pour la dernière année, à un prix. C'était la dernière année, la toute dernière fois, c'est une des traditions scolaires que j'ai vu disparaître. Le prix, naturellement, était un livre, pour les cinq premiers du classement. On avait le droit de choisir, j'ai choisi parmi les trois qui restaient. Je n'allais pas lire ce livre, pas plus que les autres, mais j'aimais le titre : *Kamikaze*.

Et là, d'un seul coup, zéro.

– File dans ta chambre !

J'étais un caillou dans sa chaussure. Je l'ai compris presque tout de suite. Lui aussi, il aurait préféré ne pas m'avoir dans les pattes. Comme moi avec lui. Ce que je ne pouvais pas comprendre tout seul, je finissais quand même par en avoir une idée assez juste, parce que ce n'était pas si grand que ça, chez nous. C'est curieux, les adultes ne se rendent pas compte que vous écoutez. Je faisais souvent mes devoirs sur la table de la salle à manger. Il y a plus de lumière, et plus de place pour étaler mes livres et le cahier de brouillon quand je recopie. Alors je l'entendais parler à ma mère quand ils étaient au salon ou dans la cuisine.

Jusqu'ici, il était bien tranquille. Il n'avait de comptes à rendre à personne. Il n'était pas syndiqué, et donc il avait beaucoup d'ennemis. Tous les profs étaient syndiqués, ça faisait tache ce type qui n'était pas syndiqué. Et puis il votait à droite, ou les gens le supposaient. Tous les profs votaient à gauche. Il était un peu seul, mais ils avaient tous peur de lui, alors ça allait.

Là, d'un seul coup, ils avaient trouvé le point faible. C'était moi le point faible. Ils venaient le voir, l'air embêté.

– Dis donc, ton fils…

– Zéro. Qu'est-ce que tu veux, il ne savait rien.

– Il ne participe pas.

– Il bavarde.

Quoi, c'est donc là toute sa production ? Un enfant introverti, solitaire, qui ne brille dans aucune matière en particulier. Pas même un cancre sympathique. Une chose terne et décevante, juste capable de se tromper de leçon : zéro.

Je fus à nouveau privé de télé. À ce moment-là, je regardais *L'Immortel*. J'aimais bien. Il est poursuivi par des types qui veulent lui prendre son sang. Lui non plus je n'ai pas su s'il avait réussi à s'en sortir. Je pouvais supposer que oui, il était immortel.

Il me restait les BD, Dieu merci. Je me suis réfugié dans ma chambre et je me suis calé dans le fauteuil en osier avec un album de Blueberry, *L'Homme au poing d'acier*. Je n'avais pas bien compris qu'à partir de cette seconde, j'étais censé me consacrer uniquement au travail scolaire.

Mon père m'a arraché l'album des mains et l'a expédié à travers la pièce. La reliure a cédé. C'était bien la peine que je les prête pas à Batou. J'avais encore l'âge de pleurer alors je l'ai fait. Ma mère est venue voir ce qui se passait et elle a ramassé l'album. J'ai bien vu que mon père était quand même un peu embêté.

Sa complicité avec mon frère était de plus en plus visible. Il était son préféré, c'était aussi clair que dans la Bible. Dans la Bible il y a toutes ces histoires de frères, il y en a toujours un qui est préféré et l'autre finit par le tuer. Je prenais régulièrement des beignes. Mon frère passait à travers les balles, comme si j'avais servi de paratonnerre. Je ne comprenais pas cette histoire. Comme tout ce que je ne comprenais pas, j'avais fini par trouver ça normal.

Quand il n'y a pas de solution, ou quand le problème est mal posé, ce qui revient souvent au même, tu es capable de t'en apercevoir.

En fait, non. J'en étais incapable.

Je m'étais fait à l'idée qu'on vivait dans cette ville, maintenant. On habitait là pour de bon. On n'allait pas déménager à nouveau, pas tout de suite, peut-être jamais. C'est pour ça que je ne voyais presque plus Lina.

Je trouvais que c'était plutôt une jolie ville, cela dit. Il y avait un tramway qui allait dans les deux sens. Je le regardais passer comme si c'était un train électrique dans la vitrine d'un magasin. C'était magique, au début en tout cas. Le tramway allait de la Terrasse à Bellevue, les deux places aux extrémités de la ville. On entendait sa petite clochette quand il arrivait, en hiver quand il neigeait on pouvait croire que c'était le père Noël dans son traîneau, et puis je me retournais et c'était juste le tramway avec trois vieilles dames dedans.

Je regardais les voitures, aussi. Toutes les voitures garées sur le chemin du collège. J'avais toujours fait ça, même quand j'étais petit. J'espérais tomber sur une voiture américaine, une Galaxy ou une Chevrolet 55. C'était très rare de voir une voiture américaine en vrai, de la voir dans la rue. On voyait assez souvent des Triumph Spitfire ou des Alfa Romeo Giulietta, je me collais tout contre la vitre pour voir le tableau de bord qui était en ronce de noyer, je trouvais ça beau, les plus belles choses que j'avais vues de ma vie. Quand Lina se promenait avec moi elle faisait toc-toc avec son doigt sur sa tête, mais en fait c'est ça qu'il se passe dans la tête d'un garçon.

Le soir avec mon frère on jouait à toutes sortes de jeux idiots. Je ne sais pas comment ça se passait pour lui à l'école, peut-être que lui aussi avait du mal à se faire des copains. En tout cas j'étais content de le retrouver.

Après quand j'en avais marre ou quand ma mère trouvait qu'on faisait trop de bruit, je prenais une BD et je m'installais sur mon lit. Il allait prendre un livre dans la bibliothèque du salon et il faisait pareil, il s'installait en face de moi, avec cette casquette qui abritait des dispositifs de lecture rapide. Moi je profitais de chaque case une par une, je prenais mon temps. *La Cité des eaux mouvantes*, c'était mon album préféré cette année-là.

On pouvait aussi s'installer sur le tapis pour jouer aux osselets. Je gagnais toujours, j'étais assez fort à ce jeu. Puis après j'inventais quelque chose. Il fallait changer souvent pour pas s'ennuyer, l'important c'était de ne pas faire de bruit.

– Viens, on va dans la salle de bains.

– Pour quoi faire ?

– On ferme la porte à clé et on éteint la lumière, comme si c'était un sous-marin en train de couler.

Il n'y avait pas de fenêtre dans la salle de bains, c'était vraiment le noir complet quand on éteint. C'était comme si on faisait quelque chose d'interdit, c'était mieux que de jouer dans la chambre.

– Ce submersible a toutes les chances d'être notre tombeau.

– Oui capitaine.

– Qu'est-ce qui se passe avec les turbines ?

– Je ne sais pas, capitaine.

– C'est pas possible, vous êtes nul.

– Oui capitaine.

C'était moi le capitaine. Ou l'amiral ou le chef des détectives, je commandais, en tout cas. Je décidais aussi du scénario, des armes qu'on avait et du type d'ennemis qu'on devait affronter. C'était bien d'avoir un petit frère pour jouer à ce genre de jeux. Au collège on n'est plus censé inventer des histoires, on doit jouer à des jeux normaux.

Au bout d'un moment ma mère trouvait qu'il se passait quelque chose de bizarre dans cette maison.

– Qu'est-ce que tu fais là-dedans ?

– Je me lave les dents.

– C'est idiot, on va passer à table. Et je t'ai déjà dit de ne pas t'enfermer dans la salle de bains. Sors de là.

– J'arrive.

J'ai entendu ses pas qui s'éloignaient dans le couloir.

On a rigolé sans faire de bruit.

À la fin de l'année je suis passé dans la classe du dessus. Après la sixième en fait c'est toujours un peu la même chose. Il y a la cinquième et puis la quatrième et on commence à apprendre d'autres trucs, à résoudre des équations, à parler espagnol et à comprendre tout ce qu'il s'est passé à la Renaissance, quand ils ont tous commencé à peindre comme si c'étaient des photos et François I^er^ les encourageait. Il y a aussi des cours qui disparaissent, heureusement. On ne fait plus de technologie ni de flûte à bec au bout d'un moment. En technologie on doit apporter un Té qui est une grande règle en bois inutile. On se bat avec à la sortie. La flûte à bec est un instrument pourri dont personne ne joue sur aucun disque et qui n'existe qu'au collège. Le prof de musique déteste le monde entier.

Cette année-là j'ai commencé à être très malheureux sans raison. Ça arrivait d'un coup, vers six heures du soir. Je savais qu'il y avait dans le monde des enfants qui n'avaient rien à manger, et d'autres qui se faisaient bombarder. Moi j'étais malheureux sans raison. Quand je comptais sur mes doigts tout ce qui n'allait pas dans ma vie, je voyais bien que ça n'avait rien à voir avec le fait d'être bombardé ou de mourir de faim. J'allais à la salle de bains me regarder dans la glace et je faisais un grand sourire avec toutes mes dents. Mais ça ne marchait pas. Alors j'allais voir ma mère qui était en train de repasser. Souvent quand j'étais très malheureux elle était en train de repasser.

– J'ai le cafard.

Elle relevait le fer et le posait à sa droite, il faisait ce bruit de vieille locomotive qui s'arrête dans une petite gare. Je regardais ses mains tandis qu'elle tournait le chemisier de l'autre côté.

– Qu'est-ce qui se passe ?

– Je ne sais pas.

Elle reprenait le fer, qui envoyait de grands jets de vapeur de tous les côtés. Puis elle le reposait tout droit, tournait le chemisier.

– Tu n'as pas de devoirs à faire ?

– Non, j'ai tout fait.

– Il s'est passé quelque chose, au collège ?

– Non. Juste, j'ai le cafard.

Elle boutonnait le chemisier sur toute la longueur, elle le pliait en quatre et elle le posait sur la pile de l'autre côté. Moi j'attendais, les yeux dans le vide, persuadé qu'elle pouvait faire quelque chose.

– Alors, c'est qui, ce lieutenant Blueberry ?

– Comment tu connais Blueberry ?

C'était comme si on m'avait offert un million de dollars. J'ai sauté sur l'occasion sans attendre sa réponse.

– C'est la meilleure BD de western, celle que je préfère avec *Lucky Luke*, enfin les premiers *Lucky Luke*, les vieux, *Pat Poker, L'Élixir du Dr Doxey*, cette période-là, quand il tuait encore des gens. *Blueberry*, à part que c'est super bien dessiné, j'adore parce que tout le monde se trahit tout le temps, ça crée une sorte de suspense permanent, tu t'attaches aux personnages mais en même temps tu ne peux pas t'empêcher de condamner leurs choix, tu es sans cesse tiraillé et puis il y a cette puissance graphique…

Et je continuais comme ça sans respirer pendant que le tas de droite diminuait et que la pile des trucs bien pliés à gauche augmentait, et je marchais de long en large et je mimais les scènes et j'expliquais pourquoi *la Mine de l'Allemand perdu* constituait un vrai tournant stylistique et thématique, et ma mère a débranché le fer et elle a dit :

– Et alors, il arrive à sauver McClure ? Viens m'aider à plier les draps.

Alors on est allés dans le couloir et on a plié les draps tous les deux en tirant bien chacun d'un côté et on a rigolé et je n'avais plus le cafard.

Au collège je n'ai toujours personne à qui parler, à part Batou. Après les vacances de Noël les pompiers viennent sonner à la porte avec le nouveau calendrier des pompiers et je dois aider ma mère à choisir, mais c'est compliqué parce qu'ils sont tous moches. Je préfère le calendrier des Postes, il y en a toujours un avec des chats et j'aime bien les chats. Mais enfin, ce n'est pas un chef-d'œuvre, pas plus que celui de l'année dernière. Il va sur le mur à côté du frigo et maman enlève celui d'avant, le 1971 dont on a oublié de tourner les pages de toute façon. En tout cas, avec le calendrier des pompiers je vois bien que les années passent même si j'ai l'impression que tout est toujours pareil. C'est parce que je m'ennuie tellement au collège. Peut-être que je m'ennuie dans la vie en général, mais c'est triste de penser ça. Il existe toutes sortes de calendriers, il y en a même avec des filles à poil, mais on n'en a pas à la maison, bien sûr. On est une famille normale.

Il ne se passait presque rien dans ma vie, à part que le jeudi est devenu le mercredi. C'est le jour où on peut regarder la télé l'après-midi. Mais ce qu'ils passent, c'est plutôt pour les petits.

– Pourquoi on achète pas une télé couleur ?

J'ai dû poser la question plusieurs fois parce que je ne comprenais pas la réponse. Presque tout le monde avait une télé couleur, dans ma classe. Mais mon père ne voyait pas l'intérêt. J'étais scié. On ne voyait vraiment pas le monde de la même façon.

Parfois on regardait la télé tous ensemble, par exemple on regardait les *Shadoks*, toute la famille, même quand mon oncle était là, et tout le monde aimait ça, mais les *Shadoks* ça ne dure pas longtemps, et avant il y avait les informations.

À droite du ciel il y avait la planète Shadok, à gauche du ciel il y avait la planète Gibi. Aux informations il y avait Amin Dada et la bande à Baader. Les Gibis sont des petites créatures intelligentes avec un chapeau sur la tête, on dirait mon frère. Baader a réussi à s'évader et il a attaqué des banques, mais après ils l'ont repris. C'était en Allemagne, il se passait tout le temps des choses bizarres en Allemagne. Quand il y a eu les Jeux olympiques à Munich un commando palestinien a pris la délégation israélienne en otage, et après la police a fait n'importe quoi, les tireurs d'élite n'avaient même pas de viseur comme dans les prises d'otages normales. Après il y a encore eu une guerre à cause de ça. On avait l'impression que c'était tout le temps la guerre, ils arrêtaient puis après ils recommençaient. On parlait beaucoup de la Palestine, c'était ce petit pays où était né le Christ, il se passait tout le temps quelque chose là-bas. Et pendant ce temps, Amin Dada massacrait tout le monde en Afrique.

Et parfois ils lisaient le courrier des gens qui disaient que les *Shadoks* c'était une honte, mais ils continuaient à passer les *Shadoks* après les informations, ils s'en foutaient et nous aussi, on aimait bien. De toute façon c'était l'État qui décidait de ce qu'on passait à la télévision, les gens n'avaient rien à dire. Moi ça m'allait bien parce qu'ils passaient *Chapeau melon et bottes de cuir* et tous les trucs que j'aimais.

Un jour, un homme et une femme que nous n'avions jamais vus nous ont été présentés par le prof de français. Il arrivait parfois que des intrus s'invitent dans la classe, un inspecteur, un stagiaire, un gendarme. C'était toujours la fête, la certitude qu'on ne serait pas interrogés. Et si tout allait bien, qu'on n'allait pas travailler. Le gendarme par exemple, c'était pour nous expliquer des trucs sur le Code de la route pendant toute l'heure.

On n'a rien écouté parce que de toute façon on ne pouvait pas conduire.

Ceux-là, un homme et une femme bien habillés avec de drôles de têtes, on ne les avait jamais vus. Ils nous ont distribué des feuilles polycopiées avec des trucs à remplir. L'homme nous a dit en souriant de ne pas nous inquiéter, que ça ne comptait pas pour la moyenne.

– Si vous ne trouvez pas, vous passez à la question suivante. Je ramasse dans un quart d'heure.

C'étaient des gens étranges, qui ne ressemblaient pas aux adultes que je voyais d'habitude. Ils avaient des voix douces, même lui. La femme avait les cheveux presque rouges. Ils ne sont venus qu'une fois dans la classe, et le soir même je les avais complètement oubliés. Et puis un jour le haut-parleur a dit que j'étais convoqué à la bibliothèque. Pas à la surveillance générale, à la bibliothèque. J'y suis allé en me demandant ce que j'avais fait ce coup-ci, et ils étaient là, et il y avait aussi mon père. Ça devait être un truc grave.

Ils ont tourné la tête vers moi quand je suis entré, comme s'ils se demandaient ce que je venais faire ici, alors que j'étais convoqué.

– Votre fils a un QI de 150.

– C'est exceptionnel ?

– Une personne sur 500 000. Environ.

La femme aux cheveux rouges était debout à côté de mon père. Le type était assis sur un des pupitres, comme ça sans façon. C'était lui qui parlait. C'était une scène étrange, ils parlaient de moi comme si j'étais ailleurs, mais les adultes font toujours ça. C'était étrange pour une autre raison, et je n'arrivais pas à mettre le doigt dessus. Et puis la femme m'a demandé :

– Tu as des copains dans la classe ?

– Ben oui, bien sûr.

J'ai haussé les épaules. Après je me suis dit que ça ne se faisait pas de hausser les épaules comme ça, mais c'était trop tard.

– Ce sont des enfants qui peuvent avoir des difficultés à s'intégrer.

– Il faut faire attention, surtout au moment de l'orientation.

– Bien sûr, a dit mon père.

Ils m'ont regardé tous les trois en souriant.

– Bon, a dit le type.

Ils ont serré la main de mon père. Après ils sont partis avec leurs drôles de feuilles et leurs petits schémas et il n'a plus jamais été question de cette histoire.

# 12

# Bikini

En 73 il est question que les Américains quittent le Vietnam, en tout cas ils arrêtent de bombarder. Par contre, c'est de plus en plus tendu entre le professeur et moi. La mère de Lina a proposé de me prendre avec elle pour les vacances d'été. Ou peut-être que c'est ma mère qui lui a glissé l'idée. Je n'arrive pas à croire à ma chance. Comme tous les ans les parents de Lina vont dans le sud de l'Espagne, dans un petit village sur la Méditerranée. Mon frère aussi se frotte les mains à l'idée d'être débarrassé de moi. Tout le monde est content.

Ils ont quitté les Ardennes dans les brumes du petit matin et débarquent à Saint-Étienne pour la nuit, avec armes et bagages. Lina a pris dix centimètres et elle a les cheveux aux fesses, pour de vrai ce coup-ci. Et puis d'autres choses ont changé chez elle.

Calpe est un village dans la province d'Alicante, en face d'Alger si on regarde bien sur la carte, et les parents de Lina avaient un petit appartement là-bas, qu'ils partageaient avec la mère de son père, une grande bourgeoise un peu folle à ce qu'on disait, et un autre couple dont j'ai oublié le nom. Ce n'était pas vraiment leur appartement, c'était ce genre de plan immobilier où on achète du temps, alors pendant le mois d'août c'était chez eux. On était sûr aussi qu'il ferait beau et chaud parce qu'on est presque en Afrique, et ce n'était pas surpeuplé comme les plages de France parce que le sud de l'Espagne à cette époque-là, il fallait quand même y aller. Eux ils allaient là-bas tous les ans et ils retrouvaient les mêmes habitués, les mêmes depuis des années comme dans un feuilleton de la première chaîne et il y avait aussi des Allemands, beaucoup d'Allemands, il y avait même l'immeuble des Allemands, et la fête des Allemands à la mi-août, elle avait lieu dans l'immeuble des Allemands. Lina avait donc toute une bande de copains qu'elle retrouvait et elle avait l'âge de commencer à s'intéresser aux garçons. Pour elle je n'étais pas exactement les garçons.

À la même époque à Madrid, le gouvernement Franco torturait des gens sous les pieds des touristes et les jetait ensuite dans des fosses communes. La grande histoire des hommes continuait, incompréhensible tandis qu'on allait vers le sud. La DS19 filait sur des autoroutes neuves, presque vides. J'étais assis à l'arrière entre les deux filles, Lina et sa grande sœur, qui ne s'intéressait pas du tout à nous, on était des petits. On le lui rendait bien. Sa vie, inintéressante, consistait essentiellement à se vernir les ongles.

Notre arrivée à Calpe souleva un nuage de poussière, comme la diligence sur la piste de Santa Fe (ou c'est ainsi que, un pied encore dans l'enfance, j'avais tendance à voir les choses. J'avais toujours un œil sur la télé, même quand il n'y avait pas de télé). Les rues du village, pour la plupart, et surtout celles qui longeaient la mer, n'étaient pas encore asphaltées. C'étaient de simples pistes de terre arpentées par des gamins en tongs. La DS passait silencieuse et ouatée sur des populations de cailloux blancs, comme un vaisseau spatial sur la Voie lactée.

Les immeubles habités par les touristes en été étaient deux hauts dominos blancs disposés à angle droit, contenant un jardin de buis et de palmiers et d'autres choses vertes que j'étais incapable d'identifier. Un labyrinthe d'allées mal éclairées la nuit s'y croisaient, constituant un terrain de jeu idéal pour les pré-ados lâchés dans la nature de notre petite bande, une fois la nuit tombée.

Quant à moi, je n'avais aucune idée de ce qui m'arrivait. Personne n'a pris cinq minutes pour m'expliquer pourquoi ma voix déraillait parfois, devenait celle d'un type de la mafia puis à nouveau celle d'un petit oiseau. Quant à ce gros truc qui se redressait dans mon bain, on n'en parlait pas non plus. Tout le monde m'a laissé seul avec ça, mais bien sûr, je devais supposer qu'il y avait là-dedans quelque chose de normal et d'inévitable. Et puis socialement, il faut faire semblant de comprendre. Comprendre les blagues de cul, par exemple. Ce n'est pas évident.

Ici en Espagne, toutes les filles portent un bikini. Franco l'a autorisé dans les années cinquante, pour faire venir les touristes du monde entier. Et ça a marché : tout le monde aime regarder des filles en bikini. Un bikini c'est juste un petit slip et un soutien-gorge, on voit la fille presque tout entière, son nombril par exemple, et ses cuisses, jusqu'en haut. Le bikini de Lina tient avec des petites cordelettes, même la culotte tient avec des petites cordelettes sur le côté. Il suffirait de tirer sur ces cordelettes et la fille se retrouverait toute nue devant tout le monde.

Après la guerre de 40, les Américains ont continué de faire péter des bombes atomiques, on ne sait pas trop pourquoi, parce qu'il n'y avait personne à combattre à ce moment-là. Je crois qu'ils voulaient être sûrs qu'elles marchaient bien. J'avais vu à quoi ça ressemblait à la télé. C'est vraiment beau un champignon atomique, c'est une des plus belles choses que j'aie vues, même si je ne l'ai vu qu'à la télé. Je n'osais pas le dire parce que ça tue des gens, ça les tue pendant des années et ça va peut-être nous tuer tous. C'est le genre de choses que j'avais peur de dire devant tout le monde et je pense que j'avais raison. Je grandissais. Je comprenais un peu mieux comment fonctionnaient les adultes.

En 46 ils en ont fait péter une sur l'atoll de Bikini, un caillou quelque part dans l'océan Pacifique. Le type qui a inventé le plus petit maillot de bain pour filles devait avoir la même opinion que moi, il devait trouver qu'un champignon atomique c'est aussi joli qu'une jolie fille, ou le contraire. C'est pour ça qu'il a appelé ça un bikini.

Ma tante et ma mère portaient des maillots une pièce comme autrefois. C'étaient les filles plus jeunes qui portaient des bikinis.

En fait, quand on a inventé la bombe atomique, c'est la première fois que nous sommes tous morts. Ils avaient ordre de virer de bord immédiatement. Ils ont vu une grande lumière comme dans la Bible et quelqu'un à bord du B17 a dit : « Mon Dieu qu'avons-nous fait ? » Et si vraiment le Dieu de la Bible nous a tous créés, c'est quand même assez dingue qu'on soit allés jusqu'à inventer le moyen de nous supprimer tous, et qu'on ait parfois l'idée de le faire.

J'ai tout de suite compris, quand nous avons ouvert nos valises, que tout ici allait être différent. Calpe était un endroit magique où les enfants circulaient en bande et où on pouvait donc les laisser sans surveillance plus souvent. Et comme mes parents n'étaient pas là, j'ai vu tout de suite aussi les failles dans la discipline par lesquelles je pouvais prendre le large. Le soir on n'était même pas obligés d'aller se coucher. On pouvait vivre la nuit, ce qu'ils appelaient « l'heure espagnole » parce que le soir on dînait très tard et que la nuit était déjà tombée. La seule chose qui était obligée, c'est qu'on devait faire la sieste.

J'avais une toute petite valise avec presque rien dedans : un canif, des BD et de quoi dessiner. Bien sûr j'avais pris quelques vêtements, mais qui ne serviraient à rien. Lina a éclaté de rire quand elle m'a vu sortir mon pyjama.

– Il fait trop chaud ici pour dormir en pyjama.

– Ben on dort comment, alors ?

– On dort tout nu.

Mais elle disait ça pour me faire peur. Tout de suite après elle a eu son gros rire de bandit mexicain.

La mer était transparente, parfois bleue, parfois verte, mais toujours on voyait le sable au fond, et le sable était blanc. Et dans le sable blanc il y avait des traces de pieds nus, et c'étaient les pieds de filles en bikini.

Et surtout, l'eau était à 29 degrés. C'était vraiment le paradis, comme si on était des naufragés sur une île déserte. Pour Lina, sa sœur et tous les autres c'était l'été, les vacances d'été dont ils avaient l'habitude. Pour moi c'était le paradis. Pourquoi on ne venait pas ici en vacances, c'était un truc qui me dépassait.

En même temps, je connaissais mes parents. Je commençais à les connaître mieux. C'étaient des gens qui lisaient des livres, qui allaient à la messe et qui écrivaient aux dictateurs de tous les pays pour leur demander des nouvelles de gens qui étaient en prison. Ils écrivaient à Franco. Ils écoutaient des grands disques aux pochettes sombres. Ils n'écoutaient pas *El Bimbo.*

Lina avait emporté ses disques avec elle. Elle les écoutait en boucle, surtout *El Bimbo* et *Popcorn.* Elle a tout de suite branché son petit tourne-disque, elle était dans son monde. Dès le début, il y eut ce léger décalage entre nous. Maintenant qu'on était arrivés, elle avait hâte de retrouver ses amis. J'étais quelque chose qui l'encombrait. Elle ne savait pas ce qu'on allait penser de moi, si j'allais la mettre en valeur ou le contraire. Enfin je suppose. C'était le genre de situation compliquée qui m'échappait. Et il y avait ce détail auquel je n'avais pas pensé avant de venir : je ne savais pas nager.

– Je me demande si Pascale est déjà là.

– Qui ça ?

Pascale n'était pas encore arrivée. Pascale c'était sa copine privilégiée, *number one.* Tout le monde n'arrivait pas le même jour.

Olivier était déjà là. L'appartement qu'occupaient ses parents était au même étage, dans l'autre immeuble, et comme les deux immeubles étaient disposés à angle droit on pouvait se voir et se faire signe. Mais Lina n'aimait pas beaucoup Olivier.

– C'est un peu un gros con.

Pierre-Julien habitait au-dessus. Deux étages au-dessus. Lui on ne savait pas encore. Pierre-Julien. Lina avait l'air d'en penser quelque chose qu'elle ne disait pas.

Et puis il y avait les frères Buller, Sophie, Anne-Marie. Je ne connaissais personne de cette bande.

– On peut aller se baigner ?

– Il faut vous crémer. Et finissez d'abord de ranger vos affaires.

Nous avons fini de ranger nos affaires, et nous sommes allés à la plage avec Lina. Elle et moi, rien que nous deux. Je ne comprenais pas comment faisaient ses parents et sa sœur, on aurait dit qu'ils avaient mieux à faire. C'était pourtant si simple : on pouvait descendre pieds nus les trois étages, aller jusqu'à la rue qui était comme une piste dans un western, traverser en faisant attention aux cailloux et on était sur la plage. C'est bien simple, on la voyait du balcon. Qu'est-ce qui pouvait bien être plus urgent ?

– Ouah, elle est chaude !

– Oui, ici l'eau est à 29 degrés. C'est pas Sophie là-bas ?

C'est ainsi que j'ai rencontré la première fille de la bande.

– C'est mon cousin, dit Lina.

– Salut, dit Sophie, puis après elle se mit à parler avec Lina comme si je n'étais pas là, de gens que je ne connaissais pas, de choses que je ne comprenais pas. Je n'osais pas m'en aller pour faire quelque chose tout seul. Sophie avait l'air de venir d'une autre planète. Elle était plus grande, plus large, elle avait des grosses fesses. Lina était une brindille, comme moi, une tige grimpée trop vite. La puberté nous entraînait à des années-lumière les uns des autres, dans des mondes parallèles.

La première nuit une salamandre vient s'installer sur moi. Ma tante qui passe comme d'habitude voir si tout est calme a un petit moment de frayeur, elle croit un instant avoir affaire à un serpent. Mais l'animal, un gros lézard orange et noir, se carapate sur ses petites pattes et quitte l'appartement par un passage connu de lui seul, que nous ne trouverons jamais.

La salamandre est un porte-bonheur, paraît-il. C'était autrefois le compagnon des sorcières. Elle m'a à peine réveillé, juste le temps de la voir filer. Ma tante allume la lumière, Lina proteste.

– Zut à la fin, je veux dormir.

– On dirait qu'elle est partie.

– C'était quoi, une araignée ?

Il fait très chaud. Je n'arrive pas à dormir. Les yeux au plafond, je conduis une Jaguar type E immaculée. Une jolie fille en bikini est assise à côté de moi. Son bikini est blanc, assorti à ma Jaguar.

Puis son bikini est noir, et je m'endors.

Le lendemain j'ai rencontré Pierre-Julien. Il avait un sourire spécial qui donnait tout de suite l'impression qu'il t'aimait. Ce n'était peut-être pas le cas, je n'étais pas naïf à ce point-là. Mais c'était un sourire comme ça.

On était assis sur un banc devant l'immeuble quand il est arrivé. Lina a dit qui j'étais et il m'a serré la main.

– Ta porte de garage est ouverte. C'est marrant, il y a une vieille 2CV toute cabossée à l'intérieur.

Mais il disait ça sans méchanceté, il avait ce merveilleux sourire. Et moi d'habitude qui ne comprends rien je fus le seul à saisir l'allusion et à remettre en place mon slip de bain qui, effectivement, bâillait sur mes testicules.

À ce moment-là sa mère est passée, une grande femme blonde avec une petite jupe blanche et un panier tressé. J'ai compris que c'était sa mère à la façon dont elle s'est arrêtée pour le regarder, comme si c'était quelque chose qu'elle avait oublié de ranger.

– Tu viendras avec nous tout à l'heure ? On déjeune à l'Alcazar.

Il a tourné la tête vers elle.

– Je t'ai dit non.

– Écoute. Tout de même. Tu pourrais…

– Non. Tu me fais chier.

Il lui parlait comme ça. Je n'en croyais pas mes oreilles. Elle a haussé les épaules et elle est entrée dans l'immeuble. Il s'est retourné vers nous, avec son beau sourire comme si rien ne s'était passé.

– On se retrouve sur les rochers ? Je vais essayer de trouver des cigarettes.

– T'as pas vu Pascale ?

– Non. (Il a haussé les épaules.) On s'en fout, de Pascale.

Il disait tout très doucement. On est partis vers la plage avec Lina.

– T'as entendu comme il parle à sa mère ?

– Oui, j'ai dit.

– C'est dingue, non ?

– Oui, c'est bizarre.

– Je te jure, je comprends pas pourquoi ils le laissent faire. Et c'est tout le temps comme ça.

Elle souriait.

On est entrés dans l'eau. Lina savait nager, évidemment, elle savait tout faire. Mais elle n'avait pas trop envie. L'idée c'était juste de se tremper pour après s'étendre au soleil et commencer à bronzer. Bronzer, ça avait l'air important pour elle. Elle est ressortie presque tout de suite pour aller s'étendre sur sa serviette. J'ai barboté encore un moment dans les vagues parce que j'étais si content d'être là dans l'eau chaude. D'être un pirate, ou un requin, d'appartenir encore au monde des histoires. Mais j'avais treize ans et au bout d'un moment, je suis allé m'allonger à côté d'elle.

– Attends, là, tu me fais de l'ombre.

– Quoi ? T'es folle.

Pierre-Julien nous a offert une cigarette, tout naturellement, un geste désinvolte du poignet qui fait qu'elles sortent toutes seules du paquet, et il n'y a qu'à piocher. Lina en a pris une et moi aussi. Je n'avais jamais fait ça. À mon avis, elle non plus. Un pétrolier passait au large. C'était peut-être l'*Amoco Cadiz*. Il va couler cinq ans plus tard et noircir toute la Bretagne. On était à la veille du choc pétrolier et de tout ce qui allait arriver après. La planète était foutue. Les grands oiseaux couverts de pétrole ne pouvaient plus décoller, et c'était la crise de l'énergie. Il fallait bien éteindre la lumière quand on quittait la pièce.

Je me souviens de ce pétrolier qui passait au large tandis que je fumais ma première cigarette comme si j'avais fait ça toute ma vie. C'était important de montrer qu'on avait fait ça toute sa vie, pour à peu près tout ce qu'on faisait. Le pétrolier prenait tout l'horizon. Ici, c'était un petit village au sable blanc et à l'eau transparente et bleue (parfois verte) et ça n'allait pas ensemble. Lina n'arrêtait pas de regarder derrière elle, je crois qu'elle avait la trouille que son père ou sa mère arrivent. C'est même sûr.

– Zut, voilà Olivier.

– Ah le con, il nous a vus.

Olivier est arrivé, c'était un petit gros. On ne lui a pas proposé de cigarette, mais quelque chose me dit que de toute façon il n'en aurait pas voulu.

Lina écoutait la musique de *Popcorn* en boucle quand on était à l'appartement. Sauf pendant la sieste, il fallait qu'on la mette un peu en veilleuse et la sieste c'était obligé. Elle a piqué le vernis de sa sœur dans ses affaires et elle a commencé à se faire les ongles elle aussi. Je me demandais ce que j'allais bien pouvoir faire tout seul.

– Qu'est-ce qui se passe dans la tête d'un garçon ?

– Je vais voir au village s'il y a des BD.

– T'as pas le droit, et puis de toute façon c'est fermé. Les magasins n'ouvrent pas avant cinq heures. Et d'abord, tu as des pesetas ?

– C'est juste une mission de reconnaissance.

Quand j'allais tout seul au village, au début, je prenais mon canif. J'étais seul, mais au moins j'étais armé. Au bout d'un moment je l'ai laissé dans ma valise parce que c'était plus agréable de ne rien porter par cette chaleur, et je crois aussi que j'hésitais aux portes de la réalité. Je n'étais pas loin de vivre une vraie grande aventure, dans un village qui était presque mexicain. Et mes parents n'étaient pas là, j'étais aussi grand, aussi libre qu'on peut l'être.

Ma copine au bikini blanc m'accompagnait. Au bout d'un moment j'ai compris que je la préférais blonde avec un bikini noir. J'aimais aussi la coiffer de plein de manières différentes. Elle avait les cheveux très longs, jusqu'aux fesses.

– Tu préfères quand je les mets comme ça, sur le côté ?

– La queue-de-cheval.

– D'accord.

– Et le bikini noir.

– Oui chéri.

J'ai frissonné malgré le soleil de plomb. C'était la première fois qu'on m'appelait chéri. Et c'était une créature de rêve, une fille au corps de rêve.

Le soir le pétrolier n'était plus là, c'était de nouveau une île déserte normale, avec des palmiers, la mer turquoise et transparente, le sable blanc chauffé à blanc par le soleil d'août, et partout des filles en bikini. C'était aussi un village mexicain peuplé de mystères et d'aventures, et je pouvais aller sur les autos tamponneuses. Il y avait une piste juste avant d'arriver à l'immeuble des Allemands.

Le deuxième soir on a mangé au restaurant. On mangeait presque tout le temps au restaurant, ce qui voulait dire des frites. Mon pied encore dans l'enfance était pris comme dans un piège à loup, j'avais du mal à sortir. En même temps j'avais envie d'autre chose et c'est pour ça que j'allais seul au village.

Le matin j'ouvre les yeux et je le sais immédiatement, je suis au paradis. Il fait beau, il fait chaud, j'entends par la fenêtre ouverte le ronronnement des petites vagues qui roulent les unes sur les autres et la clameur de la plage, à cette heure-là déjà des gamins qui se font engueuler, des tirades en espagnol, en français, en allemand comme dans un film de guerre, et le soleil blanchit le ciel et vient cogner contre le mur du fond.

Je bascule la tête sur le côté et Lina est là, roulée dans son drap, à moitié à poil comme moi. Nous sommes déjà bronzés, deux petits nègres a dit ma tante, heureusement mon père était pas là pour entendre, il aimait pas ce mot. Je me lève et mets *Popcorn* sur le petit tourne-disque, à volume raisonnable, juste pour que Lina émerge.

– Arrête ça. Je dors.

– Justement.

Elle me balance son oreiller à la tête, mais je me baisse juste à temps. L'oreiller explose le vase sur le petit guéridon près de la fenêtre, il y a de l'eau partout et c'est ainsi que nous commençons nos journées : on commence toujours par se faire engueuler. Comme mes parents ne sont pas là c'est Lina qui prend, et de toute façon c'est pas ma faute.

Je découvre que les filles, passé un certain âge, prennent leur temps. Quand elle sort enfin de la salle de bains je ne vois pas bien la différence, elle a toujours son bikini avec les petites cordelettes et le T-shirt pourri qu'elle met par-dessus et ses tongs, on a tous des tongs. On a rendez-vous avec la bande, dans le parc, après le petit déjeuner. C'est vraiment comme si on était une tribu dans la jungle.

Souvent les filles décident d'aller avec les filles, mais nous on s'en fout on a d'autres plans. Bon, ce n'est pas tout à fait vrai. Peut-être qu'on aimerait que les filles restent avec nous, mais c'est compliqué. J'ai compris assez vite aussi pourquoi personne ne voulait être avec Olivier. Dès qu'il commençait à raconter un truc on voulait qu'il arrête. Et il racontait tout le temps des trucs, en fait il n'arrêtait presque jamais de parler.

Les frères Buller rigolaient tout le temps. Aux autos tamponneuses ils étaient dangereux, ils montaient tous les deux dans la même voiture et ils se choisissaient une cible, toujours la même. Une fille souvent. Elle était vite dégoûtée et allait faire autre chose, ce qui était le but. Je partais en marche arrière et j'essayais d'éviter tout le monde et je n'arrivais toujours pas à croire à ma chance d'être là. J'avais l'impression d'être le roi du monde, une main sur le volant, à piloter à l'envers dans la nuit espagnole.

On passait presque toute la journée à la plage, les premiers jours en tout cas. Le fait que je ne sache pas nager n'était pas très grave, parce qu'on s'amusait surtout à se pousser dans les vagues, ce genre de truc.

En fait, quand on est au paradis on ne se pose pas de questions. Bien sûr qu'on mange le fruit de l'arbre de la connaissance. On s'en fout.

Vers la fin du séjour on a commencé à faire des châteaux de sable avec Pierre-Julien. Juste lui et moi. C'était idiot, on aurait dit des enfants et ça énervait Lina. Parfois on faisait une pause, il allumait une cigarette et on parlait. On creusait des tunnels et on élevait des tours avec des créneaux, avec ce petit seau rouge qu'on avait trouvé et que personne était venu réclamer. À genoux dans le sable je contemplais notre œuvre, une citadelle compliquée qui semblait ne devoir s'arrêter nulle part, puis j'enfonçais à nouveau mon bras dans le tunnel, il avançait de l'autre côté et on attendait ce moment où nos doigts allaient se toucher. Il fallait y aller doucement pour pas que tout s'écroule, on aimait bien ce moment-là.

– Vous êtes bien des pédés, disait le grand Buller.

– Pédés, disait le petit Buller.

On se marrait avec Pierre-Julien. De toute façon pédé, je ne sais pas trop ce que ça veut dire. Les Buller avaient l'air de penser que tout le monde ou presque était pédé. Ils disaient pédé tout le temps, ça avait l'air important pour eux.

Pierre-Julien s'est mis sur un coude, il a allumé une cigarette. Il m'en a proposé une mais j'en voulais pas. J'ai rempli à nouveau le petit seau rouge. Il souriait à l'horizon, son sourire très doux.

– Ils sont cons ces Buller.

– Ouais.

– Sans blague, un seul nous suffirait. T'as un frère, toi ?

J'ai rigolé. Je ne pouvais quand même pas lui dire la vérité sur mon frère.

– Non. Je suis fils unique.

– Moi pareil. On est mieux comme ça, non ?

J'ai retourné le seau d'un seul coup. Après il faut le retirer tout doucement.

– Oui, c'est sûr.

Le soir on se retrouve dans la jungle au pied de l'immeuble, pour une détective party. On distribue des cartes, quelqu'un est forcément le coupable et quelqu'un d'autre le détective. Après on se disperse et on se balade jusqu'à ce que quelqu'un soit mort. Et là, le détective révèle son identité et il commence à poser des questions.

J'ai déjà été le détective, deux fois, et chaque fois j'ai trouvé le coupable. Je suis plutôt fort à ce jeu. Je n'ai pas encore été le coupable. Peut-être que je me ferais prendre, c'est pas évident.

Ce soir j'ai pioché une carte quelconque, le deux de trèfle. Je me promène innocemment dans les allées, il y a des petites lumières de loin en loin mais certains coins sont vraiment très sombres. Je reviens vers l'allée centrale, et là je croise la grande sœur de Lina et sa copine qui vont en boîte à Benidorm. La boîte de nuit à Benidorm est une des plus grandes boîtes de nuit d'Europe, à moitié à ciel ouvert. C'est elle qui m'a expliqué tout ça, comme si je comprenais ce que ça veut dire. Comme si j'étais déjà allé en boîte. Après elle a pris la salle de bains pendant deux heures.

En fait, la grande sœur de Lina s'intéresse définitivement aux garçons, et à pas grand-chose d'autre. C'est pour ça qu'elle va en boîte à Benidorm et qu'elle met du vernis. Je les croise parfois sur la plage avec sa copine, elles restent étendues des heures à bronzer des deux côtés et à lire des magazines. D'un seul coup je me souviens de ce magazine qu'on avait trouvé dans sa chambre : « Je mets toujours un porte-jarretelles, je sais qu'il adore ça. »

Lina et moi, on est trop jeunes pour aller en boîte à Benidorm. Je sais que les filles en parlent parfois comme d'un truc important qu'elles feront plus tard, et d'ailleurs Lina a piqué le vernis de sa sœur. Moi c'est différent, je ne vois pas trop ce que je pourrais désirer d'autre. On a fait les cons toute la journée dans les vagues, après quand il a commencé à faire nuit on est allés aux autos tamponneuses et j'ai fait trois tours. Ensuite on est allés dîner à l'Alcazar, j'ai repris des frites et maintenant je me promène tranquillement dans la jungle, à imaginer toutes sortes de trucs. Je suis tellement bien ici que j'ai parfois des érections sur la plage, juste d'être étendu au soleil. J'attends que ça passe pour pouvoir me lever sans que ça se voie, mais parfois ça ne passe pas.

Une main se pose sur mon épaule, aussi légère qu'une luciole. Je me retourne. Une silhouette de fille dans l'obscurité, les cheveux sur les épaules et tout ce qui fait qu'une fille ne ressemble pas à un garçon, même la nuit, mais ici dans l'allée sombre je ne la reconnais pas, elle pourrait être presque n'importe quelle fille.

– Tu es mort.

C'est Pascale. La copine *number one*. Elle m'a tué, mais elle ose à peine me toucher. Je ne vois pas son visage, il fait tellement sombre. Pendant quelques secondes, c'est comme si ma copine au bikini noir était bien là.

– Bon, OK.

C'était Olivier le détective, et pour ça non plus il n'était pas très doué. Lina a découvert mon corps, on a rameuté tout le monde et l'enquête a commencé, il fallait essayer de savoir où se trouvaient les gens au moment du meurtre. Moi j'étais mort, je pouvais faire ce que je voulais. Sauf parler, évidemment. Les morts ne parlent pas.

Je suis allé sur la plage et je me suis étendu sur le sable. J'avais juste un T-shirt et un bermuda qui est un pantalon coupé en deux et que ma tante a acheté pour moi à la boutique. J'ai écarté mes bras nus, le sable était froid. J'étais vraiment mort.

On voyait toutes les étoiles du ciel, comme dans un livre pour les enfants, comme dans *Apoutsiak*. J'aurais presque pu les attraper en levant le bras. L'étoile polaire, ici, la Petite Ourse et la Grande Ourse. Le Dragon, Cassiopée et la Voie lactée qui descend toute blanche au milieu des vagues.

Mon âme a quitté mon corps, tranquillement.

Je me suis mis à flotter, j'ai vu mon corps immobile, étendu sur la plage, et mes yeux grands ouverts, perdus dans les galaxies. Je suis passé au-dessus de la piste de Santa-Fe et j'ai vu mes copains, je les ai vus en train de jouer dans le parc. Olivier, le petit gros, interrogeait les frères Buller qui rigolaient. Le grand Buller lui tapait sur la tête, un vrai flic ne laisserait jamais faire ça. Lina. Elle se marre. Pierre-Julien qui tire sur la culotte de Sophie. Des rires, une course entre les arbres. Encore des enfants, pas tout à fait prêts à se perdre dans le corps des autres. Passer de l'autre côté du tunnel, sans espoir de retour. Ils n'en sont pas là.

J'ai frôlé les branches des palmiers, j'ai vu les balcons défiler, étage par étage. Les baies ouvertes, les bougies sur les meubles. Les adultes toujours à table, débarrassés de nous, pris dans leurs propres jeux. Leurs gestes mécaniques, leurs conversations machinales, leurs tourments enfouis. Le digestif, les petits verres, les jeux de cartes. Plus haut, des amoureux dans l'obscurité. La vie dans une maison de poupée. Je suis passé par-dessus les toits des immeubles.

Benidorm. La plus grande boîte de nuit d'Europe, les corps emmêlés, la sono de *puta madre*, la piste à ciel ouvert. Tous ces destins rassemblés, précipités les uns contre les autres. Tous ces futurs cadavres, emportés par la flèche du temps, en train de s'agiter comme des bactéries dans un microscope. *El Bimbo*. Tous ces bras levés, tous ces ongles vernis. Décolletés, minishorts, minijupes. Crinières en sueur, cuisses lisses et brunes, tendues sur les sandales à talons. Visages hagards giflés par les spots. La musique écrase les distances, éloigne les complications. Les obstacles se noient dans l'alcool. Ma copine au bikini noir est là, accoudée au bar. Ma copine au corps de rêve, *una chica tan guapa*. Je suis près d'elle, contre elle, mes mains sur elle. Ici, seuls les corps ont la parole. Et la mort abolit le temps.

Le lendemain je suis allé jusqu'au village, j'avais envie d'acheter quelque chose même si je ne savais pas quoi. Lina était partie avec ses copines, elles étaient quelque part en train de faire quelque chose qui n'intéresse que les filles. Je ne savais pas où étaient les autres. C'était un de ces moments où j'avais l'impression de ne pas vraiment faire partie de la bande. C'est vrai aussi que je venais d'arriver, eux ils étaient là tous les ans.

Je suis parti sur la piste de Santa Fe avec mes tongs, et je n'avais pas fait dix mètres qu'Olivier m'appelait. Je me suis arrêté pour l'attendre, j'avais envie d'être avec quelqu'un mais pas avec lui. Personne n'avait envie d'être avec Olivier. Mais je ne pouvais pas faire comme si je ne l'avais pas vu.

– Salut, tu vas où ?

– Au village, acheter un truc.

– Super, je viens avec toi.

C'était la poisse, mais je l'ai pas dit. On s'est mis à avancer tous les deux sous le soleil blanc comme si on était perdus dans le désert, et il a commencé à me raconter sa vie et j'écoutais rien. On allait pas vite à cause des tongs. Quand on est arrivés au village, j'avais l'impression que la journée était foutue. Même ici, au paradis, je me débrouillais pour me retrouver avec un Olivier.

Je ne savais pas comment me débarrasser de lui. On a tourné un moment dans les boutiques, mais il y avait surtout des jouets de plage, des boules en plastique, ou des bijoux pour les filles, ou des couteaux. Un vrai couteau, ça me disait bien. Un cran d'arrêt à ouverture automatique. Mais j'avais peur de devenir un voyou, après. Pour finir on n'a rien acheté. On s'est assis à la buvette. C'étaient juste des chaises en plastique, posées en vrac à l'extérieur de la maison de la presse. Il y avait un distributeur de canettes et Olivier a mis des pesetas dans la machine et il m'a tendu un Pepsi. On était sortis du désert et on a siroté nos Pepsi en regardant la mer.

Sur le chemin du retour on a croisé Lina et Pierre-Julien. Je croyais vraiment qu'elle était avec ses copines, pourtant.

– Vous allez où ?

– Je t'en pose, des questions ?

Tout le monde faisait comme s'il se passait des choses très importantes et secrètes. Tout de même, là, je me suis retourné et je les ai regardés un bon moment, Lina n'arrêtait pas de lui parler en faisant des grands gestes, et ils rigolaient. J'ai eu envie de mettre un coup de poing dans la figure d'Olivier. Pourquoi est-ce qu'elle me cachait des choses ?

– Vous croyez aux OVNI ?

C'est le genre de conversations qu'on avait quand on était tous ensemble. Il y avait encore des extraterrestres à l'époque, et des soucoupes volantes dans le ciel. Elles ont disparu depuis, avec d'autres choses qu'on aimait.

– Ben non, banane. Ça existe pas.

– T'en sais rien. Il y a des tas de gens qui en ont vu.

– Ben, moi j'en connais pas.

Sans surprise, le grand Buller était un type rationnel, et son frère disait tout comme lui. Sophie tenait à ce que les OVNI existent. Elle tenait à ce que l'astrologie te permette de savoir ce qui allait se passer dans ta vie, ta vie amoureuse par exemple. Elle avait envie d'être intéressante. Tout le monde essayait d'être intéressant.

– J'ai vu un reportage à la télé, ils disent qu'il y a trop de choses qu'on ne peut pas expliquer. Sauf avec les OVNI.

– Ah oui, le triangle des Bermudes, par exemple.

C'était bientôt la fin du séjour et on était de plus en plus souvent assis là à parler de choses et d'autres, sur les bancs devant l'immeuble, ou sur le pont d'un bateau échoué qui semblait n'appartenir à personne. J'attendais le moment de dire quelque chose d'intéressant, moi aussi.

– Si ça se trouve ils viennent même pas d'une autre planète. C'est peut-être une civilisation disparue.

– Et ils viendraient d'où, alors ? D'Allemagne ?

– Très drôle. Non, vraiment.

– Non mais c'est peut-être les Hyperboréens par exemple.

– C'est qui, ceux-là ?

– En tout cas, on sait qu'ils ne viennent pas de Mars. C'est de la vieille science-fiction. Les Américains ils envoient des trucs sur Mars, maintenant. C'est comme la lune, c'est pas respirable.

– Ben, ils ont pas forcément besoin de respirer.

Lina qui regardait quelque chose entre ses pieds a levé la tête d'un coup.

– Et aux fantômes ? Vous croyez aux fantômes ?

J'ai rigolé.

– T'es folle.

– Tu me parles pas comme ça. Qu'est-ce que tu en sais, d'abord ? Moi j'en connais, des gens qui ont déjà vu des revenants.

– Dans ta campagne ?

– Oh ça va. Tu crois peut-être toujours que le Christ est ressuscité ? C'est encore plus con.

– Alors, non, je ne suis pas d'accord, a dit Sophie.

Sophie elle avait sa petite médaille de baptême au poignet. Pascale avait une petite croix autour du cou. Elles n'aimaient pas trop qu'on dise des choses comme ça. Lina a commencé à faire la gueule. Tout ça c'était ma faute.

Je suis monté tout seul à l'appartement, j'avais sommeil. Lina de toute façon n'avait pas envie de parler avec moi le soir. C'était comme ça depuis un moment déjà.

La salamandre était là, tapie dans un coin. Elle m'a regardé un moment sans bouger. Orange et noire dans le noir. Elle a cligné des yeux, une fois, deux fois. Je la voyais palpiter comme un cœur mis à nu, peut-être effrayée. Avait-elle connu des sorcières, des vraies sorcières ? Avant l'arrivée des touristes, avant que Franco torture les gens. Je n'avais pas peur. Au bout d'un moment elle a bougé la tête et elle est partie.

Ma copine au bikini noir a traversé la pièce. Je ne sais pas si j'ai été jusqu'à la voir toute nue. Je crois que je n'en étais pas capable. J'étais si jeune.

À la fin du séjour, j'étais drôlement bronzé. Presque noir. On avait comparé avec Lina en mettant nos bras à côté.

– Je suis plus bronzé que toi.

– Tu dis n'importe quoi !

Et elle m'a mordu. Elle m'a mordu dans le bras, jusqu'au sang. Je n'ai pas crié, je crois que je n'ai même pas eu un mouvement des sourcils. On aurait dit les types dans *Mission impossible*, quand ils sont concentrés sur une mission.

Elle m'a tourné le dos et elle est montée dans la DS de son père, à l'arrière, comme si je n'existais pas. Et je suis resté là sans bouger, pieds nus dans le sable blanc du Mexique.

Ma tante m'a appelé :

– Allez, c'est l'heure, il faut vraiment qu'on parte. Ta mère va m'en vouloir si je lui dis que je t'ai oublié en Espagne.

– Pas sûr.

– Allez, mon lapin. Monte.

Ma tante était une femme d'une grande douceur, incapable de voir le mal. Elle avait toujours été réglo avec moi. Mais je ne pouvais pas faire douze cents kilomètres dans ces conditions. Impossible. J'ai ramassé ma petite valise.

– Non, je vais prendre la Jaguar. Je rentre avec ma copine.

Après ça on a cessé de se parler avec Lina. Je ne l'ai pas vue l'année d'après, ni celle encore après. Et puis Franco est mort. Aucun chef d'État européen n'est allé à ses obsèques.

# 13

# Les femmes

La mixité nous est tombée dessus en septembre 1974. C'est l'année où je suis entré au lycée. Pour moi ça ne changeait rien parce que le collège et le lycée sont au même endroit, on a cours dans les mêmes salles, on joue sur les mêmes terrains de hand et on se fait engueuler par les mêmes surveillants généraux. C'est la mixité qui changeait quelque chose.

Avant 74 l'établissement était encore réservé aux garçons. Les filles allaient à Simone Veil, un collège et lycée de filles. Et là d'un seul coup elles étaient là, dans la cour. C'était très étrange. Ce n'était pas comme de voir des filles en vacances ou dans la rue, ou même à la télé. Là d'un seul coup elles pouvaient aller dans les mêmes endroits que nous. Sauf les toilettes, on avait nos toilettes à nous. Sinon il y en avait partout. Toutes ces filles qui venaient de Simone Veil bourdonnaient autour de nous comme un essaim d'abeilles.

Les collèges et les lycées portent souvent les noms de gens qui sont morts. Simone Veil était une femme encore vivante, elle travaillait au gouvernement. 74, c'était justement l'année de la loi Veil, une loi qu'elle a fait passer. Les femmes allaient avoir le droit d'avorter. Se débarrasser du truc qu'elles avaient dans le ventre avant que ça devienne un bébé, si elles n'étaient pas d'accord pour faire le bébé. Ou si le bébé avait trop d'ennuis, déjà avant d'arriver. Mes parents trouvaient ça bien, la loi Veil. La plupart des gens qui croyaient en Dieu à ce moment-là n'étaient pas d'accord, mais mes parents, eux, ils étaient d'accord. Ils disaient que parfois c'était mieux comme ça, et mon père prenait la main de ma mère quand ils étaient devant la télé. C'étaient des gens très curieux quand on y pense, ils s'arrangeaient toujours pour ne pas être d'accord avec les gens qui étaient comme eux, ou le contraire. En Algérie ça se passait déjà comme ça. Ma mère préférait faire ses courses chez les Kabyles et mon père avait des idées qu'il ne fallait pas avoir.

Mon père lisait aussi des livres d'une femme qui s'appelait Simone Weil, mais ce n'était pas la même. D'ailleurs ça s'écrit pas pareil. En y repensant le collège Simone Veil c'était peut-être bien le collège Simone Weil. Ça expliquerait tout parce que, elle, elle était vraiment morte. En tout cas il admirait beaucoup ces deux femmes. Il l'avait dit quand Simone Veil était passée à la télé, et l'autre avec un W je le savais parce qu'il relisait ses livres, qu'il avait déjà lus. Il les prenait sur l'étagère et il cherchait des passages. Souvent j'en voyais un à l'envers sur l'accoudoir du fauteuil, il le posait comme ça pour pas perdre la page.

C'était donc une année où, d'un seul coup, il y avait des femmes partout. Mes copains disaient « les femmes ». On ne disait pas « les filles » ça fait trop jeune. On disait « les femmes ». Un matin Bruno est arrivé avec un paquet de Marlboro et il en a allumé une pour frimer.

– Vous êtes allés voir les femmes ? il a demandé.

– Ben non, on t'attendait.

En fait personne n'osait aller voir les femmes.

Autorisez-vous votre fils à fumer ? OUI / NON.

Je me suis aperçu que je me tenais au garde-à-vous, à côté de lui, qui était assis dans le grand fauteuil. Je me tenais vraiment au garde-à-vous comme un type qui a raté une mission. Quand avais-je commencé à me tenir ainsi, immobile, pétrifié, dans l'attente de ses décisions ? Quand avais-je commencé à avoir peur ? Je me demande si c'est normal d'avoir peur de son père. Je crois que c'est un peu normal. Les types que je connaissais filaient droit avec leur père. Sauf que leur père n'était pas dans le coin, il était au travail ailleurs. À l'usine, par exemple, ou alors il était pharmacien, ou des tas d'autres métiers que je ne connaissais pas. Il n'était pas prof.

– Je ne vois pas trop, dit-il en haussant lentement les épaules, comment je pourrais t'interdire de fumer.

Il entoura le OUI, barra le NON. Ma mère, assise en face sur le canapé, tricotait quelque chose.

– Tout de même…

Mon père ignora l'interruption. La tentative d'interruption. Après elle n'a plus rien dit. Peut-être qu'elle aussi elle avait un peu peur de lui. Lorsque je suis arrivé le lendemain dans la cour, ils m'ont sauté dessus. C'est la première chose qu'ils ont voulu voir. Eux non plus n'ont pas compris. Ils en sont restés sans voix. Le professeur m'autorisait à fumer. C'était bien marqué sur ma carte scolaire.

– Tu l'as trafiquée ?

C'est un truc difficile à croire, en tout cas moi j'ai du mal à le croire, mais je vais toujours au catéchisme. Je dois faire ma communion solennelle cette année. Je ne sais pas exactement ce que ça veut dire. Recevoir Dieu. On ne dit plus catéchisme mais instruction religieuse, ce qui ne sonne pas beaucoup mieux. Et de toute façon c'est le catéchisme, exactement comme avant. Comme quand j'étais môme je dois faire ça en plus, le soir, après les cours. Heureusement, je ne vais plus chez le kiné. Je suis droit comme un i, maintenant.

Une des filles de ma classe va au catéchisme, elle aussi. Aurore. C'est un drôle de prénom comme autrefois, quand les types se battaient encore à l'épée. Elle porte toujours un grand manteau qui la cache presque tout entière alors je ne sais pas trop à quoi elle ressemble. Elle a les cheveux dans les yeux comme certains petits chiens.

On est sept assis autour de la table, je crois que sept c'est un chiffre biblique. Et il y a un prêtre qui nous explique des trucs qui n'ont rien à voir avec la vie, en tout cas moi je ne vois pas trop. C'est toujours les mêmes histoires, le bon Samaritain, le centurion et son domestique, etc. J'attends que ça passe.

Sexuellement, je suis tellement ignorant que je ne sais même pas ce que je suis censé vouloir. Je crois bien que je n'ai jamais entendu parler d'un cas aussi désespéré. Je sais surtout ce qui se passe dans les séries télé : le héros embrasse les filles sur la bouche, au moins une par épisode. J'ai des copains qui l'ont déjà fait, on appelle ça sortir avec une fille. Sortir avec une fille, c'est l'embrasser sur la bouche. J'aimerais bien sortir avec une fille et que ça se passe comme dans les séries télé, on dirait qu'elles trouvent ça normal.

Depuis la rentrée, j'ai un chat. Il est minuscule. Noir avec des grands yeux jaunes. Les chats noirs on dit que ça porte malheur, à mon avis c'est de la superstition. C'est moi qui l'ai trouvé dans la cour, et ma mère a dit OK, tu peux le garder, mais je dois le nourrir et changer la litière. C'est la première fois que je m'occupe régulièrement d'une autre créature. Il dort sur moi la nuit. Quand je bouge dans mon sommeil, il oscille tranquillement sur les dessins de la couverture, comme un petit bateau ballotté par la houle.

En fait, je crois qu'il faut ouvrir la bouche et peut-être bien mettre la langue dans la bouche de la fille, ou alors c'est elle qui met la langue, ou les deux en même temps. Je ne sais pas trop.

Ma mère reçoit trois catalogues par la poste. Le catalogue des 3 Suisses et le catalogue de La Redoute, qui sont encore plus gros et plus lourds que les annuaires du téléphone. Et le catalogue de la Camif (un peu moins gros) que reçoivent tous ceux qui travaillent dans l'enseignement. Ce sont des catalogues de vente par correspondance, on y trouve des tentes de camping et des tables de ping-pong, des outils et des tuyaux d'arrosage, et des vêtements pour toute la famille. Les vêtements ça commence toujours par les femmes, des robes, des manteaux et juste avant d'arriver aux enfants, la lingerie. Sur ces photos-là elles sont juste en slip et en soutien-gorge. Elles sourient avec du rouge à lèvres. Dans La Redoute surtout elles sont super jolies.

Les filles de ma classe ne sont pas aussi jolies que dans La Redoute. C'est vrai aussi qu'elles sont plus jeunes, elles ne mettent pas de rouge à lèvres par exemple.

Le nombre de livres que j'ai décidé de ne pas lire augmente tous les jours. D'abord il y a tous les livres au programme : Zola, Camus, Balzac, Montaigne, et toutes les pièces de théâtre aussi, Molière, Racine, Corneille. Puis il y a tous les auteurs que mon père considère que je dois avoir lus. Voltaire, Diderot, Cervantès, Maupassant, Tolstoï, etc. Puis il y a tous ceux qu'il apprécie particulièrement. Mérimée, Bernanos, Michaux, Musil et j'en passe. Puis il y a ceux sur lesquels ils s'entendent bien avec mon oncle. Kafka, Hemingway, Simenon, Dos Passos et les sœurs Brontë, on n'en finirait pas.

Normalement je dois lire *La Peste*, cette année. C'est l'histoire d'une épidémie du Moyen Âge qui revient sans prévenir. On n'a plus l'habitude que tout le monde tombe malade en même temps et ils ne savent pas quoi faire, ils sont un peu dépassés. J'ai ajouté le livre à la liste des trucs que je ne lirai jamais.

La somme des choses que j'ignore a atteint, pour reprendre le mot de Giono, les dimensions de l'univers.

Je lis toujours des BD. *La Mémoire de métal*, une nouvelle aventure de Natacha, hôtesse de l'air, me fait aussi une grosse impression. Évidemment c'est une femme qui n'existe pas, c'est juste des dessins, mais ça n'empêche pas de tomber amoureux.

De toute façon, en classe, les filles sont plutôt assises à côté des filles et les garçons avec les garçons.

Le soir j'ai du mal à trouver le sommeil. Mon frère s'endort toujours comme une bûche. Il n'a pas tous mes soucis.

Le foot n'est pas une option, ça j'ai déjà dit. Je ne fais plus de latin, par exemple. Faudrait être dingue. Mais le foot, je n'ai pas le choix. Les Verts ont dégagé Lisbonne et après ils ont pris quatre-un en Yougoslavie. Quatre-un. Le match retour c'était juste impossible. Sauf que si. Cinq-un, on leur a mis. C'est Triantafilos qui a rentré le dernier (je connaissais les noms maintenant). Et moi j'étais toujours aussi nul.

C'était étrange comme, dans cette maison où il était impossible de s'isoler, je pouvais me retrouver tout seul la nuit sur le vieux canapé (tout était vieux à présent dans cette maison, tout en avait l'air en tout cas, à part les objets kabyles sur lesquels le temps passait comme une caresse, l'éternelle petite table du salon et les paniers au mur), seul devant *Banacek* ou *Cimarron*. De bonnes séries, que plus personne autour de moi ne regardait. Ou peut-être que je n'avais plus personne à qui parler. Banacek doit retrouver des trucs qui ont disparu, des trucs énormes, un avion de ligne par exemple. Il sortait tout le temps avec des filles. Dans mon épisode préféré il recherche un joueur de foot qui disparaît en direct, pendant qu'il regarde le match à la télé. Une de ses petites amies est à genoux devant lui pendant qu'il regarde le match, dans une chemise de nuit violette. C'est bien simple on voit carrément à travers.

J'étais à nouveau seul devant la télé. Mes parents se couchaient souvent comme les poules, et moi j'étais chargé d'hormones et incapable de dormir.

Un peu avant les vacances de Noël Bruno a organisé une soirée chez lui. On appelle ça une boum. Je n'ai pas été invité. Je crois que je ne fais pas partie des gens qu'on a très envie de voir. J'ai pas de mob, je suis nul au foot. Il y a peut-être d'autres raisons qui m'échappent.

Après cet évènement historique et sans précédent, la classe était comme coupée en deux, mais plus comme avant. Avant il y avait d'un côté les garçons, de l'autre les femmes. Maintenant il y avait plutôt d'un côté ceux qui avaient participé et qui échangeaient des sourires pleins de dents et des blagues pas drôles, de l'autre des anonymes et des rebuts mal dans leur peau. Les rebuts essayaient quand même de savoir comment ça s'était passé. Des bruits ont filtré. Il y avait de la sangria et des vodkas-orange à la soirée. Les femmes portaient des chemisiers blancs. Il y en a même une ou deux qui avaient mis une jupe. Paraît-il. J'aurais aimé voir ça.

Ce sont toujours les mêmes prénoms qui reviennent dans nos conversations. Les prénoms des jolies filles. Claire, Constance. Emmanuelle. Les autres, les filles quelconques, les filles moches, les filles ordinaires, on n'en parle pas. C'est comme moi, on n'en parle pas. La seule chose qui intéresse tout le monde, c'est les jolies filles. Sortir avec une jolie fille est pratiquement impossible, d'abord parce qu'en général, quelqu'un sort déjà avec elle. Si ce n'est pas le cas, tout le monde veut sortir avec elle et se presse autour et tu as autant de chances de parvenir jusqu'à elle que de gagner au Loto.

Mon père joue au Loto. C'était l'un des aspects crétins de sa personnalité.

Cela dit, je joue au flipper. Ce sont deux jeux où on ne peut pas gagner.

Le Loto prend peu de temps à mon père, il joue tout le temps les mêmes chiffres et la somme qu'il investit est toujours la même, c'est la plus petite somme qu'on doit miser. Quand il s'installe dans le canapé pour regarder le tirage à la télé, avec une cigarette et un petit verre de porto, il est indéniable qu'il a l'air heureux. Il l'est probablement. Pendant quelques minutes, il est fabuleusement riche, délivré de la nécessité d'aller faire cours, et tout est possible. Je sais que mon père n'a pas envie de partir en Floride, mais peut-être qu'il a envie d'une grande maison, ou d'offrir des trucs à ma mère. Ces quelques minutes de rêve, ces instants de pure idiotie, répétés chaque semaine, tiendront la dépression, la maladie et la mort à bonne distance, encore quelques années.

Chaque semaine, il déchire les papiers du Loto et les laisse tomber dans le grand cendrier. Il ne semble ni surpris, ni déçu, ni triste.

– Allez, venez prendre un verre avec moi, tout le monde. On va fêter ça.

Mon frère arrive avec sa petite casquette, il s'assoit sur le tapis du salon. Je prends place dans le grand fauteuil. Ma mère réduit sous les casseroles et apporte les verres. Parfois le chat aussi vient participer à la fête. Il nous regarde avec ses grands yeux fixes et stupéfaits. Il ne sait pas que nous sommes passés à deux doigts d'être riches.

Le flipper me prend, à moi aussi, peu de temps. D'abord je ne sais pas si j'ai le droit d'aller au café. Dans le doute, je ne reste pas longtemps. Sinon le flipper peut dévorer tout ton temps sur terre. Je crois que tout le monde joue au flipper parce que c'est une assez jolie métaphore de l'existence : on ne récupère jamais sa mise de départ, et aussi habile qu'on soit, on est toujours perdant. Et pourtant, quand toutes les lumières s'allument, quand les compteurs tournent et que les parties claquent, il y a toujours quelqu'un pour tourner la tête et vous regarder comme si c'était incroyable, et à ce moment-là nous sommes persuadés d'être immortels.

Mais quand je sors du café, bien sûr, je suis malheureux, énervé, frustré. Je dois rentrer à la maison. Je n'ai aucun autre endroit où aller.

Je ne suis plus avec la fille au bikini noir, mais avec une des filles de La Redoute. J'aime ses yeux clairs et sa façon de me regarder bien en face, et aussi bien sûr le fait qu'elle se promène toute la journée en slip et en soutien-gorge. Ma vie ressemble un peu à un roman-photo sexy. Il y en a plusieurs à la maison de la presse, et les filles sont comme ça, juste en slip et en soutien-gorge, avec un type qui est habillé normalement.

– Tu étais au café, chéri ?

– Oui, j'ai fait un flipper.

– Je sais que tu es très fort à ce jeu, mais je suis toujours inquiète quand tu rentres tard.

– Sers-moi un verre.

– Oui mon chéri.

Mais à ce moment-là ma mère m'a appelé et j'ai dû aller mettre la table.

L'hiver est de retour. De gros flocons, qui ont perdu de leur magie d'antan. Je trouve qu'il fait froid, et je déteste ça. Quand j'étais petit, le temps qu'il faisait je n'en pensais rien. Je continuais ma vie dans le froid de l'hiver, flocon parmi les flocons, j'essayais simplement de m'en sortir au mieux. Je n'avais pas d'idée sur la question.

La ville est quand même à six cents mètres d'altitude. Les hivers sont copieux. Mon oncle a dit qu'il serait là pour Noël. Il y a un moment que je ne l'ai pas vu.

Parfois le samedi après-midi on allait aux Nouvelles Galeries avec ma mère. Comme je grandissais tout le temps il fallait tout le temps des nouveaux habits. J'aimais bien ces moments-là, c'était une des dernières choses qu'on faisait tous les deux. Comme quand j'étais gosse et qu'on allait se promener au parc. Mon père, acheter des habits, il ne voulait pas en entendre parler. Il ne voyait pas l'intérêt d'acheter autre chose que des livres.

On prenait la voiture pour aller aux Nouvelles Galeries qui sont plutôt dans le centre. Comme on était que tous les deux j'avais l'impression qu'on s'évadait, ou qu'on allait faire un hold-up ou quelque chose dans ce genre-là. C'était rare que ma mère prenne la voiture. Elle conduisait comme une dingue, ou alors c'est l'impression que j'avais parce que je montais devant avec elle. En tout cas dans la grande descente vers le cours Nadeau elle ne ralentissait pas. Tout le monde ralentit dans la descente sinon la voiture rebondit comme à San Francisco. J'éclatais de rire à chaque fois.

– T'as pas ralenti !

– J'ai encore oublié. Ne dis rien à ton père

Elle n'avait pas peur des machines. Quand la télé tombait en panne et ne produisait plus qu'une sorte de bouillie grise elle allait tranquillement tourner tous les boutons derrière pour voir si ça changeait quelque chose, et souvent elle arrivait à la réparer, la télé marchait à nouveau. Plus d'une fois j'avais poussé des hurlements de bête parce que c'était l'heure de *Mission impossible* et qu'à la place du générique il y avait la bouillie grise, mais elle arrivait sans se presser et bougeait les boutons derrière et elle m'avait encore sauvé. Mon père osait à peine changer de chaîne, il avait peur que ça dérègle tout.

Aux Nouvelles Galeries on prenait l'escalator et elle allait voir des choses de son côté même si on était là pour moi. Je me promenais au milieu des soutiens-gorges et des culottes et des gaines, et de tous ces trucs que portait ma copine de La Redoute. Je faisais comme si je passais là par hasard pour aller à l'autre rayon mais en fait c'était pas par hasard. Je me demandais ce qu'elle porterait la prochaine fois.

Ce jour-là j'ai eu envie d'un truc. Il me fallait quelque chose de chaud pour l'hiver parce que mon anorak de l'année dernière m'allait plus, il m'arrivait au nombril. Et là, j'ai vu une veste fourrée comme les trappeurs du Canada, avec un tissu écossais et un gros col de fourrure blanche. Un peu comme si j'étais un aventurier du Grand Nord. J'ai essayé devant la glace et je suis allé voir ma mère. Elle m'a regardé de haut en bas et elle a dit :

– Oui, c'est pas mal.

– On peut la prendre ?

– D'un autre côté, il n'y a pas de capuche.

– Allez, quoi. De toute façon la capuche, je la mets pas, ça fait trop jeune.

Elle m'a regardé un moment sans rien dire.

– Allez, quoi. Pour une fois que j'ai envie d'un truc.

– D'accord. On la prend.

Elle a déplié quelque chose qu'elle portait sur son bras, c'était une petite robe jaune. Elle l'a mise devant elle comme font les filles pour voir ce que ça donne.

– Comment tu trouves ?

J'ai trouvé bizarre qu'elle me demande ça. Et tout d'un coup j'ai compris qu'elle n'avait personne d'autre à qui poser la question. Elle n'avait pas d'amie.

– La couleur te va pas.

– Tu as sans doute raison.

J'aurais voulu dire autre chose mais je ne savais pas quoi dire. Elle a regardé encore une fois dans la glace ce que ça donnait sur elle, puis elle l'a reposée.

J'ai pensé à mon frère. Je l'ai vu, avec sa casquette. Je l'ai vu comme s'il était vraiment là, ici avec nous, dans le magasin. Je me suis dit : si seulement l'un de nous avait été une petite fille.

Finalement mon oncle ne viendra pas. Il a du travail en retard, ou quelque chose comme ça. Il a envoyé une petite carte avec des rennes qui tirent un traîneau, il dit qu'il nous embrasse tous, et de bien nous couvrir. Dans l'enveloppe il y avait aussi un chèque pour moi, pour Noël.

– Je le mettrai à la banque demain, a dit ma mère. Tu auras du liquide, comme ça.

Le prêtre est malade, il a attrapé la grippe. C'est une femme qui vient nous prévenir, alors qu'on est déjà installés tous les sept autour de la table, qu'il fait déjà nuit dehors et que j'ai envie d'être ici comme de me pendre. L'identité de cette femme n'est pas claire. Elle a cette petite figure pleine de rides dans tous les sens, une figure qui ressemble à un fruit pourri.

Les autres se lèvent, nouent leurs grandes écharpes. Je vais devoir, moi aussi, trouver le courage de me lever. Je vais devoir prendre le bus.

Sur le pas de la porte Aurore se tourne vers moi. Il n'y a plus que moi assis là comme un crétin, à essayer de me rendre intéressant.

– Allez, tu viens ?

Je ne vois pas ses yeux.

– Dieu n'existe pas, sinon les prêtres n'attraperaient pas la grippe.

– Pourquoi tu viens ici, alors ?

Et là elle quitte la pièce et je me retrouve tout seul. De toute façon j'ai pas très envie de lui parler. Emmanuelle, j'ai déjà imaginé que je me retrouvais tout seul avec elle et qu'on parlait. Et même, j'ai déjà imaginé que je l'embrassais sur la bouche. Un truc dingue. Mais Aurore non, je ne pense jamais à elle.

Rien de ce que j'imagine n'arrive jamais. Il arrive d'autres trucs à la place, des trucs sans intérêt.

Quand je passe dans le couloir de l'entrée Aurore est toujours là. Elle est là, quelque part, cachée dans ce grand manteau ridicule. Elle est en train d'ajuster une sorte de bonnet péruvien ou suédois, un bonnet avec des oreilles. Moi j'ai arrêté de mettre des bonnets, ça fait vraiment trop jeune.

Tout d'un coup j'ai demandé :

– Tu as déjà prié pour qu'un truc arrive ?

– Qu'est-ce que tu veux dire ?

Je hausse les épaules.

– Je ne sais pas, moi, pour qu'il n'y ait plus de guerres, ou que les enfants en Afrique ne meurent pas de faim. Ce genre de trucs.

Elle sourit.

– Tu pries pour ça, toi ?

– Ben non. J'ai quatorze ans, je connais la vie. Je sais bien que tout ça n'existe pas.

– On dirait que ta religion ne signifie rien pour toi. Alors, vraiment, je me demande ce que tu fais ici, avec nous.

– Donne-moi une preuve de l'existence de Dieu. Une seule.

– Mais tout prouve l'existence de Dieu. L'amour. La beauté de la nature.

Elle disait ça sans rire.

Le dimanche d'après je suis allé tout seul jusqu'à l'église Saint-Roch. C'est là que ma mère va à la messe en général. C'est une église normale avec des vitraux et des vieilles pierres du Moyen Âge. Sinon parfois elle va à Sainte-Thérèse, du côté opposé, qui est une église plate et moderne. C'est plus joyeux comme bâtiment mais on s'y ennuie pareil. En tout cas, Saint-Roch c'est plus près.

C'était le milieu de l'après-midi et il faisait déjà presque nuit. Il neigeait. J'ai pris un cierge à vingt centimes qui sont ceux du milieu. Je l'ai allumé au cierge d'à côté.

– Seigneur, je sais que Vous n'existez pas. Quelque part, ça m'ennuie. Quand j'étais petit, Vous étiez aussi présent, aussi évident que ma maman, mon papa, Apoutsiak, la vache orange, Mickey, Guy l'Éclair ou ma cousine Lina. Vous avez disparu, et le vide que Vous avez laissé demande sans cesse à être comblé. J'ai besoin de croire à quelque chose. J'envie les intégristes à tête vide, comme Aurore. J'envie les athées, comme mon frère. J'ai réclamé tant de choses dans mes prières, qui ne sont jamais arrivées.

La petite flamme bougeait dans tous les sens, il y avait de terribles courants d'air et il faisait vraiment froid dans l'église. Pas étonnant que les prêtres soient malades.

J'ai joint les mains, comme je faisais avant.

– Faites que j'arrive à sortir avec Emmanuelle. Ou Constance. Ou une fille que personne connaît, mais qui ressemble à cette fille dans le catalogue de La Redoute.

Faites que j'arrive à dribbler et à marquer des buts et que tout le monde ait envie de m'avoir dans son équipe. Faites que j'aie des pectoraux et que j'arrive à nager le crawl en mettant la tête sous l'eau. Faites que je sois invité à la prochaine soirée. Faites que les enfants n'aient plus faim en Afrique, et qu'il n'y ait plus de guerres dans le monde.

J'ai regardé autour de moi. Il n'y avait personne à cette heure-ci, sauf deux ou trois vieilles dames qui avaient peur de mourir. Ou peut-être qu'elles avaient d'autres raisons d'être là, je ne sais pas.

J'ai fait le signe de croix et je suis parti.

## 14

# L'art de la fugue

Nous avons appris la nouvelle ce matin : je vais être dans la classe de mon père.

– On a ton père en histoire !

Ils sont tout heureux de me l'annoncer. Ils m'ont sauté dessus dès mon arrivée, comme une armée de singes en rut. Grimaçants, bondissants, malfaisants dans leurs anoraks et leurs treillis pourris. Des petits cons, il n'y a pas d'autre mot. La joie du groupe qui a trouvé sa cible.

– Tu vas te tenir à carreau, saleté.

J'ai haussé les épaules, avec ce petit sourire idiot qui me sert de paravent quand j'ai envie de tuer, mais que je suis inférieur en nombre.

À quelque distance de là, au pied d'un des gros piliers, les filles. Les femmes. Celle que j'aime est là, quelque part au milieu. Comment faire, c'est foutu maintenant. Tout est foutu.

Le professeur nous l'a annoncé la veille au soir. On finissait de dîner.

– Le censeur a dit qu'il était désolé, mais qu'il n'avait pas pu faire autrement.

Mon frère liquide son Danone à grands coups de cuillère, bien à l'abri dans son école Saint-Machin. À l'abri de mon père. À l'abri de Dieu. À l'abri de tout.

– Bon, on va faire avec. N'est-ce pas ?

Le regard de mon père descend sur moi comme toute une escadrille de Messerschmitts. J'incline la tête.

– Je peux prendre un bain ?

Je me réfugie dans la salle de bains. C'est la seule pièce de la maison où je peux fermer la porte à clé et faire tout ce que je veux, sans crainte d'être dérangé. Je pourrais pleurer, par exemple, mais je n'y arrive plus. Alors je fais couler l'eau et je me déshabille. C'est une petite baignoire, elle est très vite pleine. J'ai une érection dans l'eau chaude, dont je ne sais pas quoi faire. Personne ne m'a expliqué ce qu'on pouvait faire d'une érection.

À travers la porte j'entends mon frère qui joue de la guitare. L'année d'avant j'avais décidé de devenir rock star, vu que j'étais nul au foot. J'avais demandé une guitare électrique mais elles sont trop chères. Maman avait récupéré la guitare classique qui traînait chez ma tante et on avait mis des cordes neuves. Mais la guitare ça fait mal aux doigts. Je n'étais pas devenu rock star cette année-là, j'avais laissé tomber assez vite. Mon frère avait récupéré l'engin et dès le premier jour il avait su faire quelques accords. Mes parents l'avaient aussitôt inscrit au conservatoire. Pendant que j'étais dans mon bain occupé à regarder mon érection et à penser au suicide il jouait *Angie*.

*Angie* était une chanson des Stones. Il y avait ceux qui aimaient les Stones et ceux qui aimaient les Beatles. Moi j'avais d'autres problèmes : j'allais avoir mon père comme prof. De toutes les catastrophes qui pouvaient m'arriver dans la vie c'était quand même la pire. Dieu n'existait vraiment pas, ce coup-ci c'était sûr.

J'ai mis mon pyjama et j'ai retrouvé ma chambre, toujours encombrée de mon frère qui m'empêche d'avoir une vie intime. Je me suis allongé et le chat est venu sur mon ventre. Ça m'a énervé. Tout m'énervait.

– Tu m'apprends *Angie* ?

– OK.

Il est venu s'asseoir à côté de moi et il m'a montré. *La* mineur et puis *mi* septième. Comme si je comprenais ce que ça voulait dire. Après il m'a passé la guitare et j'ai essayé. Laisse tomber. C'est juste impossible à jouer. Et ça fait super mal aux doigts.

Batou était toujours mon copain. C'était le genre de copain que personne n'a envie d'avoir. Lui non plus n'avait pas de mob. Son père était typographe, un métier qui va disparaître. Il ressemblait à Chirac, le Premier ministre. Batou m'avait invité chez lui deux fois, et les deux fois Chirac lui avait mis une grande claque dans la gueule.

Parfois j'essayais d'ajouter deux et deux, de comprendre comment le monde fonctionnait. Je ne prenais plus de beignes à la maison, depuis un moment déjà, j'avais remarqué ça. Peut-être que c'était pareil pour Batou. Comme si on avait passé la ligne, comme si on était passés de l'autre côté. On se faisait toujours engueuler, je suis sûr que c'était pareil pour lui. Mais il s'était passé quelque chose. On ne pleurait plus. J'avais des poils.

À la maison on ne faisait plus de petits traits de crayon sur le mur pour savoir combien on mesurait, mon frère et moi. J'étais presque aussi grand que mon père, maintenant. Je pensais parfois à Pierre-Julien, qui engueulait ses parents, leur disait des gros mots. J'avais des idées là-dessus. Je n'étais pas capable de l'exprimer avec précision, mais je savais qu'il y avait un rapport avec l'argent. Et je pensais à Lina, qui prenait des claques, juste parce qu'elle était dans le passage, juste parce qu'elle était sur terre. Là non plus, je ne pouvais pas le formuler, mais je savais que ça avait quelque chose à voir avec son sexe. Le sexe et l'argent, c'étaient les deux choses principales dont il n'était jamais question à la maison, les deux choses qui n'existaient pas.

Dieu existait. Et puis les livres. Tout le reste, tout ce qui intéressait les gens, ça n'existait pas.

J'avais toujours été copain avec des Italiens pauvres, ou avec des pauvres. Irridio, Grissini, Fournel. C'était presque mécanique. Les parents de Batou aussi roulaient en 2CV. Mais là j'avais plutôt envie d'être copain avec des riches, parce que les soirées ça se passait chez eux.

Bruno, par exemple, ses parents étaient divorcés. Ça aussi, c'était un truc de riches. Il habitait une grande maison avec un jardin, des baies vitrées modernes qui coulissaient et il y avait toute la place pour danser. Il avait le droit de mettre la musique à fond et sa mère trouvait normal qu'il invite des gens. Ou même des femmes.

Il n'y avait pas de livres chez Bruno, pas plus que chez Batou. Et Dieu n'avait pas l'air d'être très important. En cela, les riches et les pauvres autour de moi étaient exactement semblables. Ce qui était important chez moi, tout le monde s'en foutait.

Dans le roman de Kafka, *Le Château*, il y a ce type qui essaie d'entrer quelque part, d'être reçu quelque part, et il tourne autour pendant tout le livre, sans jamais y arriver. On peut éprouver ça plusieurs fois dans sa vie, si on n'est pas né là où on a envie d'être. Souvent les gens veulent s'introduire dans un milieu social plus élevé, des tas de livres parlent de ça, et aussi des films. Mais, en fait, les riches et les pauvres pensent à peu près pareil. Mon problème à moi était plus compliqué. Je voulais faire partie des gens.

Ce qui était important pour les gens, par exemple, c'était d'avoir une belle voiture, et ça c'était un truc que je pouvais comprendre. La mère de Bruno avait une Ford Capri, j'aurais donné gros pour avoir une Ford Capri. Bruno avait le droit de la conduire dans les chemins. Il savait passer les vitesses comme s'il avait fait ça toute sa vie.

Bruno avait une moto, aussi, une DTMX. La moto c'est super dangereux, des tas de gens se tuent avec tout le temps. Il avait seize ans, il avait redoublé. Il pouvait conduire une 125. En fait tout le monde avait envie d'être comme Bruno. Une fois, après une soirée, il avait raccompagné une fille sur sa moto.

Un mot sur les mobs et les motos : c'était normal d'avoir une mob, un Peugeot 103 par exemple. La plupart des garçons dans la classe en avaient une, maintenant. J'étais un des seuls à toujours aller à pied, partout où j'allais. Enfin bref, c'était normal d'avoir une mob. Tu pédalais pour la faire démarrer, des fois c'était ridicule. Mais quand tu avais une moto, c'est comme si tu savais jouer de la guitare électrique. Les filles avaient envie de sortir avec toi.

L'autre nouveauté, bien sûr, c'est qu'on s'appelait par nos prénoms. C'était encore une conséquence de l'arrivée des filles. Avant ça n'existait pas, le prénom c'était juste à la maison. Mais les femmes nous appelaient par nos prénoms, alors on a fini par faire pareil. Si on ne t'appelait pas par ton prénom, c'est que les femmes ne savaient même pas que tu existais. Batcu, par exemple, on l'appelait Batou.

Maintenant on avait le téléphone à la maison. Il était sur le petit meuble dans l'entrée, alors quand on téléphonait tout le monde entendait tout. La plupart du temps les coups de fil étaient pour moi, parce que mes parents n'avaient jamais eu le téléphone, alors les gens avaient pris l'habitude de ne pas leur téléphoner. Mon père n'aimait pas qu'on m'appelle. Il ne supportait pas qu'on m'appelle. Il disait que le téléphone coûte cher. Il passait et repassait dans le couloir jusqu'à ce que je raccroche.

– Mais papa, c'est lui qui m'appelle. On ne paie pas dans ces cas-là.

– Ça fait plus d'une demi-heure que tu parles !

Le téléphone, pour lui, c'était un peu de la sorcellerie. Il s'en servait très rarement, et il parlait toujours très fort dans le combiné, pour être sûr qu'on l'entende.

En classe j'étais quelqu'un d'assez transparent, en tout cas c'est ainsi que mes professeurs me percevaient (ou ne me percevaient pas). J'étais assis au troisième rang, perdu dans la foule, fondu dans la masse, aussi invisible que possible, incolore, inodore, et je m'ennuyais. Je m'ennuyais à mourir, j'attendais que ça passe. Je ne faisais pas partie des bons élèves, je n'en faisais plus partie. Je ne faisais pas non plus partie des éléments perturbateurs, des cancres joyeux qui avaient la sympathie du public. Et parfois celle du professeur. Personne ne me remarquait.

Dans la cour, je n'existais pas beaucoup plus. Bruno ou Constance créaient naturellement des groupes autour d'eux, et les reparties fusaient de toutes parts. J'essayais d'être intéressant et sexy, comme tout le monde. De temps en temps j'allumais une Marlboro.

Je ne comprenais pas la plupart des blagues, surtout les blagues de cul. Je ne les trouvais pas drôles. Je rigolais comme tout le monde.

Les Verts continuaient leur ascension. On était à un an de la finale de la Coupe d'Europe. Après les cours, un match de foot s'organisait spontanément sur un des terrains de hand-ball, sauf quand il pleuvait. Je n'arrivais toujours à rien. Pourtant je voulais jouer. Je ressentais toujours la même excitation, quand les cartables s'entassaient derrière les cages, avec les anoraks, les treillis, les duffle-coats et les blousons en skaï. Comme lorsque je sautais de la troisième marche de l'escalier, je me disais que tout était possible.

Et sinon on allait parfois au café, jouer au flipper et boire un café ou un truc. J'avais cessé d'aller au catéchisme sans le dire à mes parents parce que, finalement, il y avait moins de chances qu'ils s'en aperçoivent. Ce n'est pas comme si j'avais fait sauter un cours. Là, pour le coup, impossible de s'en tirer vivant.

Je préférais aller au café plutôt qu'au catéchisme. J'étais heureux de faire partie des gens normaux, pendant une heure.

– La laïcité, disait mon père, c'est un peu la religion de ce pays.

Moi, j'avais toujours l'impression qu'il y avait d'un côté les gens qui croient en Dieu et qui lisent des livres, et de l'autre ceux qui savent jouer au foot et qui organisent des soirées avec des filles. Et je voulais vraiment faire partie du deuxième groupe.

– Tu ne viens plus ?

Aurore s'est tournée vers moi au moment de quitter la cour. Elle avait toujours son manteau qui lui arrivait aux chevilles et ce stupide parapluie qu'elle trimballait presque toujours avec elle. Encore un truc qu'on n'avait jamais vu, aucun garçon au monde n'aurait pensé à se promener avec un parapluie. En plus c'était un de ces grands parapluies comme autrefois, un parapluie comme Steed dans *Chapeau melon*. Plus personne ne se servait de ces trucs-là, tout le monde avait des parapluies pliants minuscules qui rentraient dans les sacs. C'est curieux comme elle avait l'air de sortir d'un autre siècle, elle tout entière, pas seulement son nom.

– Alors, tu ne viens pas ?

– Ben non.

– Pourquoi ?

– Je suis fatigué, et puis je ne crois plus en Dieu. Et j'ai envie d'aller faire un flipper.

Elle a baissé la tête comme si j'étais un prof ou un contrôleur du bus. Elle est devenue légèrement rose. Puis elle est partie. J'ai eu envie de lui courir après pour m'excuser. M'excuser de quoi ? Des fois je suis vraiment idiot.

Je raconte tout ça pour donner une idée de la situation sur le plan local. Les choses en étaient là quand on a appris qu'on allait avoir mon père en histoire. On était censés avoir Mme Redoul mais elle était en grande dépression maintenant. Ils avaient dû tout changer. Après elle a fait une tentative de suicide. Après je ne sais pas. C'est souvent comme ça dans la vie. Les gens disparaissent de l'histoire principale, on ne sait pas ce qui se passe après. Si ça se trouve Mme Redoul est partie au Tibet. C'est super loin.

On avait histoire le mardi.

Le mardi matin on est partis ensemble avec mon

père. C'était un truc qui n'arrivait plus, on était toujours un peu décalés maintenant. Je m'arrangeais pour. Je traînais un peu. Je crois que lui aussi il faisait en sorte. On trouvait un peu obscène d'être vus ensemble, je sais que lui non plus ça ne l'arrangeait pas cette histoire. Moi c'était pour des raisons évidentes, j'essayais d'avoir l'air d'un homme. Lui, je ne sais pas. Je ne suis pas sûr. Je crois que j'étais comme tout ce qu'il avait fait dans la vie. Pas assez bien. Je ne sais pas qui le jugeait comme ça.

En tout cas, ce matin-là, on est partis ensemble. On a échangé quelques phrases sur la météo et d'autres trucs cons. Je crois qu'on essayait de se rassurer, de se dire que ça ne serait pas si terrible. On était comme deux types dans un roman de Camus. On échangeait des phrases ordinaires sous un ciel plombé, et on sent bien que ça va être horrible après.

Batou aimait bien l'histoire, il s'intéressait toujours aux civilisations antiques. Ce n'était pas un adolescent normal. Il ne s'intéressait pas du tout à Pink Floyd, par exemple. Dans la plupart des cours j'étais assis à côté de lui. À la récré de dix heures il a voulu me parler, et pour une fois je l'ai laissé faire. Bruno et les autres types sympas plaisantaient avec les femmes comme d'habitude, et je m'étais mis tout seul dans un coin, derrière le troisième pilier, un endroit désert où on n'allait pas m'emmerder avec mon père et comment je n'avais pas intérêt à faire mon malin.

Au bout d'un moment, cela dit, il n'a pas résisté.

– Moi je suis content qu'on ait ton père en histoire. C'est quand même un très bon prof.

– Ah bon.

– Paraît qu'il est pas commode, mais moi je m'en fous en fait. J'aime bien l'histoire.

– Tant mieux.

J'avais mal au ventre. Je suis allé aux chiottes et j'ai rendu mon déjeuner. En face de moi sur le mur il y avait des dessins de bites au stylo-bille et des prénoms de filles, et des blagues que je ne comprenais pas. Je trouvais tout laid.

Avant d'avoir histoire on avait français. Il y avait des cumulonimbus dans le ciel au-dessus du lycée, comme si on était dans une boîte dont le couvercle se refermait lentement. Si ça continuait il allait faire nuit en plein jour.

Des gouttes éparses ont commencé à tomber, ça a sonné et le prof de français est arrivé avec sa grosse serviette en cuir, il la balançait au bout de son bras, comme ça, on aurait dit le médecin quand il vient à la maison. Il a dû allumer la lumière dans la salle, c'était vraiment comme si c'était la fin du monde. Noé a dû voir ça juste avant le déluge, avant d'embarquer les crocodiles, les serpents et les moutons.

D'habitude, j'ai du mal à écouter ce qui se dit en cours. Là, c'était même pas la peine. Je n'ai pas trouvé l'énergie de faire semblant. Je regardais par la fenêtre. Il y avait toujours ces gouttes ridicules, une par-ci, une par-là, qui faisaient ces grosses taches noires sur le sol. On avait l'impression que les platanes allaient être arrachés du sol tellement c'était tendu au-dehors. J'ai dû faire un bond de dix mètres quand le prof a dit mon nom.

– Vous pouvez prendre la suite ?

On était donc en train de lire quelque chose. Mais quoi ? Batou a essayé de m'aider, il a dit tout bas le début de la phrase d'après, mais ça servait à rien, j'avais même pas ouvert mon livre.

– On en était où ?

C'est sorti tout seul. Le prof est devenu mauve. C'était ce genre de prof avec lequel on ne plaisantait pas.

– Pardon ?

J'avais l'impression que ma température montait à toute allure.

– Ben, je peux pas prendre la suite si je sais pas où on en est. Je ne suivais pas, si vous voulez tout savoir.

– Qu'est-ce que vous dites ?

– Je m'ennuie en classe, à un point que vous pouvez pas imaginer. Je sais que c'est considéré comme une faute, mais si on réfléchit bien, c'est plutôt votre faute à vous.

– Passez dehors !

– Par ce temps ?

Je me suis quand même levé. J'ai mis mes affaires dans mon cartable, j'ai pris mon cartable et mon anorak et je me suis levé et j'ai descendu l'allée et tout le monde me regardait et j'ai dû passer devant le prof avant de tourner à droite vers la porte, et je suis sorti et j'ai fermé la porte derrière moi, tout ça assez tranquillement quand même, j'avais fait le plus dur. J'étais debout sous la galerie et devant moi il y avait ce mur d'eau qui faisait un vacarme de tous les diables.

Normalement j'aurais dû me présenter à la surveillance générale pour qu'ils m'envoient en permanence. Un élève n'est pas censé traîner dans la cour pendant les heures de classe. Mais là je me suis dirigé vers la sortie, pas la sortie des élèves, le portail est fermé. La sortie des profs, le grand hall d'entrée. On n a pas le droit de passer par là. De toute façon, je suis déjà un homme mort.

Personne pour m'arrêter. Le concierge avec ses gros bras et ses grosses moustaches s'est évaporé. Je suis seul sur le carrelage bicolore comme une mouche posée sur une gravure d'Escher. Le lycée ressemble à un truc encore debout après la fin du monde tellement il fait nuit. Je pousse la porte et je sors et personne ne m'arrête. La pluie fracasse tout autour de moi, je descends l'escalier je passe les grilles je suis dans la rue. On dirait que je suis seul dans cette ville tellement c'est désert. Une voiture passe, une seule, en soulevant des gerbes d'eau même au ralenti. Je suis déjà trempé.

Où aller maintenant ?

Je ne voulais pas rentrer à la maison. Mais je ne voyais pas quoi faire d'autre. Je sais qu'il y a des bouquins dans lesquels les enfants se débrouillent tout seuls. Des enfants plus jeunes que moi. Je connais même les titres. *Huckleberry Finn*, par exemple.

J'ai descendu l'avenue en allant vers le centre, dans la direction opposée, comme si je n'allais jamais rentrer. J'étais vraiment tout seul dans la rue, les gens sont pas fous, pas au point de sortir par ce temps. Je me suis demandé si j'étais capable d'aller vivre ma vie, là maintenant, trouver un endroit où dormir, et après un autre, puis encore un autre, ce serait à chaque fois un nouvel épisode où il faudrait que je trouve de quoi manger. Je pouvais sentir dans ma poche le billet de dix francs que ma mère m'avait donné pour le mois et que j'avais pas encore commencé à dépenser, parce qu'on était au début du mois et que *Pilote* était pas encore sorti cette semaine. Comme j'achetais surtout des BD je n'avais aucune idée de ce que coûte la nourriture, mais quelque chose me disait que je n'irais pas loin avec ça. J'allais devoir accepter de travailler pour des types mal intentionnés. C'était ça ou mourir de faim.

J'ai pris à gauche l'avenue de la Libération et je suis passé devant le disquaire qui est presque en face de la Grand-Poste, dans la vitrine il y avait *Transformer* et *Dark Side of the Moon* et des *Deutsche Gramophon* qui sont des disques que mes parents écoutent, Bach ou Beethoven, ou d'autres types avec une perruque. Le disquaire aurait pu me confier du travail, j'aurais pu l'aider à vendre des disques, mais c'était un peu trop près du lycée, mon père aurait fini par me voir dans le magasin, et puis ça ne pouvait pas marcher, le type me connaissait il allait trouver ça suspect que je cherche du travail à mon âge. Et pendant que je réfléchissais à tout ça en passant devant la vitrine il s'est mis à pleuvoir encore plus fort et plus dru alors que ça paraissait impossible la seconde d'avant, ça faisait autant de bruit que si des automitrailleuses avaient pris le trottoir pour cible et mes baskets étaient tellement lourdes de flotte que j'avais du mal à avancer, ma mère m'avait pourtant bien dit de mettre mes bottes ce matin, mais je trouve que j'ai l'air d'un môme avec, alors j'évite. Pour la même raison je ne mets pas la capuche, mais là j'aurais peut-être dû. De toute façon ça sert plus à rien, mon anorak est trempé et maintenant la pluie passe à travers. Juste le jour où je ne mets pas ma veste du Grand Nord. Je me doute aussi que tous mes cahiers et mes livres de classe ont bien reçu. Je vais encore me faire engueuler pour ça.

Je pourrais aller au café, au moins je serais à l'abri. Mais si je commence à dépenser mes dix francs maintenant, je peux dire adieu à *Pilote*, et je n'aurai plus rien pour acheter à manger. Et puis il n'y a personne à cette heure de l'après-midi, personne du lycée en tout cas. J'ai un peu la trouille d'y aller seul. Il y a toujours des alcooliques qui cherchent des histoires.

Si le reste de ma famille n'habitait pas si loin, j'aurais

peut-être pu débarquer chez mon oncle. Mais mon oncle habite Paris, c'est plus pratique quand on donne des cours à la Sorbonne. De toute façon, je me raconte des histoires. Il m'aurait fait couler un bain chaud, et pendant que je serais là à faire des bulles il aurait téléphoné à mes parents pour les avertir. Ils sont tous plus ou moins complices. Quand on était petits, Lina m'aurait peut-être caché dans son armoire. Elle aurait volé des trucs à la cuisine pour que je ne meure pas de faim, et les adultes m'auraient cherché partout pendant des jours, comme dans les contes. Mais tout ça c'était il y a longtemps, aujourd'hui elle serait capable de me dénoncer.

À ce moment-là, juste avant d'arriver place du Peuple, j'ai compris que j'étais seul au monde. Je n'avais aucun endroit où aller. Un tramway est passé devant moi, presque vide. Je me suis dit que je pourrais peut-être le prendre jusqu'au terminus. C'était idiot, mais je n'avais aucune idée de ce qu'on pouvait faire dans la vie quand on n'habitait plus chez ses parents. J'ai regardé ma montre. J'aimais bien ma montre, je l'avais eue pour mes sept ans, on disait que c'était l'âge de raison et je savais lire l'heure. Le cours d'histoire était commencé depuis dix minutes. Mon père avait dû leur demander où j'étais et quelqu'un avait dû lui dire que je m'étais fait virer du cours de français. J'essayais d'imaginer la scène. C'était impossible à imaginer.

Peut-être que je pourrais quitter la ville et travailler dans une ferme. Couper du bois, ce genre de truc. Je me mettrais torse nu. À un moment donné, dans cet épisode, une fille qui habite dans une villa pas loin passerait dans sa Triumph Spitfire décapotée pour parler avec le fermier, qui est son voisin, et elle me verrait couper du bois torse nu.

– Tu as mangé ?

C'est la première chose que dit ma mère, quand elle m'ouvre la porte.

– Je vais te faire réchauffer quelque chose.

Mon père se tient debout, plus loin dans le couloir. On se regarde, et j'attends le moment où il va me gueuler dessus. Mais il me regarde juste. Il est là, debout à l'entrée du salon, à triturer une cigarette qu'il n'a pas encore allumée, et il me regarde sans rien dire.

– Viens t'asseoir, dit ma mère.

Mon père fait demi-tour, toujours sans rien dire. Il ferme la porte du salon derrière lui. C'était un drôle de regard, je crois que je ne l'avais jamais vu avant. Je suis ma mère dans la cuisine. Je m'assois. Mine de rien j'ai un peu faim. Elle met quelque chose sur le feu et quitte la pièce. Je ne sais pas trop où regarder, je ne sais pas si j'ai le droit de rester. Je suppose que oui. Ma mère revient avec une des grandes serviettes de la salle de bains. Elle commence à me frictionner les cheveux, mais très vite elle me laisse continuer tout seul. Elle n'aime pas beaucoup toucher les gens.

– Je te fais couler un bain chaud. Mais tu vas manger, d'abord.

Elle a fait des quenelles. Ma mère ne savait pas cuisiner, mais je ne m'en suis jamais rendu compte. J'ai toujours aimé être là, assis dans la cuisine et qu'elle fasse à manger pour nous tous. C'est moi qui mettais la table.

Elle m'a regardé manger sans rien dire, puis elle est allée voir mon père. Je sais qu'elle est allée voir mon père parce que j'ai entendu la porte du salon. Je connais tous les petits bruits de la maison par cœur.

Au bout d'un moment mon frère est venu prendre un Danone dans le frigo.

– Tu nous as fait passer une soirée de merde.

– Ça va.

– Ils étaient inquiets, je peux te dire.

– Pas toi ?

Il n'a même pas répondu. Il a juste pris une petite cuillère dans le tiroir et il est reparti dans la chambre avec son Danone.

Le lendemain ils m'ont regardé arriver comme si je sortais de l'hôpital ou un truc comme ça. Je crois que c'est la première fois que tout le monde s'est arrêté de parler quand je suis arrivé dans la cour. Constance m'a souri.

– T'es vraiment barjot, toi.

– Il a dit quoi, ton père ?

À la récré de dix heures, Bruno m'a demandé une cigarette.

– On fait un foot, samedi. Tu veux venir ?

## 15

# But

Le Petit Parc Stadium, ainsi qu'on l'appelait entre nous, devint notre lieu de rendez-vous du samedi après-midi. Il était situé sur les pentes boisées qui entourent la Maison de la Culture. Saint-Étienne, comme San Francisco ou Rome, est une ville en partie construite sur des collines assez pentues, qui font que tu peux habiter au cinquième et te trouver au niveau de la rue du dessus et parler avec un type dans sa bagnole. Un des inconvénients notoires du Petit Parc Stadium, c'est que si tu loupes ton tir et que le ballon part dans la pente, il faut prendre les escaliers et descendre le chercher, de préférence avant qu'il arrive au boulevard parce que là il est parti pour le centre-ville et c'est aussi simple d'en acheter un autre. Après, il faut remonter, et ça c'est crevant. Donc l'idée, c'est de jouer technique et d'éviter de mettre des boulets. Finesse de dribble, justesse des combinaisons et précision de la passe, ce n'était pas simplement pour mener au score, c'était aussi pour ne pas descendre chercher le ballon deux cents mètres plus bas.

C'est là, dans ce petit comité, en attendant que le malheureux Pascal remonte, que le miracle s'est produit.

– On dirait, fit Marco sans aucune intention méchante, que tu veux t'en débarrasser.

M'en débarrasser ?

Ce fut ma première illumination. Le Bouddha, à mon avis, n'a rien vécu de plus fort sous son grand arbre.

Oui, bien sûr. Je voulais m'en débarrasser. Je ne supportais pas d'avoir la balle au pied. C'était trop pour moi. Je le désirais tellement que c'était insupportable. Quand on me passait la balle, pris de panique, je tapais dedans immédiatement, pour m'en débarrasser, me défaire de cet insupportable pouvoir.

Le Bouddha, sous son grand arbre, avait décidé d'en finir avec toute la souffrance du monde. D'un seul coup, son esprit se vide de toute pensée parasite. Il comprend que l'univers, tel que nous le percevons, est une illusion. Que rien n'existe en vérité. Ni la balle, ni les autres joueurs, ni les cages. Pas même moi. C'est un tout. Un sans un second. Il suffit d'être en accord avec les forces en présence, traversé par elles au lieu de leur résister.

Pascal revenait avec le ballon, inconscient de ce qui s'était passé. Il ne vit pas que je venais d'atteindre le nirvana. J'étais maintenant dans un autre monde, sur l'autre rive. Dès la remise en jeu, c'est comme si j'attirais la balle. J'étais démarqué, parfaitement placé entre les deux bancs de gauche. Marco fit la passe.

Je fis quelque chose que je n'avais jamais fait : je contrôlai la balle.

Pour ceux ou celles qui n'ont jamais joué au foot, contrôler la balle consiste à amortir et arrêter sa course, afin de la transformer de projectile en objet immobile ou presque, à disposition.

On est alors le maître du jeu, celui qui possède la balle. C'est la balle qui monopolise l'attention du public et des autres joueurs. Plus longtemps on possède la balle, plus on monopolise l'attention.

Il y eut un instant de flottement autour de moi. Aucun d'eux n'avait l'habitude que je garde la balle.

Puis le jeu a repris. Bruno se précipita vers moi, je le dribblai sans difficulté, comme si j'avais fait ça toute ma vie. Je partis balle au pied vers les cages improvisées tenues par Pascal. J'avais des ailes.

Je crochetai Marco comme s'il n'avait jamais existé. Un petit pont pour le suivant, ils étaient transparents, immobiles. Mystifiés, je comprenais enfin ce que ça voulait dire. Pour finir je pris Pascal à contrepied.

C'était un samedi, au milieu de l'après-midi. Le soleil tombait sur moi comme un projecteur de cirque. Je venais de marquer un but.

Le lundi suivant comme toujours après les cours, un match fut organisé sur le terrain de hand. Je fus pris presque tout de suite dans l'équipe. Et là tout le monde, la foule, pas seulement la bande du Petit Parc Stadium, a vu de quoi j'étais capable. Je plaçais des dribbles diaboliques dans la surface. Je marquai. Une fois, deux fois. J'étais un vrai danger. C'était clair pour tout le monde à présent : dans l'histoire du foot il y avait eu Kopa, Pelé, Garrincha, Rocheteau et moi.

Le sport, on le sait, est une possibilité d'ascension sociale. Il fut clair assez vite qu'on me trouvait plus intéressant qu'avant. On trouvait normal que je sois là, à écouter et à rigoler, dans le petit groupe des gens sympas. J'étais passé en première division. Batou, par exemple, était toujours invisible. J'évitais de le fréquenter.

Les femmes restaient le problème numéro un, celui qui m'empêchait de dormir. C'était un problème très compliqué, qui échappait à toute rationalité, à tout raisonnement. Mon frère, qui était un être totalement rationnel, dormait la bouche ouverte pendant que je passais la nuit à ressasser. Je me demandais comment être fascinant. Mes talents de footballeur, j'étais en train de le comprendre, ne suffiraient pas. Même en cette époque de folie furieuse, quand Saint-Étienne était la capitale de la France, les femmes avaient d'autres préoccupations que le foot, d'autres manières de décrypter le monde, incompréhensibles. Elles n'avaient pas cette docilité et ce comportement logique et agréable des filles de La Redoute ou des pin-up en nuisette sur les couvertures du Fleuve Noir. Elles avaient une fâcheuse tendance à s'intéresser à d'autres garçons, des types sans intérêt, en général. Nos rêves, souvent, se réalisent trop tard. À l'époque où mon seul problème était d'avoir des copains, mon don inattendu pour le dribble furieux aurait tout réglé, ou presque. Là, j'avais à peine atteint la première marche de l'escalier.

Le seul endroit où je pouvais me faire remarquer, en fait, c'était en classe. C'était là qu'on pouvait les faire rigoler, avec des blagues super-drôles lancées à haute voix, défier l'autorité, plaisanter avec le prof, etc. Autant dire que j'étais un homme mort, si je m'amusais à ça.

En cours mon père n'était pas très différent de ce qu'il était à la maison. J'étais assis quelque part au troisième rang, perdu dans la foule à mon habitude, invisible, incolore, inodore, en tout cas je l'espérais. Lui aussi faisait comme si je n'étais pas là. C'était très bizarre de le regarder faire cours comme ça, marcher de long en large sur l'estrade. J'avais un peu l'impression de regarder par le trou de la serrure. Avant, quand il partait le matin pour aller travailler, c'était quand même un mystère. Je savais ce qu'il faisait, bien sûr, mais je ne savais pas comment il le faisait. Et là maintenant oui.

Il me laissait tranquille. Une fois, deux fois dans le trimestre, il se hasarda à m'interroger, comme s'il se souvenait d'une course à faire. De mon côté je faisais en sorte d'en savoir un minimum. On s'en sortait bien. Depuis que j'avais quitté le lycée au milieu de l'après-midi comme si j'étais Al Capone en personne, personne ne songeait à m'embêter avec ça. En plus j'étais bon au foot, maintenant.

Une seule fois, il fit allusion au fait que j'étais son fils.

– Comme vous savez, il y en a un parmi vous à qui je dis tu. J'essaierai donc, exceptionnellement, de vous tutoyer.

Mais il n'y arrivait pas. Tutoyer les élèves, il n'y arrivait pas. Même les sixième, il n'y arrivait pas. « Vous voulez passer dehors, Marcowitz ? » Il leur parlait comme ça. En Algérie, les Kabyles non plus il n'arrivait pas à les tutoyer. C'est pour ça aussi que mes parents passaient pour des fous.

Le soir il en a parlé au dîner.

– C'est interdit. C'est dans le règlement de l'Éducation nationale.

En fait il était souvent question de moi, à table. Mon frère ne posait problème à personne. Il prenait un deuxième Danone dans le frigo, l'air de rien, profitant de ce que la conversation roulait maintenant sur ma moyenne en physique, une hécatombe.

Je comprenais surtout que personne ne savait plus comment me prendre, dans cette maison. À l'adolescence ça se passe souvent comme ça, paraît-il.

En fait, à la maison, le professeur ne s'adressait à nous que pour faire cours. C'est ça que j'ai compris. Quand il parlait à ma mère c'était pour lui expliquer ce qu'il fallait penser de telle ou telle chose qu'on avait vue aux informations.

On était plutôt des bons élèves. Ma mère avait ce côté très appliqué, mais c'était difficile de savoir ce qu'elle pensait. Je crois que ce n'était pas très important pour elle, tout ce savoir accumulé. C'est comme si, pour mon père, la vie était tout entière contenue dans la bibliothèque du salon. Elle, ça se passait ailleurs. Mais on ne savait pas où. À un moment donné, elle était partie loin d'ici, et puis elle était revenue, mais pas tout entière.

Mon frère prenait tout ce qu'il y avait à prendre. Sa casquette vissée sur la tête, il absorbait tout ce que disait mon père, piochait les livres un par un. Il me prenait aussi tout ce qu'il pouvait. Je fermais l'armoire à clé, mais pour le reste j'étais OK. Je lui ai montré comment on crochetait l'adversaire, je lui ai appris les feintes de corps, et aussi à jongler, ça ne sert à rien mais quand même, il y a clairement ceux qui savent jongler et ceux qui savent pas.

Les filles, elles, n'avaient pas besoin de savoir faire quoi que ce soit. Si une fille était jolie on l'invitait aux soirées. Elles n'avaient pas non plus besoin d'être drôles, ni d'être sympas. Il y avait des tas d'endroits où c'était écrit à l'entrée : *Entrée gratuite pour les filles*. Les boîtes de nuit par exemple. Tout le monde va en boîte de nuit pour voir des filles et essayer de sortir avec. Il y a plein d'endroits comme ça. C'est super injuste quand on y pense. Les filles peuvent aller gratuitement à peu près partout, tout ça parce qu'on veut sortir avec elles. Enfin c'est la vie.

Je n'en savais pas beaucoup plus sur les filles qu'à la maternelle, quand je n'arrivais pas à distinguer les jumelles. Je savais quand même certaines choses, faut pas exagérer. Je savais qu'elles ne lisaient pas de BD par exemple. On ne pouvait pas non plus avoir de longues conversations avec elles sur le dernier épisode de *Kojak*. C'est un flic chauve à New York, il bouffe des sucettes et il est super dur. En même temps je ne pouvais en parler avec personne. Les séries ça n'intéressait plus personne, tout le monde s'en fichait de ce que je pensais du générique de *Kojak*, c'est comme si j'étais resté un môme devant sa télé, leur truc maintenant c'était d'aller au ciné en bande, sauf que je ne faisais pas vraiment partie de la bande. L'idée de toute façon, c'était de quitter la maison, sortir le plus souvent possible.

La dernière personne avec qui j'avais causé de séries télé c'était Batou, je suis bien obligé de le reconnaître. Il était fan de *Kung Fu*, cette série qui raconte les aventures d'un Chinois dans l'Ouest. Le héros n'a pas d'arme, mais il maîtrise complètement les arts martiaux, alors il y a toujours un moment où il est tout seul contre trois ou quatre adversaires et ils en prennent plein la figure. Batou s'intéressait aussi à la civilisation chinoise qui est très ancienne, je crois que c'est aussi vieux que les Égyptiens.

– J'aimerais bien savoir le kung-fu, disait-il. Je pourrais me battre contre dix mecs en même temps et tous les mettre par terre.

Mais je ne lui parlais plus. Il ne faisait pas partie des mecs riches et sympas.

Tout le monde en fait essayait d'avoir l'air plus vieux. C'est pour ça qu'on fumait des cigarettes, par exemple. On voulait échapper à nos parents, mais c'est compliqué.

L'épreuve anticipée de français, à la fin de l'année, constituait une première étape, une étape importante du chemin vers la liberté. Cela dit, c'était pas gagné. L'oral, par exemple. On devait être capables de déblatérer un bon quart d'heure sur un texte choisi au hasard dans une liste de trente. Et sinon il fallait écrire une dissertation. Le sujet d'une dissertation pouvait être à peu près n'importe quoi, ce qui m'arrangeait.

Mon père se faisait du souci. Il était passé à deux paquets par jour. Il venait parfois dans la chambre, animé des meilleures intentions, enfin je suppose. Même quand il me trouvait plongé dans ce que je dévorais à ce moment-là, *Ballade pour un cercueil, SOS Météores* ou autres, il ne faisait pas de remarques.

La plupart du temps je m'arrangeais pour donner l'impression que je travaillais. J'avais toujours un des livres du programme ouvert à proximité, *Le Neveu de Rameau*, par exemple, et puis mon classeur, des feuilles éparses, et mon Bic 4 couleurs à la main. Maintenant il frappait avant d'entrer dans la chambre. Il n'attendait pas de réponse de ma part, mais ça me donnait le temps de me mettre en position.

– Ça va, tu t'en sors ?

– Oui, je crois.

– Tu es sur quoi ?

– Baudelaire.

C'était le genre d'échange qu'on avait. Après il hochait la tête, prétextait quelque chose pour ressortir.

– Ah, c'est l'heure du Loto.

Et il quittait la pièce. Mon frère, sans quitter son livre des yeux, se permettait un petit claquement de langue, ce bruit qu'on fait pour dire non aux enfants et aux animaux. Du coup le chat sortait la tête de sous les coussins, mais en fait ça s'adressait à moi.

– Tu essaies de me communiquer quelque chose ?

Il laissait retomber son bouquin, Cervantès ou Balzac ou Faulkner, ou peu importe quelle chose improbable il avait décidé d'ingurgiter à ce moment-là.

– Pourquoi tu refuses absolument de lire ces foutus livres ? Ça te demande encore plus d'énergie de faire semblant.

– T'inquiète pas pour moi. Je vais très bien m'en sortir.

Là, il laissait échapper un soupir énorme.

– *Audaces fortuna juvat.* C'est ce qu'on dit, en tout cas.

Et il reprenait sa lecture, comme si je n'avais pas existé.

La nuit, je profitais de ce qu'il dormait à poings fermés pour lui piquer sa casquette. Après tout c'est moi qui allais passer le bac, pas lui.

C'était incroyable tout ce qu'il y avait dedans. Pour les révisions je me suis dit que j'avais autant intérêt à la garder sur la tête le plus souvent possible.

Un soir après les résultats du Loto, mon père m'a regardé comme s'il me voyait pour la première fois.

– Qu'est-ce que tu vas devenir ?

C'était une drôle de question. Je n'avais jamais pensé que j'étais censé devenir quelque chose. Le monde des adultes ne ressemblait pas à un avenir possible. Je ne pouvais pas devenir kiné comme mon kiné, ou pharmacien. Et surtout pas prof. Les adultes étaient une race à part. Leurs petites vies prosaïques et monotones, leur calvitie, leur embonpoint, leurs conversations creuses et répétitives, sur le temps pourri qu'on avait et que fait le gouvernement, ils ne faisaient pas envie. Non vraiment. Leurs femmes n'étaient pas les femmes auxquelles on pensait en s'endormant. Et puis ils avaient des enfants, ils n'étaient pas libres de leurs mouvements. Pour le dire simplement ils ne faisaient pas ce qu'ils voulaient dans la vie.

Mon père n'échappait pas à la règle. Autrefois c'était tout simplement un sorcier, qui savait tout, un personnage fantastique aux longues jambes, dont la voix me parvenait depuis les cieux. Ma mère était jeune et belle et c'était la première femme avec qui je me promenais fièrement, main dans la main. Dieu existait, à ce moment-là.

Il s'était passé quelque chose.

Un jour je me suis retrouvé dans le bus avec Aurore. Elle était debout à l'arrière avec son cartable et son stupide parapluie pointu. D'abord j'ai voulu faire comme si je ne la voyais pas, mais en fait c'était un peu idiot, je m'ennuyais assez comme ça dans la vie. Alors je suis allé vers elle. J'ai cherché un truc à dire et j'ai trouvé. Je lui ai montré les sièges libres.

– Pourquoi tu t'assois pas ?

– On ne sait jamais, il peut y avoir des personnes âgées.

– Viens, on s'assoit, y a personne.

Elle a regardé derrière moi, sans doute pour voir si j'étais poursuivi par un troupeau de personnes âgées, mais c'était pas le cas. On est allés s'asseoir à l'arrière. Au bout d'un moment comme elle ne disait rien, c'était un peu gênant alors j'ai montré son parapluie.

– Tu sais, il va pas pleuvoir.

– Et alors ?

– Ben, t'as toujours ce parapluie.

– Oui, je trouve ça très élégant.

J'en croyais pas mes oreilles. C'est très compliqué de discuter avec une fille, n'importe quelle fille. La conversation prend toujours des trajectoires imprévues, des choses sur lesquelles les physiciens s'interrogent. Mais ils n'ont pas de réponse.

J'ai cherché un autre truc à dire. Ce n'est pas comme si j'avais envie de sortir avec elle, ça tout de suite ça t'empêche d'avoir des idées. Au bout d'un moment elle a demandé :

– Alors, tu as perdu la foi ?

– Quoi ?

– Tu as dit l'autre jour que tu ne croyais plus en Dieu.

– J'y ai jamais cru.

– Alors, pourquoi t'étais là ?

– Au catéchisme ?

– Oui.

– Pour faire plaisir à mes parents. Je crois que c'est un truc important pour eux.

– C'est idiot.

Elle a gardé la bouche ouverte tellement elle trouvait ça idiot. Elle avait plutôt une jolie bouche, en fait. Bien grosse, un peu comme les femmes noires.

Le bus s'est arrêté en pleine montée. Ça, ça arrivait parfois. Le trolley avait sauté. Il y a des autobus et des trolleybus sur cette ligne, et franchement il vaut mieux tomber sur un autobus. Sur un autobus il n'y a pas de problème avec le trolley. Le chauffeur a ouvert les portes, on pouvait rester là en attendant qu'il répare, ou continuer à pied. Je serais volontiers resté là, mais Aurore a voulu descendre. Je l'ai suivie.

– Je savais pas que t'habitais par là.

– Je suis en bas du cours Fauriel. En face du conservatoire, un peu plus haut.

– C'est marrant, j'allais à l'école là-bas. L'école juste après le feu.

– Il est intéressant, ton père. Il est très sévère, non ?

– Tu quittes jamais ton manteau ?

– Je suis très frileuse.

J'ai senti que la réponse était toute prête, qu'on lui avait déjà posé la question. Je suis assez bon détective, parfois.

– T'as compris quelque chose, aux bases ?

– Ben ouais, c'est simple.

– Je suis nulle en maths. Nulle.

– Pourquoi t'es en C, alors ?

– T'es fou ou quoi ?

Elle avait l'air de trouver que c'était une question idiote. En fait elle pensait tout à l'envers.

– Les bases, c'est tout con. Tu choisis un chiffre de base, n'importe lequel. Et puis tu le remplaces par dix. En fait c'est des tas. Dix c'est pas un chiffre, ça veut juste dire que tu fais un tas et que tu recommences à zéro.

– Arrête, j'ai mal à la tête.

J'ai rigolé.

– Écoute, c'est pourtant pas compliqué. Dis un chiffre au hasard.

– Quatre. Non, trois.

– Trois. Bon, alors imagine que tu comptes des crayons. Un crayon, deux crayons, et quand tu as trois crayons, tu fais un tas. Un tas et zéro crayon. Tu écris ça dix.

– Pourquoi ?

– Pourquoi pas ? C'est toi qui as choisi trois.

– Je suis arrivée.

On est restés debout un moment l'un en face de l'autre, elle tenait son parapluie et je ne savais pas trop si on allait se faire la bise ou pas.

– Bon ben, à demain, j'ai dit.

– À demain.

Elle a fait demi-tour et elle est entrée dans l'immeuble, c'était cet immeuble super moderne en face du conservatoire.

Je l'ai regardée entrer, mais comme c'était un peu crétin de rester là à la regarder je m'étais mis à marcher en même temps pour faire naturel.

Le lendemain, elle était absente. Peut-être qu'elle avait finalement quitté son manteau et qu'elle avait pris froid. Le soir j'ai repensé à sa bouche et je me suis demandé si elle mettait du rouge à lèvres, parfois.

## 16

# Des chiffres et des lettres

Le prof de philo était un petit homme avec une barbiche et des cheveux gris qui partaient dans tous les sens comme sur cette peinture italienne, *Medusa*. Quand j'étais en sixième ou en cinquième mon oncle m'avait offert ce gros bouquin, *Mon premier livre d'art*. Je connaissais pas mal de peintures célèbres. Une fois on était allés au musée avec lui, je m'étais bien emmerdé. En tout cas le prof de philo avait cette tête de vieille peinture, je crois qu'il mettait un point d'honneur à pas se coiffer.

La philo c'est une matière qui n'arrive qu'en terminale parce qu'avant les enfants sont trop cons. Je suppose que c'est ça le raisonnement. Mon frère lisait déjà des livres de philo qu'il allait chercher dans la grande bibliothèque du salon en montant sur le tabouret de la salle de bains (les livres de philo étaient plutôt sur les rayons du haut et le tabouret était toujours dans la salle de bains, on se demande pourquoi, peut-être pour s'asseoir dessus et se couper les ongles des pieds tranquillement). Mon père toujours très admiratif le regardait lire des choses inaccessibles au commun des mortels, sans faire de commentaires. Ils étaient assis tous les deux dans le salon, silencieux comme des statues dans une église, l'un avec ses mots croisés, l'autre avec Schopenhauer. Le chat occupait la place libre du canapé. Il dormait.

J'allais dans la chambre, décidé à ne rien faire du tout.

– Les bouddhistes se méfient des chats. Le chat est le seul animal à n'avoir pas assisté aux obsèques de l'Éveillé.

Mon oncle racontait pas mal d'histoires sur un peu tous les sujets. À croire qu'il avait une histoire pour tout ce qui pouvait nous arriver. Pendant la panne d'électricité à Noël il m'avait raconté comment Edison avait fait la guerre à Tesla, le type qui a inventé le courant alternatif, celui qu'on a dans les maisons. Et aussi que le chat n'avait pas daigné se déplacer pour la mort du Bouddha. Edison a inventé la chaise électrique, et Tesla est mort dans la misère en compagnie d'un petit oiseau.

Ma mère, elle, aimait bien les chats. C'était, disait-elle, l'animal de compagnie des poètes et des gens de lettres. Elle aimait réciter les vers d'Apollinaire : *Je souhaite dans ma maison… Une femme ayant sa raison. Un chat passant parmi les livres…* Elle récitait souriante, tournée vers le dernier soleil qui mettait le feu à la cuisine, tandis qu'elle étendait le linge sur le Tancarville, et dans ces instants il me semblait à nouveau être étendu sur mon lit, lapin dans la cage à lapins, pris dans l'éclat de son sourire, je flotte à nouveau dans ce ventre d'où je n'aurais jamais dû sortir, qui d'entre nous n'éprouve pas ce terrible regret, le seul chemin qu'on ne peut pas faire à l'envers. C'était à nouveau la beauté sans concurrence du premier amour. La femme fatale qui me laissait tomber par terre. La compagne idéale qui m'offrait des petites Jaguar.

Puis après elle était triste à nouveau et je me posais des questions sur la vie. Une femme ayant sa raison. Est-ce que ça existait ? Je passais en revue les filles de ma classe… Pour moi la femme idéale était une photo ou une illustration. Dès que ça bougeait et que ça parlait il était évident que rien n'allait se passer comme on l'espérait.

Un chat passant parmi les livres. Oui, pourquoi pas, ça posait moins de problèmes… Enfin moi j'avais surtout des BD, et c'est vrai que ça sonne moins bien, un chat passant parmi les BD. Et puis j'aimais bien mon chat, mais il n'était pas question qu'il pose ses pattes sur les dessins de Jijé.

Peut-être parce que je sens à nouveau que tout est terminé, que ces instants ne reviendront jamais, je ne m'ennuie plus autant qu'avant, quand je suis au lycée. Bien sûr, le bac nous attend, dressé entre nous et le monde libre comme un mur de Berlin. C'est ainsi que nous le ressentons, en tout cas.

L'épreuve anticipée de français je m'en suis bien sorti, alors que tout le monde dans cette maison s'attendait à me voir chuter dans un gouffre sans fond, rempli de points à rattraper. Mais j'ai réussi un examen plus important. Je ne suis plus un fils de prof, je ne suis plus un être incolore et timoré, ce type sur la photo de classe dont on ne retrouve plus le nom. Je ne suis plus là-bas sur le côté, tournant autour du château de Kafka sans la moindre chance d'un jour y pénétrer, relégué derrière un rideau de neige, perdu au milieu des flocons de mon enfance. Je ne vais plus au catéchisme avec les bigots terrassés par la tradition familiale. Je vais au café, je joue au flipper. Je jure comme un charretier.

Je suis dernier en sciences nat, trente-quatrième sur trente-quatre. Je suis vraiment un mec sympa. Au foot je marque à chaque match. En classe je sors des blagues idiotes à haute voix. Je suis régulièrement convoqué à la surveillance générale.

Mon père, naturellement, est effaré par mes bulletins. Pourtant, on aurait dû se comprendre, là encore. Si j'avais hérité d'un truc, c'est bien de sa tendance à l'isolement. Lui non plus n'était pas très bien vu par ses collègues. Depuis le passage de Soljénitsyne à *Apostrophes*, les tensions entre mon père et le bloc de l'Est, tout en restant cordiales comme il se doit en salle des profs, étaient presque palpables. Il aurait dû prendre mon parti.

*Apostrophes* était une émission littéraire à la télévision, où des écrivains venaient parler de leur livre. Je détestais cette émission, ils parlaient de livres pendant des heures, mais c'était impossible de ne pas la voir parce que mes parents n'en rataient pas une. Il y avait aussi *Des Chiffres et des Lettres* que mon père regardait tous les soirs avec un petit papier et un crayon. Il n'arrivait plus à tout faire de tête, il disait qu'il devenait vieux. Dans la chambre de l'autre côté du couloir mon frère trouvait presque toujours le résultat en faisant autre chose en même temps. Sa casquette était dès six heures du soir reliée en temps réel à des supercalculateurs cachés sous les glaces du pôle Nord.

Soljénitsyne c'était ce Russe qui avait écrit *L'Archipel du Goulag*. Je me souviens aussi de l'émission avec John le Carré, mais ça c'était beaucoup plus tard. Il était toujours question du mur. Le monde était partagé en deux, et au milieu il y avait ce mur. Parfois dans les films des types essayaient de passer le mur, mais ce n'était pas possible. On ne savait pas trop ce qui se passait de l'autre côté du mur parce qu'ils ne voulaient pas le dire. Mon père disait que c'était une dictature épouvantable. Il disait que Staline avait assassiné deux fois plus de gens qu'Hitler, et sur Hitler tout le monde était d'accord à cette époque-là. Mais presque tous les collègues de mon père étaient communistes et ça, ça posait des problèmes.

Il m'avait fait aussi un cours sur Orwell, un de ses écrivains préférés. Orwell avait écrit des livres sur ce qui se passait de l'autre côté du mur, on appelait ça des allégories parce que ça n'en parlait pas directement comme Soljénitsyne. Tout le monde faisait semblant de ne pas comprendre.

Dans la classe on commençait à avoir des opinions politiques, c'était une autre façon d'avoir l'air plus vieux.

– De ce côté-là, mes parents ont réussi leur coup, disait mon pote Champignac. J'ai exactement leurs opinions politiques.

Il était bourré quand il disait ça, et Pink Floyd passait à fond, mais je crois qu'il disait vrai. Il y avait aussi ceux qui choisissaient de penser tout le contraire, mais personne ne choisissait *en dehors* de ses parents. Ça avait toujours quelque chose à voir avec eux. Et je pense que Champignac avait raison, la plupart d'entre nous, on raisonnait comme on avait entendu raisonner à la maison. Champignac était un type intelligent, il arrivait à le dire à haute voix. Il n'éprouvait pas le besoin de montrer qu'il était le rebelle *number one*. C'était courant comme attitude con, mais lui non. Il avait cette maturité qui était comme un tour de cartes que tu n'arrives pas à comprendre.

– Les gens n'ont aucune opinion, disait mon oncle.

Je l'avais souvent entendu dire ça. Je commençais à croire qu'il avait raison.

Maintenant j'étais invité chez Bruno. J'invitais les filles à danser le slow. C'est le seul moment où on peut les toucher et elles trouvent ça normal. Après il y avait le quart d'heure américain. C'est les filles qui invitent les garçons et ça ne dure qu'un quart d'heure. Un peu comme au foot, ça se passait pas trop mal, je partais dans les premiers. Mais après il ne se passait rien.

On fumait des Marlboro, on discutait tard dans la nuit et on buvait des vodkas-orange et de la sangria. Je n'arrivais pas à sortir avec une fille, mais il faut dire que ce n'est pas évident. Je ne sais pas trop comment on s'y prend. Mais enfin j'étais là et il y avait des filles. Batou ne pouvait pas en dire autant. Pas plus tard que l'année d'avant, Batou et moi on était le même genre de type qui ressemble à rien. Et Batou, personne ne pensait à l'inviter.

Abraham est revenu dans ma vie. C'était toujours ce type barbu qui se lève un matin et qui emmène son fils sur la montagne pour l'offrir en sacrifice à Dieu. Mais là, c'était pendant le cours de philo et le prof n'avait pas l'air de trouver que c'était une bonne idée.

– La foi, disait le petit homme à barbiche, est un choix que l'homme fait contre la raison.

Aurore a levé la main, ce qui n'arrivait jamais. Elle ne disait jamais rien en cours. Si elle n'avait pas été une fille personne n'aurait su qu'elle existait.

– Je ne suis pas d'accord. Pourquoi serait-il plus raisonnable de ne pas croire ?

Le prof lui a sorti toute une argumentation que je n'ai pas retenue. J'étais plus intéressé par ce qu'elle venait de dire. Ou alors, je ne sais pas, c'est parce qu'elle avait dit quelque chose et que ça n'arrivait jamais.

À la récré je suis allé la retrouver. Elle était sous la galerie, elle parlait avec Annie et Batou.

– Alors, c'est quoi ton idée ?

Elle m'a regardé un moment sans rien dire, enfin je suppose qu'elle me regardait, on ne voyait toujours pas ses yeux. Je pouvais sentir leur hostilité diffuse à tous les trois, faut dire Batou je lui parlais plus. Qui pouvait bien être Annie ? Je n'en avais pas la moindre idée. Elle s'habillait mal et elle avait des problèmes dentaires. On ne peut pas s'intéresser à tout le monde. Et Batou, je ne lui avais pas parlé depuis un moment.

– Mon idée sur quoi ?

– Ça m'intéressait, ce que tu disais sur Abraham. J'ai toujours trouvé ça bizarre, cette histoire. Dieu est censé être bon, non ?

– Et alors ?

– Ben, je ne sais pas. Ce n'est pas très sympa de demander à un père de tuer son enfant, non ?

Elle a haussé les épaules.

– Il parle comme si croire en Dieu était une preuve de bêtise, ou d'ignorance.

Je n'ai pas répondu à ça. J'avais l'impression qu'il fallait d'abord que sa température descende. Et puis, je ne savais pas trop quoi en penser moi-même. J'avais du mal à admettre que mes parents étaient largués, qu'ils croyaient à une fable. Et comme je l'avais dit à Dieu Lui-même, lors de notre dernière conversation, le fait de ne plus croire en Lui avait laissé un vide insoutenable, quelque chose qui avait à voir avec le deuil, la disparition d'un être cher.

– Une fois, je me souviens d'avoir demandé à mon père s'il pourrait se comporter comme Abraham. Si

Dieu lui demandait de m'offrir en sacrifice. J'étais un môme.

– Qu'est-ce qu'il a dit ?

– Aucune idée. Je ne m'en souviens pas.

Elle a rigolé. Je ne m'y attendais pas, alors ça m'a fait rire, moi aussi.

– J'étais vraiment petit. Je ne lui demanderais pas ce genre de truc aujourd'hui De toute façon on se parle presque plus.

– C'est dommage. C'est triste.

– Pourquoi ?

– T'es bête ou quoi ? C'est ton père.

J'avais toujours été entouré de gens qui savaient. Mon père, évidemment. Il savait tout sur tout. Mon oncle. Il en savait encore plus que mon père. Mon frère qui accumulait sous sa casquette un nombre incalculable de données. Ma mère, à sa manière de somnambule, semblait aussi ne pas douter d'un certain nombre de choses. Mais je commençais à me dire qu'ils n'avaient peut-être pas toutes les réponses. Je commençais à me dire que, peut-être, personne n'avait toutes les réponses. C'était embêtant.

Il y eut des grèves dont le sujet m'échappait. On put jouer au foot toute la journée, pendant que d'autres militaient et défilaient. Je n'avais aucune opinion sur rien. Mon oncle avait raison, au moins en ce qui me concernait moi.

Je n'arrivais pas à me faire de souci pour le bac, ni pour quoi que ce soit de scolaire Je n'envisageais pas de faire des études supérieures, quelles qu'elles soient. Je voyais l'examen comme une sorte de rite magique qui me libérerait définitivement de l'obligation d'aller à l'école. Je pourrais enfin être un aventurier et vivre sur un yacht.

Mes parents vivaient eux aussi dans un monde de fantasmes. Ma mère pensait que je ferais un bon chirurgien, je l'avais entendue proférer cette chose à voix haute. Mais elle aurait aussi bien pu dire « un bon magicien ». Ma mère vivait à l'abri de la réalité, plus encore que moi. J'étais très jeune, après tout.

Mon père était encore plus à l'ouest. Son souci je crois, c'était de ne pas me voir échouer sous ses yeux, c'est-à-dire tant que j'étais au lycée. Devant témoins. Après, je n'avais qu'à me débrouiller. Une seule fois, je l'avais entendu parler d'études supérieures, avec un collègue, un des rares avec qui il s'entendait bien. C'était un prof de français, il passait parfois pour l'apéritif. Son fils aîné venait d'intégrer une école de commerce. Ils en parlaient comme si le malheureux garçon était entré en maison de correction.

– Qu'est-ce qu'il va devenir ? se lamentait l'infortuné collègue. Ils vont lui apprendre à vendre de la lessive.

– C'est probable, disait mon père.

Ils avaient l'air défait. Ni l'un ni l'autre ne semblaient considérer le fait de vendre de la lessive comme un avenir possible, une contribution quelconque à l'histoire de l'humanité, ou même un truc qu'on pouvait raconter aux voisins sans se couvrir de honte.

Les études supérieures. Sans doute en parlait-on autour de moi, mais je n'entendais pas. C'était trop abstrait. Je trouvais tellement improbable qu'on puisse envisager de retourner en classe une fois à l'extérieur. Comme si un transfuge de l'Est avait demandé à repasser le mur dans l'autre sens. Batou parlait de faire médecine. Je ne comprenais pas de quoi il parlait.

Quant à redoubler, je n'y croyais pas non plus. Dans

la plupart des matières, j'étais dernier ou avant-dernier, mais je savais que c'était dû à ma volonté de briller, d'être un cancre sympathique, que ça n'avait rien à voir avec mes possibilités réelles. En fait, ça n'intéressait personne, qui j'étais. J'étais incapable de m'en apercevoir, mais cela ajoutait à mon étrangeté et contribuait à me séparer des autres, au fur et à mesure que l'examen approchait. Je me retrouvais parfois seul devant le flipper, parce que, mine de rien, tout le monde rentrait travailler.

Tout ce que j'avais gagné en popularité d'un côté, je le perdais de l'autre. J'avais fait un mauvais calcul. Le temps des mauvaises conduites était terminé. La compétition se situait ailleurs. Peut-être leur avait-on laissé la bride sur le cou, mais ce temps-là était fini. Maintenant il s'agissait, déjà, d'obtenir un statut et de gagner de l'argent. Pourquoi pas, de vendre de la lessive.

Mon père était déprimé. Quand il était déprimé il fallait que tout le monde soit au courant. Je devais absolument savoir que tout ça c'était ma faute, parce que mes résultats n'étaient pas à la hauteur de ses attentes. Il poussait tout le temps des soupirs excédés, l'œil rivé sur les infos du soir. Parfois je venais faire un tour au salon, parce que je n'avais pas le droit de fumer dans la chambre. Il faisait comme si je n'étais pas là. On était assis là tous les deux à ne rien se dire, le temps d'une cigarette, parfois deux.

Un soir ma mère est arrivée de la cuisine, elle nous a trouvés comme ça. Elle nous a regardés elle aussi un moment sans rien dire, et puis :

– Je vais vous montrer quelque chose.

Elle est allée prendre une orange dans le panier kabyle où on met toujours les fruits. L'orange était emballée dans un papier très fin, il y en a une sur dix qui est emballée comme ça quand on les achète à la supérette. Elle s'est agenouillée devant la table basse, elle a déplié le papier et elle a fait une sorte de cylindre avec. On la regardait faire sans comprendre. Quand elle a fini, le cylindre tenait debout tout seul sur la table.

– Qu'est-ce que tu fais ? a demandé mon père.

– Passe-moi tes allumettes.

Il a froncé les sourcils, c'était quoi cette histoire, mais il a obéi. Alors ma mère a craqué une allumette et elle a mis le feu au cylindre de papier, tout le tour en haut. Et le cylindre a commencé à brûler. On regardait ça avec des yeux ronds.

– Abracadabra, a dit ma mère.

Et tout d'un coup le cylindre est parti au plafond.

Il a commencé à faire le tour de la pièce comme un oiseau qui cherche la sortie, poursuivi par les flammes. Il a tourné autour de nous sans un bruit, jusqu'au moment où il a disparu, consumé jusqu'au bout, ne laissant derrière lui qu'un mince trait de fumée grise. On est restés un bon moment sans rien dire, les yeux levés vers le ciel.

C'était magique. C'était juste un bout de papier qui volait en crachant du feu, mais c'était aussi une étoile filante, un miracle.

– Et voilà.

Elle s'est levée et elle est retournée dans la cuisine, voir où en était le repas.

Mon père m'a regardé à ce moment-là, et j'ai vu que lui aussi il était sidéré. Sans blague, il m'a souri. C'est comme si on avait cinq ans, d'un seul coup. Elle pouvait faire ça. Faire entrer tout le mystère du cosmos dans le salon, rien qu'avec une allumette et un petit papier.

17

# Le sens de la vie

Quand on y réfléchit, avant il n'y avait aucun problème. Je croyais qu'il y avait des problèmes mais en fait non. C'est maintenant qu'il y avait des problèmes.

Certains jours, même le temps qu'il faisait était un problème. Quand il pleuvait cette petite pluie fine qui nous arrive parfois et qui fait qu'on a l'impression de se promener dans du papier calque, je me sentais très triste. Je savais que ces années filaient et je les regrettais déjà, comme si elles étaient arrivées il y a longtemps. J'avais déjà la nostalgie de tout ce qu'il y avait autour de moi, les mobylettes alignées devant le lycée comme des souvenirs dans un magasin de souvenirs, le trolleybus en panne au milieu du carrefour. La grande affiche du Royal, le cinéma qui fait l'angle en face de la bibliothèque. Depuis des années je passais sous cette grande affiche et j'imaginais des trucs, même si j'étais trop petit pour voir les films. *Les Chevauchées amoureuses de Zorro* par exemple, on voyait Zorro qui tenait une fille en chemise de nuit transparente, il avait les mains sur ses fesses. Je n'avais pas le droit d'aller le voir. *Rollerball*, on voyait juste un gros gant avec des clous, je crois qu'ils s'en servaient pour taper sur l'autre équipe. *Orange mécanique,* il y avait une fille toute nue et toute bleue qui se tenait à genoux (en fait c'est une table mais on n'en sait rien) et ce type avec un chapeau melon, des faux cils et un couteau pointu. Tous ces films étaient interdits aux moins de quelque chose. C'étaient des images de trucs interdits, hautes comme des maisons, que tous les enfants pouvaient voir en passant. Je croisais tout le temps ce vieux prof qui avait fait la guerre de 40 et qui portait toujours ce vieux costume, il passait tout gris avec son petit cartable, sans lever les yeux sur la grande affiche en couleurs qui parlait d'un autre monde, plein de filles bleues toutes nues à genoux.

En partant de l'autre côté on passait devant la grande caserne des pompiers ouverte sur la rue avec ses camions rutilants. Une Renault Floride écarlate était garée toujours au même endroit, dans la petite rue qui monte chez le dentiste. Le disquaire était à l'opposé, tout de suite à gauche en face de la Grand-Poste. Dans la vitrine, le dernier Tangerine Dream. *Some Girls. Naturally. Hotel California.* Et toujours des *Deutsche Gramophon* pour les vieux. Je savais que tout ça allait disparaître, y compris les pompiers.

Quand il faisait beau c'était pire que tout, j'étais plus triste que jamais. C'était le printemps et plus jamais je ne serais aussi jeune par un beau jour de printemps, avec toute la vie devant moi, ces parties de poker qui m'attendaient sur mon yacht et toutes les îles que j'allais visiter. C'est le seul moment de ma vie où j'ai eu un yacht. Des filles en bikini se prélassaient sur le pont en parlant de moi.

Le bac, c'était difficile de ne pas y penser. On avait maths coefficient 5. Et philo coefficient 3, quand même. C'était assez dingue pour une matière qu'on venait à peine de commencer, mais la philo c'est assez basique, il suffit de ne jamais dire ce qu'on pense. Il faut donner un point de vue, puis après le contraire, ensuite on fait un mélange des deux et ne pas oublier de dire que Machin qui était grec avait dit tel et tel truc, alors que Descartes disait ceci ou cela. C'était un peu comme des exercices de maths sauf qu'il n'y avait pas de résultat à trouver. C'était pas mal aussi de dire que la religion c'était n'importe quoi et que Marx avait tout compris. Le type à la barbichette aimait bien, il était au parti communiste. De toute façon j'avais fait le tour de la question avec mon frère.

– Qu'est-ce que tu peux me dire sur Schopenhauer ?

– Personne va te poser de questions sur Schopenhauer. À mon avis si tu as les Grecs bien en tête, ça suffit.

– Ah oui, les types dans la caverne qui regardent leurs ombres.

– Voilà. Tu peux ressortir ça sur pratiquement n'importe quel sujet. Et dis un truc sur Marx, la plupart des profs de philo sont communistes.

– Ouais, je suis au courant.

Le mardi après-midi on avait deux heures de maths en plus des deux heures normales. Quatre heures de suite, enfermés dans l'ancien dortoir, où ils avaient installé les tables comme en situation d'examen, on était un par table. Très vite je me levais pour aller pisser. D'abord j'avais envie de pisser, et puis je m'ennuyais. Ils avaient tous le nez dans leur feuille, ça ressemblait un peu au Tour de France dans la dernière ligne droite.

Mine de rien ils avaient l'air de tous prendre ça très au sérieux. Moi j'avais l'impression que quelque chose était en train de se terminer, j'essayais d'en profiter, mais petit à petit ils étaient tous enfermés chez eux à réviser. J'étais tout seul en ville ou sur le terrain de hand. Quand je traversais la cour pour aller aux toilettes, ça ressemblait à ce jour magique où j'étais allé dans l'école des filles. J'étais tout seul sur terre. J'avais l'impression que des Martiens pouvaient me voir de très loin, seul au milieu de la cour et du silence de l'après-midi.

– Allez, venez, quoi. Venez jouer.

Mais ils étaient tous en train d'essayer de finir ce foutu problème, avec des asymptotes et des racines carrées introuvables.

Le problème numéro un, le problème des femmes, était toujours en cours, mais c'était comme si ce n'était plus le problème numéro un, ou une sorte de problème numéro un qui serait toujours là, alors il serait toujours temps de s'en occuper après, plus tard. L'important, maintenant, c'était de passer de l'autre côté du mur.

Dans l'ensemble j'avais toujours des moyennes à un chiffre et mon père était très inquiet, une fois il a pété une pile d'assiettes en mettant la table, je ne sais pas pourquoi il avait décidé de mettre la table ce jour-là. Il me gueulait dessus et il partait faire un tour en claquant la porte. Quand il claquait la porte quelque chose tombait par terre et se cassait aussi.

– Il faudrait vraiment que tu te mettes à travailler, disait ma mère.

Elle avait l'air si triste. Je prenais la pelle et la balayette pour ramasser les morceaux du truc cassé et je me disais que j'allais vraiment me mettre à travailler. Puis après j'allais sur mon lit et le chat venait se coucher sur mon ventre et je ne faisais rien.

Maintenant je savais jouer au foot, mais si je voulais jouer fallait que j'aille avec les première. Et j'étais un type décontracté qui faisait le pitre en classe, mais tout le monde avait décidé de travailler. L'homme qui accompagnait la femme aux cheveux rouges l'avait dit à mon père :

– Ce sont des enfants qui peuvent avoir des difficultés à s'intégrer.

Les langues vivantes, ça allait. Mes notes étaient lamentables mais je parlais bien anglais à cause des Beatles et parce que *penalty* ça veut dire punition, *corner* ça veut dire coin et je donnais des cours particuliers au petit voisin d'en face en utilisant la méthode Beatles & foot. En espagnol non plus c'était pas compliqué parce que Zorro habitait à Los Angeles et qu'il disait tout le temps « *Buenas tardes, padre* » ou des trucs comme ça, alors j'avais ça dans le sang depuis tout petit, et puis j'avais passé des vacances à Calpe.

Mon oncle est passé pour la Toussaint. Je sais qu'il devait passer de toute façon, ils vont au cimetière avec mon père. Mais je crois qu'il y avait aussi une partie du plan qui me concernait.

Mon oncle disait que je n'aurais jamais dû abandonner le latin, qui est quand même un truc que tous les gens normaux laissent tomber. Mes parents savaient que je n'allais plus au catéchisme, mais la plupart des gens n'allaient pas au catéchisme. C'est pas comme si j'étais complètement drogué ou quoi. L'idée générale, pourtant, c'est que je me baladais au bord du gouffre.

La Toussaint c'est des vacances assez courtes consacrées aux morts. Il fait presque toujours un temps pourri qui de toute façon ne donne pas vraiment envie de continuer à vivre. Il pleut, les routes sont dangereuses à cause de l'aquaplaning et parfois, les gens qui vont au cimetière y vont pour de bon. Je me demande ce que pense mon oncle quand il est au cimetière avec mon père. Je les imagine debout côte à côte, avec cette idée de Dieu qui les sépare.

Quand ils reviennent ils sont plutôt joyeux, je trouve ça étonnant mais tant mieux. Ma mère a fait des frites et j'ai l'impression d'être à nouveau un enfant, comme souvent quand mon oncle est là.

Ensuite la partie du plan qui me concernait directement est entrée en action. Tout le monde s'est éclipsé comme s'ils n'avaient jamais existé et je me suis retrouvé dans la cuisine à boire le café, seul avec mon oncle.

– Qu'est-ce que tu dirais qu'on aille faire un tour en ville ? Il faut que j'achète quelques livres… Tu m'indiqueras.

Mon oncle avait changé de voiture, il avait une 504 mais je préférais celle qu'il avait avant, et on pouvait encore se garer à cette époque-là, sans payer ni rien, sauf dans certaines rues du centre où il y avait déjà des parcmètres. Et puis maintenant il fallait mettre la ceinture de sécurité et on parlait de rendre le casque obligatoire aussi. À la télé il y avait une pub qui passait avec un moustachu qui répétait : « Moi, sur l'autoroute, je fonce ! » Il n'arrêtait pas de dire ça et à la fin du spot on se rendait compte qu'il conduisait une sorte de tacot qui n'avançait pas. Le gouvernement voulait qu'on arrête de mourir sur les routes et d'aller remplir les cimetières à la Toussaint avec de nouveaux morts.

J'adorais les poursuites de voitures dans les films, il y en avait tout le temps. Ils passaient des extraits à la télé. Dans *L'or se barre* des petites Mini descendaient des escaliers. Steve McQueen envoyait une Dodge Challenger dans le décor avec sa Mustang Shelby, *Bullitt* c'était déjà un vieux film mais il passait tout le temps.

*Point limite zéro* c'était un festival, à un moment donné il fait même la course avec un crétin dans une Jaguar type E. Dans *Le Casse* Belmondo traverse Athènes n'importe comment au volant d'une 124, poursuivi par une Opel Rekord. Et *French Connection,* j'avais vu le passage où il évite le landau comme dans *Potemkine*, ce vieux film russe qu'on nous avait expliqué au collège. Il a une sorte de GTO ou une Firebird, rouge en tout cas. Il poursuit le métro aérien. Il y avait partout des types qui conduisaient n'importe comment en détruisant tout sur leur passage, des flics très souvent, et nous les gens normaux il fallait qu'on fasse attention tout le temps.

– Quand j'aurai mon permis, j'essaierai de trouver une Ford d'occasion. Une Taunus, peut-être une 17 M.

– Ton permis, on a un peu de temps devant nous. Ton père se fait du souci pour ton bac.

– Il se fait du souci pour tout, dès qu'il s'agit de moi. Je rentre trop tôt, ou trop tard. Tout l'inquiète.

– Plains-toi. Il y a des parents qui ne se font pas de souci pour leurs enfants.

– C'est quoi, le sens de la vie, au fond ?

– Pardon ?

– Je ne sais pas, vous êtes allés au cimetière aujourd'hui.

Il a conduit un moment en silence. Il avait ce petit sourire qui flottait comme souvent quand je disais quelque chose. Rien de ce que je disais ne faisait plus jamais sourire mon père.

– À mon âge, c'est une question qui a perdu de son importance.

– Pourquoi ?

– Du fait… du simple écoulement de la vie. C'est une question qui n'a plus de sens, justement.

J'ai réfléchi à ce qu'il venait de dire. En fait, ça ne voulait rien dire.

– Si Dieu n'existe pas, alors ça signifie qu'après on devient rien. Tout ce qu'on construit n'a aucune espèce d'importance. Les choses que tu aimes, le travail que tu fais, les gens à qui tu parles. Tout ça va partir comme l'eau par le trou du lavabo et il n'en restera rien. On peut s'arrêter tout de suite et je ne vois pas l'intérêt de passer le bac.

– C'est ce qui explique ta moyenne en philo ?

J'ai haussé les épaules.

– Dans ma première dissert j'ai mis que Nietzsche avait dit que Dieu était mort, mais qu'en fait, après, c'est Nietzsche qui était mort. Le prof m'a mis trois points d'interrogation dans la marge. Pourtant c'était clair.

– Je vais où, là ?

– En face. On peut se garer sur la place.

– Et en maths ? Tu es pourtant bon en maths.

– Mais tout ça n'a aucune importance, si on disparaît corps et biens.

– Qu'est-ce qui est important, alors ? Les filles ?

J'ai eu un petit rire bête. Les ados font ça quand ils ne savent pas quoi faire d'autre.

– Le foot ?

– Plus maintenant.

– La musique ? Qu'est-ce que tu écoutes, comme groupes ?

J'en revenais pas. Il connaissait le mot groupe, il savait qu'on écoutait des groupes.

– En ce moment ? Les Ramones, Blondie. C'est des nouveaux groupes de New York. Et puis Bob Marley, j'aime bien. J'écoute plus de métal, c'est des trucs de vieux. Deep Purple, tout ça, j'écoute plus.

Il a trouvé à se garer presque tout de suite sur la place. C'est la place Jean-Moulin, qui est un type qui n'a pas parlé quand les nazis l'ont torturé. Je me demande s'il y aura un jour une rue à mon nom, et qu'est-ce que ça change si on y réfléchit bien. À la Toussaint avec cette pluie qui tombe sur ces gens qui vont voir des morts, tu te dis que ça ne fait pas une grosse différence.

Mon oncle a mis une pièce dans le parcmètre. Ensuite on est partis vers la librairie, comme toujours il voulait des livres. En passant devant le disquaire je me suis arrêté, il y avait *Berlin* dans la vitrine, et *Berlin* je l'ai pas. Mon oncle s'est arrêté aussi, il avait ce petit sourire. Quand j'étais petit je pensais que ce sourire voulait dire qu'il m'aimait bien.

– Je ne pourrai pas être là à Noël. Donc, si tu veux des disques, c'est le moment ou jamais.

– Non, ça ira.

Après la librairie nous sommes allés dans un café. Il a pris une bière. J'ai pris une bière. Je lui ai posé des questions sur les livres qu'il avait achetés, pour être poli. J'avais envie d'être ailleurs, mais je ne savais pas où. Je crois que je ne supportais plus d'être en famille.

J'ai regardé ma bière et je me suis dit qu'avant, quand je donnais encore la main à mon père et qu'on allait au café avec mon oncle, je prenais toujours une grenadine. Mes pieds ne touchaient pas par terre et j'étais toujours content. Je n'avais pas l'impression que les choses pouvaient être différentes, à ce moment-là.

Je crois que mon oncle essayait de se souvenir de ce que c'était d'être un adolescent, mais c'était impossible. C'était un voyage qu'il ne pouvait pas faire, celui-là. Pas plus que je ne pouvais à nouveau être content d'être là, avec une grenadine et mes pieds qui se balançaient sous la table.

Il m'a souri, et je lui ai souri aussi. Quand j'étais petit j'enfonçais mes petites mains dans son gros ventre. Au bout d'un moment il s'est penché sur moi par-dessus les bières, comme si j'avais encore cet âge-là.

– J'ai rencontré quelqu'un, tu vois.

D'abord je n'ai pas compris ce qu'il voulait dire. Et puis j'ai compris. C'était une phrase qu'on entendait parfois dans les films, quand il y avait une histoire d'amour. Et là j'ai posé la question idiote :

– Ah bon. Une femme, tu veux dire ?

– Non.

J'ai encore mis un moment à comprendre. Il avait toujours ce petit sourire.

– Peu importe. (Il a secoué la tête.) Écoute, je peux comprendre le raisonnement…

– Quel raisonnement ?

– Ton raisonnement, jeune homme. Tu t'es dit que si tu te faisais plus bête que tu n'es, si tu te montrais suffisamment inculte, les gens t'accepteraient parmi eux. Que peut-être ils t'aimeraient. Mais c'est une erreur.

– Pourquoi ?

– Crois-moi. Et mets-toi au travail.

Je ne lui ai pas demandé pourquoi il ne comptait pas venir nous voir à Noël. Je sentais confusément qu'on allait se voir moins souvent. Qu'un jour ou l'autre tout le monde allait mourir, lui, mes parents, tout le monde. J'ai pensé au Scalextric, qui était toujours à la cave. Si c'était ça, grandir, je n'étais pas sûr que ça vaille le coup.

Après les vacances l'année a continué comme si la vie devait tourner en rond. Au café je suis tombé sur Rémi qui était avec moi en seconde, mais après il avait redoublé et je l'avais perdu de vue, il était quelque part en A qui sont les classes littéraires. Ils ne savent pas faire de maths et ils lisent beaucoup, le contraire de nous. Là il était avec une fille qui était assise à côté de lui sur la banquette et il m'a demandé si je voulais boire quelque chose et j'ai dit oui, c'était la première fois que quelqu'un qui n'était pas de ma famille m'offrait quelque chose. À un moment il a passé son bras autour des épaules de la fille, ça voulait dire qu'il sortait avec elle. J'ai trouvé ça dingue.

Je crois qu'en A ils étaient plus évolués. On avait tous à peu près le même âge mais c'est comme s'ils vivaient dans une autre dimension. Ils étaient plus souvent au café et pas mal d'entre eux avaient des motos, MZ ou DTMX, je crois que Rémi avait une 175 TY. Et aussi ils sortaient avec des filles. Peut-être parce qu'ils lisaient des livres. Nous on était là à essayer de résoudre nos équations. C'est vrai que ça n'apprend pas grand-chose sur le sexe.

– Alors, tu écoutes quoi en ce moment ?

– *Berlin.*

C'était faux, mon oncle avait proposé de me l acheter mais j'avais dit non, je ne savais pas trop pourquoi. Mais j'ai dit *Berlin* parce que je ne voulais pas avoir l'air d'être encore au collège et d'écouter du hard rock et d'autres trucs de jeunes.

– Pas mal. C'est peut-être ce qu'il a fait de mieux depuis le Velvet.

Mon Monaco est arrivé et la fille regardait ailleurs, l'air de s'ennuyer. C'est impossible de savoir ce qui se passe dans la tête d'une fille. Rémi avait l'air de s'en foutre, il avait les cheveux courts comme les types dans les séries des années soixante, par exemple David Vincent. C'était le truc des nouveaux voyous en Angleterre : porter les cheveux courts et des pantalons étroits pour pas ressembler aux vieux qui étaient tous des hippies.

– Les rock stars, a dit Rémi, c'est pas la majorité des gens.

Après ça j'ai réfléchi encore un peu, une semaine peut-être et puis je suis allé chez le coiffeur et je lui ai demandé de me couper les cheveux court.

– Court comment ?

– Ben, je sais pas, moi. Court, quoi. Comme si j'allais faire mon service.

Le coiffeur a haussé les épaules et il a commencé. J'ai lu *L'Auto-Journal* pendant ce temps, il y avait un essai complet de la Simca 1000 Rallye 2 qui passait de zéro à cent en huit secondes deux. C'était un des derniers tout à l'arrière, comme avant les R8 Gordini. Je me disais que j'en aurais peut-être une plus tard, dans un coin à côté de l'Oldsmobile Toronado et de la Lotus Super Seven qui seraient quand même mes deux bagnoles principales. Et je suis sorti de là avec mes cheveux courts comme quand j'étais petit et mon jean droit que j'avais trouvé aux surplus américains pour presque rien.

Qu'est-ce qu'ils allaient dire, mes parents ? Tout le monde avait les cheveux longs, maintenant. Plus ou moins. Même les profs avaient les cheveux dans le cou et sur les oreilles. En tout cas plus personne n'avait les cheveux courts comme ça, à part les vieux qui avaient fait la guerre de 40 et les nouveaux voyous en Angleterre.

Il n'y avait personne à la maison, ce qui n'arrivait jamais. Je m'en suis rendu compte à ce moment-là. J'avais la clé de la porte d'entrée, bien sûr, je la portais en pendentif pour ne pas la perdre et aussi parce que je trouvais ça cool. Mais il y avait toujours quelqu'un à la maison. Et là non. Peut-être qu'il s'était passé quelque chose. En même temps c'était pas mal d'avoir la paix, d'être seul à la maison. Et d'ailleurs, qu'est-ce qu'il pouvait bien se passer maintenant ? Que pouvait-il *encore* arriver de si grave ?

Je me suis regardé dans la glace de l'entrée, j'avais à nouveau ma tête de petit garçon. C'était idiot d'avoir fait ça. Qu'est-ce qu'elles allaient dire, les femmes ?

J'ai mis un disque, *Il était une fois la révolution*, encore un film que je n'avais pas vu mais j'aimais bien la musique. Je me suis assis dans le canapé du salon et j'ai allumé une cigarette. Au bout d'un moment la fille dans le catalogue de La Redoute est venue s'asseoir avec moi. Elle était toujours en slip et soutien-gorge et rien d'autre. J'aimais bien cette vie-là. Le chat est sorti de sous un coussin où il s'était planqué, il a sauté sur mes genoux. C'était encore un bébé, à peine plus grand que ma main. Je l'ai caressé, et j'ai embrassé la fille. La nuit était déjà tombée, j'avais allumé le lampadaire du salon. Et pendant ce temps-là la terre tournait sur elle-même à une vitesse incroyable.

L'hiver est arrivé tôt cette année-là, sans faire d'autre bruit que les premières neiges qui disparaissaient dans les trottoirs, des flocons isolés et minuscules qui passaient à travers le béton comme si rien n'était réel.

On a perdu dix degrés, puis quinze, et ils sont tous rentrés chez eux travailler, mais ça n'avait rien à voir avec le temps, plutôt avec le bac. L'idée, c'était non seulement de passer de l'autre côté du mur, mais aussi de bien se réceptionner. Pour pouvoir vendre de la lessive après, ou être pharmacien.

Les rock stars, ce n'était pas la majorité des gens.

## 18

# Crocodiles

Un dimanche matin ma mère m'a réveillé parce qu'il n'y avait plus de café. C'est quelque chose qui n'arrive jamais, mais là elle avait oublié.

– Tu pourrais aller jusqu'à la supérette ? Je crois qu'ils sont ouverts.

– Pourquoi moi ?

Mais mon frère dormait comme un loir et c'était le petit dernier, ce serait toujours lui le petit dernier même si la vie devait durer encore des années.

– Je vais te faire une orange pressée.

Je me suis habillé un peu n'importe comment et je suis allé jusqu'à la supérette avec mes cheveux courts, mais on voyait quand même que je n'étais pas coiffé, et j'avais mis mes Adidas trouées sans réfléchir, j'avais l'air d'un pauvre au milieu de l'hiver. Je me disais que je n'étais pas à ma place, ma place était à Los Angeles ou dans un endroit comme ça. Je suis revenu avec le café et on a pris le petit déjeuner avec ma mère, seuls tous les deux dans la cuisine illuminée de neige. Le chat était passé prendre ses croquettes mais même lui était retourné se coucher.

– Ta cousine va passer Noël avec nous.

– Pourquoi ?

Elle ne m'a pas répondu. Souvent, elle faisait ça.

C'était ma mère, elle était là, et la seconde d'après elle n'était plus là.

Alors, j'allais revoir Lina ? On ne s'était pas vus pendant des années et ça je savais pourquoi. Mon père s'était engueulé avec le père de Lina qui avait tenu des propos antisémites. Mon père n'aimait pas trop ça, les propos antisémites. Il avait décidé qu'on ne les verrait plus. Après, il avait regretté, parce que c'était un peu la seule famille qu'on avait. La mère de Lina c'était quand même la sœur de ma mère. Bien sûr elles se téléphonaient toujours, mais ce n'est pas comme si elles avaient pu se voir et cuisiner toutes les deux et parler pendant qu'elles épluchaient des patates. Et ma mère était assez triste comme ça.

– Il n'est pas méchant, disait mon père. Il est juste con. Ce n'est pas comme s'il pensait quelque chose.

Mais après il changeait d'avis.

– Ces gens-là sont dangereux. On l'a vu.

– Et pourquoi les gens détestent les juifs ?

– C'est une longue histoire.

– C'est quand même le peuple de Dieu, non ?

– Oui. Peut-être que les gens sont jaloux de ça, au fond. Même s'ils prétendent que Dieu n'existe pas.

Ma mère était très contente. Lina devait être une sorte de maillon sur le chemin de la réconciliation. Si Lina passait Noël avec nous ça voulait dire qu'on n'était plus vraiment fâchés avec eux. Qu'elle allait revoir sa sœur un jour ou l'autre.

– Tu iras la chercher à la gare ?

– Oui, pourquoi pas, bien sûr.

J'étais très excité à l'idée de revoir Lina. J'avais toujours été excité à l'idée de voir Lina, même quand j'avais trois ans. En Espagne on s'était un peu embrouillés mais c'était de l'histoire ancienne. Je ne savais plus au juste ce qui s'était passé, peut-être qu'on était occupés à grandir, tout simplement. Le jour de son arrivée je suis allé à la gare à pied, ce qui fait une trotte mais j'avais besoin de marcher, je ne me voyais pas attendre le bus sans rien faire. J'avais à peine fait cent mètres que le bus me dépassait, et je me suis dit que je ne prenais pas toujours les bonnes décisions.

Quand son train est entré en gare je me tenais sur le quai comme un type dans un western. J'avais mis mon blouson d'aviateur et j'avais pris vingt centimètres depuis la dernière fois et elle est descendue du train et je l'ai reconnue tout de suite. C'était bien elle, plus grande évidemment, mais pas très différente. Elle n'était pas devenue la princesse qu'elle était censée devenir, elle n'était pas devenue une de ses poupées mannequins.

C'était une jolie fille, mais elle était en retard d'une mode. À l'âge que j'avais, c'était une chose tellement importante. Je ne sais pas si quelque chose était plus important. J'ai eu l'impression qu'elle débarquait d'une autre planète, avec son duffle-coat, sa grande écharpe et ses cheveux bouclés exprès pour ressembler à Julien Clerc. On aurait dit une fille de l'année dernière. Elle m'a probablement trouvé étrange, avec mes cheveux courts et mes jeans droits. Elle devait se dire que c'était moi qui étais en retard. Elle venait vraiment d'un trou perdu, sans blague. Avec son petit trait noir sous les yeux.

J'ai pris sa valise. Elle avait aussi apporté sa guitare. Une guitare folk. Évidemment.

– Tes parents sont pas là ?

– Si, bien sûr. Mon père est allé chercher la nouvelle voiture. Tu serais arrivée demain…

– J'ai soif.

– Ah, j'ai juste l'argent pour le taxi. Si tu préfères, on peut aller s'asseoir au buffet. On prendra le bus.

Elle a eu l'air de réfléchir. Je crois qu'elle se demandait pourquoi je ne la traitais pas comme une princesse. En fait je la traitais comme une princesse, je portais sa valise et tout, mais comme il arrive souvent j'avais juste ce billet de dix francs dans ma poche.

On s'est assis à une petite table près de la vitre qui donnait sur le parking. Elle a ouvert son duffle-coat, passé les doigts dans ses cheveux.

– Ça fait drôle de te voir ici, j'ai dit.

Je voulais ajouter que j'étais content. Mais à ce moment-là le type est arrivé avec son plateau, il a donné un petit coup d'éponge sur la table et il a demandé ce qui nous ferait plaisir.

Elle a pris une cigarette dans mon paquet. Elle m'a regardé comme si elle venait de s'apercevoir que j'étais là.

– C'est horrible, tes cheveux. On dirait que tu pars à l'armée.

Elle est restée une semaine. J'ai compris tout de suite qu'il n'allait rien se passer, rien de ce que j'avais espéré. Et d'ailleurs, qu'est-ce que j'avais espéré ? Elle avait l'air de s'ennuyer, comme si elle avait souhaité être ailleurs avec des gens plus intéressants.

Elle révisait, elle aussi. Elle avait apporté son classeur et son bouquin de maths. Elle s'installait sur la table de la salle à manger et il ne fallait pas faire de bruit. En fin d'après-midi on sortait tous les deux, on allait faire un flipper et boire un Monaco. Elle passait toujours un temps fou dans la salle de bains pour ressortir exactement pareille, enfin c'est l'impression que j'avais. C'était déjà comme ça en Espagne et quelque chose me dit que toutes les filles c'est comme ça.

La maison était trop petite pour nous tous. Une fille ça tient plus de place. Il y a toujours un moment où elle a besoin d'être seule pour qu'on ne la voie pas à poil. En fait c'est un peu le cas de tout le monde, personne ne se promenait tout nu dans cette maison, et pour la salle de bains par exemple il fallait passer chacun son tour, mais quand il y a une fille on a l'impression que c'est encore plus compliqué, en plus avec tout ce temps qu'il lui faut. Parfois après le dîner elle s'asseyait sur l'accoudoir du canapé avec sa guitare et elle jouait ces trucs que jouaient tous ceux qui avaient une guitare folk, *The Needle and the Damage Done,* ce genre de choses. Elle avait des photos de David Hamilton sur son classeur.

Ma mère était contente de l'avoir, elle lui parlait tout le temps. Lina répondait de loin en loin, des petites phrases marmonnées qui semblaient lui demander un effort. Ma mère n'avait pas l'air de s'en rendre compte. Ou alors elle faisait comme si. À nouveau je me suis dit qu'elle aurait aimé avoir une fille. C'est vrai, il n'y avait que des hommes dans cette maison. Peut-être qu'il y avait des choses qu'on ne pouvait pas comprendre.

Petit à petit Lina a commencé à s'animer quand elle parlait avec elle. J'entendais la différence, de l'autre bout du couloir. Elle a même rigolé, une fois ou deux.

Un soir j'ai profité de ce qu'elles étaient en grande conversation dans la cuisine pour fouiller dans sa valise. Je voulais voir ce qu'elle portait comme sous-vêtements. Une fois, il y a longtemps, on avait fouillé dans les affaires de sa sœur. On n'avait rien trouvé d'intéressant mais c'était un moment intense. Je voyais encore le magazine ouvert sur le lit. « Je mets toujours un porte-jarretelles, je sais qu'il adore ça. »

Je suis presque sûr qu'elle n'était jamais sortie avec un garçon. Presque sûr. En fait c'était impossible de savoir. Tout le monde essayait de faire croire que ça lui était déjà arrivé, en même temps on se doutait bien que c'était pas le cas.

Ma mère comptait un peu sur nous pour installer la crèche, comme autrefois, mais comme on n'avait pas l'air de vouloir s'y mettre elle a fini par s'en occuper elle-même. Un soir j'ai voulu essayer la guitare de Lina. Elle m'a regardé avec cet air qu'elle avait maintenant.

– Tu ne fais pas de picking ?

– De quoi ?

– Si tu ne joues pas en picking, ce n'est pas vraiment de la guitare.

Elle avait comme ça un avis sur tout, et elle ne regardait plus les séries à la télé parce que c'était un peu idiot.

Il fallait que je lui trouve un cadeau pour Noël. C'était compliqué, parce que je n'avais aucune idée de ce qui pouvait lui faire plaisir. Et aussi, je me suis aperçu que je n'en avais pas très envie.

Mon père nous a fait faire le tour du quartier dans la nouvelle voiture, une Fiat Polski. C'était une copie de la Fiat 125, fabriquée de l'autre côté du mur, en Pologne. Il était heureux comme un gosse. La voiture, neuve, grognait comme un tracteur embourbé et la boîte de vitesses craquait à chaque rapport, mais on lui avait dit que ça allait s'arranger au bout d'un moment. Ce n'est jamais arrivé. Comment un homme aussi violemment anticommuniste avait pu faire l'achat d'une Fiat Polski, c'était un mystère insondable, un trou noir dans l'histoire de la géopolitique. Les rues étaient verglacées et mon père a décidé qu'on allait fêter ça à la Cafétéria Casino. Mais elle était fermée ce soir-là, alors on est rentrés.

Le lendemain mon frère a commencé un bonhomme de neige devant l'immeuble. Il était tombé pas loin de dix centimètres pendant la nuit. J'avais envie de rester avec lui, mais je n'avais plus l'âge. Lina a laissé tomber ses révisions, elle voulait faire les boutiques.

C'était étrange de se promener en ville avec elle. Je me disais que peut-être on allait nous voir ensemble et que je pourrais faire comme si c'était une femme avec qui je sortais. Mais dans ces moments-là tu ne rencontres personne. En plus, c'était les vacances, tout le monde était dans sa famille. On a fini par s'asseoir au café comme les autres jours. On a fait un flipper et on a pris un Monaco.

– C'est marrant, ta mère met toujours la crèche sous le sapin.

– Oui, bien sûr.

– Quand je pense qu'on croyait à ces trucs.

– On était des enfants. C'est normal.

– T'as une cigarette ?

Je me suis demandé où était parti tout cet amour. Et Lina, la petite fille que j'aimais passionnément, qui pouvait sauter de la balançoire d'une hauteur fabuleuse et faire tant d'autres choses incroyables qui me clouaient au sol, qu'était-elle devenue ? Qu'étaient devenus les crocodiles qui passaient et repassaient entre nos lits jumeaux, leurs yeux jaunes au ras de l'eau, prêts à nous dévorer si l'un de nous ratait son saut d'un lit sur l'autre ? Qu'étaient devenus Marie et Joseph, Gaspard, Melchior et Balthazar ?

Aujourd'hui on était là assis au café et elle regardait quelque part derrière moi, avec cet air de beaucoup s'ennuyer, comme si elle voulait qu'il soit bien clair pour tout le monde qu'elle attendait quelqu'un d'autre.

Ce qui me gonflait un peu, aussi, c'est que je mettais la table et j'aidais à débarrasser et que Lina elle restait là les doigts de pied en éventail à parler avec ma mère. Je trouvais ça injuste et j'avais bien raison. Je veux dire, c'est pas comme si elle avait soulevé une assiette de temps en temps. Elle ne faisait vraiment rien.

J'ai profité de ce qu'elle était à nouveau enfermée dans la salle de bains pour en glisser un mot, comme ça l'air de rien. Ma mère m'a regardé comme si je descendais de la lune.

– Lina est notre invitée, elle a dit.

– Ouais, ça va, c'est pas l'ambassadeur de toutes les Russies, non plus. C'est ta nièce.

Elle m'a regardé un moment sans répondre, puis elle s'est appuyée contre le lave-linge et elle a regardé dehors, comme si je n'étais pas là. J'étais un peu embêté alors je me suis assis et j'ai posé ma tête dans mes mains sans rien dire. On est restés comme ça un moment.

– Tu ne fais pas grand-chose dans cette maison, jeune homme. Est-ce que tu t'en rends compte ?

– Ben, je débarrasse.

– Oui… Passons. Ne regarde pas tant ce que les autres font ou ne font pas. Occupe-toi seulement de ce que tu peux leur donner, parce que c'est la seule chose qui est en ton pouvoir. Tu comprends ?

Je comprenais que dalle.

– Elle a changé, Lina.

– Bien sûr. Et toi, tu n'as pas changé, peut-être ?

La veille de Noël je suis retourné en ville faire le tour des boutiques. J'aurais pu lui offrir un disque, bien sûr, mais Lina elle aimait des trucs pourris, ça m'ennuyait un peu. Je préférais lui offrir un truc de fille, des boucles d'oreilles par exemple. J'entrais dans les magasins les uns après les autres, je n'arrivais pas à me décider.

– T'as un mec ?

C'est ça que j'aurais dû lui demander. J'aurais dû lui poser la question comme ça, de but en blanc, et elle m'aurait dit non, qu'est-ce que tu t'imagines, bien sûr que non. Parce que j'en étais presque sûr. Elle essayait de se donner l'air de quelqu'un qui a une vie privée incroyable, mais tout le monde faisait ça. J'aurais dû lui poser la question. Alors elle m'aurait demandé ce qu'il en était pour moi, et si elle était un peu descendue de son échelle, je lui aurais dit, moi aussi.

– Monsieur ? Je peux vous aider ?

– Je cherche des boucles d'oreilles.

– Quel genre ? Des clips ?

– Je ne sais pas. J'ai l'air d'y connaître quelque chose ?

Quand je suis arrivé devant chez nous j'ai vu que le bonhomme de neige était toujours là, il tenait bien. Tout à coup, quand je suis passé sur le trottoir de droite, il m'a souri. Mon frère lui avait fait un sourire avec des petits cailloux. J'ai pensé à Lina, assise là-haut à la table de la salle à manger devant son classeur. Son air d'avoir des choses plus importantes à faire. J'ai accroché les boucles d'oreilles au bonhomme de neige.

Une semaine plus tard on est tous montés dans la Fiat Polski pour l'accompagner à la gare. J'ai encore porté sa valise jusque dans le compartiment. Je lui ai fait la bise et je suis redescendu sur le quai avec les autres.

Quand le train a démarré elle a levé la main derrière la vitre. Nous aussi on lui a fait signe. C'est incroyable à quel point il ne s'était rien passé.

# 19

# Physique des particules

Tout le monde avait décidé de réviser comme des dingues, alors j'étais seul la plupart du temps. Je ne voyais pas trop l'intérêt de rester à la maison à lire et relire mes cours, je les enregistrais au fur et à mesure sur mon minicassette à micro incorporé. Je trouvais ça super d'avoir un micro incorporé, tu le vois pas et ça enregistre quand même, c'est magique. Je m'installais sur mon lit avec une BD, j'appuyais sur *play* et mes cours passaient en bruit de fond, je récitais tout d'une voix bien monocorde pour que ce soit très hypnotique. C'est un truc d'espion pour assimiler des informations importantes en faisant autre chose.

Tout le reste du temps je me baladais en ville. J'allais toujours un peu dans les mêmes coins, des endroits que j'aimais bien ça me donnait un but dans la vie. Tout le monde le disait, qu'il fallait avoir un but dans la vie. Certains jours j'allais vers le sud, je passais sous l'autoroute et je faisais le tour du Parc de l'Europe qui est un endroit sympa avec de grands arbres. Il y avait un terrain juste après qu'on appelait le Triangle parce qu'il était en forme de triangle, l'équipe qui passait du côté du pointu était drôlement avantagée donc c'était très important de changer de côté à la mi-temps. J'aimais aussi regarder les enfants jouer. Je crois que j'aimais bien les enfants. Il me semblait encore entendre mon père dire :

– Tu vas avoir un petit frère.

Et sinon je partais de l'autre côté, vers le centre-ville. C'était très décevant, je me souviens qu'il pleuvait souvent. J'entrais chez le disquaire et dans la petite librairie à côté du lycée, je regardais des trucs, mais comme je n'achetais jamais rien on finissait toujours par me regarder un peu de travers. En fait on m'avait toujours regardé de travers dans les magasins, quand j'étais petit aussi, mais j'y étais pour rien, j'avais pas d'argent et mon père ne voulait pas m'acheter des BD et surtout pas des BD espagnoles. C'est des petits formats imprimés sur du papier dégueu, avant je les feuilletais mais ça m'avait passé.

Et puis à un moment donné il se faisait tard et je prenais parfois le bus pour rentrer, parce que c'était décourageant de remonter à pied, exactement comme à San Francisco quand tu n'as pas de voiture. J'avais l'impression de gaspiller mon argent de poche et c'était pas faux, il passait dans les tickets de bus et les cigarettes et parfois un petit café que je prenais au comptoir parce que c'est ce qu'il y a de moins cher et que je fais un mètre quatre-vingts maintenant alors les gens trouvent normal que j'entre dans les cafés, même si j'ai un peu la même tête qu'à douze ans.

En fait j'allais un peu partout, sauf peut-être du côté de Côte-Chaude, j'avais pas envie de me faire tabasser par les Arabes. C'était un quartier où même les Arabes se faisaient tabasser par les Arabes, tout le monde évitait d'y aller.

J'avais remarqué que les gens ne trouvaient pas naturel de me voir, je veux dire en dehors du lycée et des heures de cours, parce que je n'étais le meilleur copain de personne. Même Batou avait fini par se trouver des meilleurs copains, des types de deuxième division comme lui. Parfois le samedi je retrouvais Bruno et les autres au Petit Parc Stadium, mais c'était tout. Après chacun partait de son côté. Le dimanche ils étaient tous en famille, je crois qu'ils avaient tous des familles plus grandes que la mienne, et puis tout le monde avait l'air de trouver ça normal. Et les femmes on ne les voyait pas, sinon tout le monde aurait su que tu étais amoureux. Demander son numéro de téléphone à une fille était presque aussi difficile que de l'embrasser. Il n'y a aucune raison de demander son numéro de téléphone à une fille sauf si tu veux sortir avec elle. Et alors elle le sait et tout le monde le sait et ça peut rater. Et d'ailleurs, si tu appelles, tu vas tomber sur son père ou sur sa mère. Et là qu'est-ce que tu vas dire ?

– Bonjour Madame, est-ce que je pourrais parler à Constance, s'il vous plaît ?

– De la part de qui, je vous prie ?

– On s'en fout. Si j'ai eu les couilles de lui demander son numéro, de passer ce coup de fil, si je ne suis pas en train de me décomposer et de bafouiller à la minute où nous parlons, c'est que je suis le genre de gars que rien n'arrêtera, et donc je vais sortir avec elle, en d'autres termes l'embrasser sur la bouche et ne vous racontez pas d'histoires, je sais exactement comment on s'y prend.

– Qui me le prouve ?

– Il faut pencher la tête un peu sur le côté. Plutôt sur le côté droit. Enfin je crois. C'est ce qu'ils font à la télé.

– Je pense que ça dépend des garçons. Dans *Amicalement vôtre*, il me semble que Brett Sinclair penche plutôt la tête à gauche. Regardez bien le générique, vers la fin. Il en embrasse deux à la suite.

– Vous essayez de m'embrouiller. Passez-moi Constance.

– Je ne peux pas, elle est dans son bain. Toute nue dans son bain. Ou peut-être qu'elle n'a pas encore enlevé son soutien-gorge, il me semble que j'entends encore l'eau qui coule.

Le dimanche mes balades étaient encore plus déprimantes, parce que le dimanche les magasins sont fermés. Et tout le monde est en famille, on dirait que Saint-Étienne est toujours là après la guerre atomique. En fait ils sont juste en famille. Mais je continuais de sillonner la ville dans tous les sens parce que je pensais qu'il y avait une probabilité non-nulle pour que je rencontre un copain par hasard, ou même une femme, ce serait encore mieux et on peut toujours rêver. Je n'aurais pas besoin de lui demander son numéro de téléphone, on se rencontrerait par hasard et on irait prendre un café et après elle proposerait qu'on aille au cinéma. Je pourrais aller voir ce genre de films que vont voir les femmes, des films avec Romy Schneider.

Je n'ai jamais rencontré personne. Mathématiquement c'est invraisemblable, mais c'est possible. Un copain pouvait très bien se promener dans une rue parallèle au même moment, c'était ça le plus dingue. Je quadrillais le secteur avec méthode mais je ne pouvais pas être dans deux rues à la fois. Dans la physique des particules c'est possible, si tu es un électron par exemple. Mais ça ne sert à rien si l'idée c'est de rencontrer un copain et d'aller avec lui faire un flipper et boire une bière.

Plusieurs fois j'ai fait un détour pour rentrer, exprès pour passer devant l'immeuble où habite Aurore, parce que, elle, je suis sûr qu'elle habite là depuis l'année dernière. Ce serait toujours mieux que de ne voir personne. Là non plus ça n'a pas marché. Pourtant c'était plus précis comme plan.

J'essaie aussi d'être le moins souvent possible à la maison. C'est compliqué d'habiter avec ses parents. Le dimanche en fin d'après-midi je suis toujours devant la télé, c'est l'heure de ma série. À cette heure-là le dimanche c'est des programmes courts de trente minutes, *MASH*, et plus tard *Happy Days*. Tout le monde regardait *Happy Days*. Tout le monde voulait être Fonzie, mais bien sûr, personne n'osait le dire à haute voix, c'était ridicule. J'aimais beaucoup le générique de *MASH*, la musique de Johnny Mandel et les plans sur les hélicos, c'était comme un ballet. Maman disait que ça ressemblait à Tizi Ouzou, les hélicos qui tournaient à côté de la maison avec les types à moitié morts dans les brancards. Elle a regardé deux épisodes avec moi.

Je rentrais pour ces trente minutes-là et après je ne savais plus quoi faire. *Robin des Bois*, la série de Mel Brooks, a succédé à *Happy Days*. C'est la première sitcom où ils n'ont pas viré les rires enregistrés dans la version française. Le dimanche soir juste avant que l'angoisse du dimanche soir arrive. *Robin des bois* je trouvais ça trop drôle, peut-être à cause des rires enregistrés.

20

# I'm Not in Love

Il ne se passait vraiment rien. Au printemps tout le monde avait quand même envie qu'il se passe quelque chose et Bruno a organisé une fête chez lui et j'étais invité. Je me suis dit que là, forcément, j'allais sortir avec une fille, même si c'est facile à dire quand tu es bien tranquille chez toi, à l'abri. Tout ce que je sais faire une fois sur place, c'est danser des slows et boire de la sangria et discuter tard dans la nuit de trucs qui m'intéressent pas, en fait, comme la politique.

– J'ai exactement les opinions politiques de mes parents, disait Champignac qui était un peu bourré. De ce côté-là ils ont vraiment réussi leur coup.

Il le disait à chaque fois, maintenant.

– Moi je suis communiste.

– Moi aussi.

Champignac a tourné le dos aux communistes et il s'est approché de moi assez près pour m'embrasser, il voulait me communiquer un truc important.

– Les Russes ont bien étudié la théorie d'Hitler, tu sais, la Blitzkrieg. Leur pari, c'est qu'on n'osera pas appuyer sur le bouton. Au moment même où je te parle, ils investissent un maximum dans l'armement classique. Les tanks, tous ces trucs-là. Si on n'appuie pas sur le bouton, on n'est pas de taille. On n'a pas assez investi dans l'armement classique. Ils pourraient être à Paris en moins de deux jours.

On discutait de ça avec toutes ces femmes autour de nous, les Russes pouvaient être là demain avec leurs tanks, mais on pouvait aussi sortir avec une femme ce soir. On était un peu bourrés.

La vérité, quand tu invites une femme à danser un slow, c'est que tu sais tout de suite comment ça va se passer. Il y en a qui se tiennent toutes raides le plus loin possible de toi. Parfois c'est une chanson un peu longue. Ce soir-là j'ai dansé avec Constance sur *Sister Jane*. Je l'ai invitée un peu comme ça, je ne pensais pas qu'elle allait dire oui. *Sister Jane* ça dure trois minutes dix-neuf.

Ce qui se passait dans les soirées m'échappait complètement. Un peu comme le foot avant, quand je ne savais pas jouer. Il y a des tas de règles non écrites, au foot. Par exemple, si jamais tu perds la balle au cours d'un dribble, c'est une bonne idée de te laisser tomber en tenant ton genou. On peut aussi faire obstruction comme si on ne se rendait pas compte qu'on était au milieu du chemin.

J'avais tellement envie de voir des gens que j'arrivais toujours dans les premiers, quand il n'y avait encore personne et surtout pas les femmes que je voulais voir. Je commençais à boire de l'alcool avant tout le monde parce qu'il n'y avait rien d'autre à faire sauf si on aime danser tout seul. En fait il ne faut pas arriver dans les premiers. Il ne faut pas arriver non plus dans les derniers parce qu'à ce moment-là les jeux sont faits et puis moi de toute façon personne ne m'attendait en particulier. Après il y a tout un truc qui consiste à ne pas inviter à la soirée ceux ou celles qui peuvent te faire de la concurrence et il y a aussi la gestion de la musique, si tu vois que ça se passe bien pour quelqu'un d'autre il faut arrêter les slows et mettre un rock.

Je ne sais pas danser le rock, c'est encore un truc embêtant. Les femmes préfèrent danser le rock parce que personne ne risque de sortir avec elles quand elles dansent le rock.

C'était un peu la soirée de la dernière chance pour tout le monde, alors Bruno avait invité tout le monde, même Batou, Annie et d'autres qui n'étaient pas invités d'habitude et des types qu'il connaissait en première. Et Aurore est arrivée.

D'abord elle est restée debout dans l'entrée, les mains dans les poches de son stupide manteau. Bruno est venu lui parler. Emmanuelle aussi est venue la voir. Elles avaient l'air assez copines. C'était difficile de situer Aurore à cause de cette façon qu'elle avait de ne pas se montrer, et aussi parce qu'elle était tout le temps sérieuse.

Bruno essayait de faire boire les femmes pour sortir avec elles, et ça a marché. En fin de soirée il est sorti avec Antoinette, et Marco est sorti avec Corinne. Elles avaient toutes les deux des notes pourries en classe et je me suis demandé si ça avait un rapport. Si les garçons les intéressaient plus que les études, et inversement pour les autres. J'étais vraiment un peu ivre et je raisonnais comme un tambour, ils passaient des morceaux pour que tout le monde se déchaîne sur la piste, *Shake Your Booty* et *Drifting Away* et je bougeais dans tous les sens au milieu de la foule et l'alcool coulait dans mes veines à toute vitesse, mais je n'ai pas vomi. Je suis allé m'asseoir, j'ai regardé Bruno et Antoinette sur le fauteuil en face et j'ai trouvé ça assez dégoûtant à regarder. Constance n'est sortie avec personne, peut-être parce qu'elle savait que tout le monde était amoureux d'elle et que c'était la seule façon pour que ça continue comme ça. Je pensais tout et n'importe quoi. Je pensais que je faisais partie de la foule, des gens ordinaires à qui il n'arrive rien, j'étais de retour avec Batou en deuxième division.

On avait vraiment l'impression que c'était la soirée de la dernière chance, parce qu'après le bac, une fois qu'on serait de l'autre côté du mur, chacun irait son chemin dans les études supérieures ou dans la délinquance juvénile ou partirait à Katmandou ou reprendrait la pizzeria ou d'autres choses que je ne pouvais pas imaginer. Ou peut-être que j'étais le seul à ressentir ça. Bruno a laissé Antoinette pour aller mettre de nouveaux 45. Jonathan Richman était tout en haut du hit-parade avec *Le Reggae égyptien*. C'était un instrumental joyeux, un peu comme *El Bimbo* quand j'étais en Espagne. Il y avait un petit chameau souriant sur la pochette. Du coup, j'étais moins triste. Aurore est venue s'asseoir à côté de moi, très brusquement.

– Ça va ?

C'était très bizarre qu'une femme vienne te voir quand tu es tout seul dans ton coin. D'habitude c'est le contraire.

– Oui oui. Tu veux une vodka-orange ?

Elle m'a montré son verre, elle avait déjà ce qu'il fallait.

– Je ne peux pas rester tard, mon père vient me chercher tout à l'heure.

– C'est déjà bien que tu sois venue. Tu n'as pas ton parapluie ?

– Non.

Elle n'a même pas souri. Je ne sais pas si c'est parce que l'ironie de la remarque lui échappait ou si c'est parce qu'elle ne trouvait pas ça drôle. Dans les deux cas c'était quand même grave.

J'avais envie qu'elle reste à côté de moi, pourtant. Je me sentais moins seul et moins nul. Il fallait que je trouve quelque chose à lui dire. J'ai cherché. Je ne connaissais pas de blagues. Je n'avais rien fait d'incroyable ces derniers temps, ni avant non plus d'ailleurs. Bon, elle était folle, elle croyait vraiment en Dieu. Elle croyait vraiment que Dieu existait. Je me suis demandé si elle faisait encore la crèche à Noël. Si elle plaçait l'âne et le bœuf autour du petit Jésus. J'ai à nouveau pensé à Lina. À nos soirées sous la neige, quand les crocodiles passaient et repassaient entre nos deux lits.

– Je pense que l'histoire d'Abraham est une mise en garde contre la foi.

– Quoi ?

– L'histoire d'Abraham. Dans la Bible. Tu sais, le prof de philo t'avait énervée.

Je hurlais à cause de la musique.

– Ah. Alors tu as tout résolu ?

– Si tu réfléchis bien, Dieu dit à Abraham de lui sacrifier un enfant, l'autre obéit, et puis au moment où il va le faire, Dieu lui dit d'arrêter ses conneries. C'est pas logique, non ?

– Il veut éprouver sa foi, elle a hurlé.

– Mais n'importe quoi, j'ai hurlé. S'il y a une logique dans cette histoire, c'est qu'il ne faut pas croire aveuglément en Dieu, sinon on finit par faire n'importe quoi.

Je l'ai presque vue froncer les sourcils derrière sa grosse frange. Comme j'étais bourré je lui ai dit que je ne voyais pas ses yeux.

– Quoi ?

– Je peux voir tes yeux ?

– Pourquoi ?

– On ne sait même pas de quelle couleur ils sont, j'ai hurlé.

– Bleu-gris, elle a hurlé.

J'ai fait un truc complètement dingue. J'ai écarté ses cheveux avec ma main. Elle n'a rien fait pour m'en empêcher, elle tenait son verre et son autre main était dans la poche de son manteau.

Elle avait de grands yeux bleu-gris.

– C'est quand même curieux, elle a hurlé.

– Qu'est-ce qui est curieux ?

– Ta façon de voir les choses.

J'ai laissé retomber ses cheveux parce que je ne voyais pas quoi faire d'autre après. La musique s'est arrêtée. On pouvait parler normalement.

– Tu penses que je suis conne ?

– Hein ?

C'était très curieux de l'entendre dire ça. À ce moment-là je me suis aperçu qu'elle ne disait jamais de gros mots. Elle ne jurait jamais. Moi, pratiquement toutes mes phrases commençaient par des obscénités, sans raison, c'était juste ma façon de parler. Presque tout le monde était comme moi.

Elle a regardé les gens sur la piste. Il y a eu un instant de flottement dans la bande sonore, je crois qu'ils se demandaient ce qu'il fallait faire maintenant. Et puis ils ont lancé une nouvelle série de slows. *I'm Not in Love*, c'est le premier que Bruno a mis sur la platine.

– Tu danses ?

J'ai senti mon cœur qui montait dans les tours. Je ne sais pas pourquoi j'avais tellement peur qu'on me dise non. Si on y réfléchit, ce n'est pas si grave. Mais je n'arrivais pas à y réfléchir. Elle a regardé autour d'elle comme si elle n'avait pas entendu, puis finalement elle a incliné la tête.

– D'accord.

On s'est levés tous les deux en même temps et elle a cherché un endroit où poser son verre.

– Tu quittes pas ton manteau ?

Elle a quitté son manteau. Je n'ai pas compris tout de suite ce qui se passait. Elle s'est penchée pour le poser sur le fauteuil et elle m'a suivi au milieu de la piste. Là, elle a mis ses mains sur mes épaules, et j'ai mis les mains sur sa taille, de chaque côté.

Tout le monde nous regardait.

En fait, non.

Tout le monde la regardait elle.

## 21

# Et je serai guéri

Deux jours après les chars russes n'étaient toujours pas là. Peut-être qu'à Moscou ils n'étaient pas sûrs qu'on n'appuierait pas sur le bouton. Avant quand je me réveillais la nuit j'avais juste peur qu'on meure tous. Mon père disait qu'on ne connaissait pas d'exemple d'arme qu'on ait fabriquée et qu'on n'ait pas utilisée par la suite, pas dans l'histoire des hommes. La bombe on pouvait considérer que c'était déjà fait, on s'en était servi pour de bon, mais en même temps à l'époque il y en avait juste deux qui se couraient après, Little Boy et l'autre, dont j'ai oublié le nom. Aujourd'hui on avait de quoi faire sauter la planète plusieurs fois de suite. Cet inutile pluriel en disait long sur notre sens de la rigolade.

Maintenant j'avais aussi peur des Russes, avec leurs théories hitlériennes à la con. J'avais l'impression qu'il y avait toujours quelqu'un pour inventer un truc pire. Et je ne me voyais plus aller à l'église allumer un cierge pour que tout ça n'arrive pas. À mon avis, ça ne marche pas.

Le lundi Aurore n'était pas là. Bruno m'a demandé si je savais quelque chose, mais j'ai bien été obligé de dire que non. Lui aussi il s'intéressait à elle, d'un seul coup. Je me suis mis dans un coin pour fumer une cigarette, j'avais un peu envie d'être seul, ce qui est quand même assez curieux. Batou est venu vers moi, comme toujours quand je ne veux voir personne.

– T'es sorti avec elle ?

– Qui ?

– Aurore.

– Ben non, t'as bien vu.

J'étais triste. Et puis j'étais en colère. Comme presque tout le temps en fait. C'est terrible. Je me disais qu'elle était peut-être morte et que j'avais laissé passer ma seule chance de sortir avec elle. C'était un peu l'histoire de ma vie. Presque tout de suite après la fin du morceau Annie était venue lui dire que son père l'attendait dans l'entrée, et elle était partie.

– Écoute, Batou, je ne suis jamais sorti avec une fille, d'accord ?

Batou a regardé derrière lui s'il n'y avait personne. Il n'y avait personne, pas dans un rayon de dix mètres.

– Ben, moi non plus.

Je crois qu'à ce moment-là, je me suis senti proche de lui. Plus proche de lui que de Bruno, par exemple. Pas parce que Bruno sortait avec des filles, mais parce que Bruno je ne l'avais jamais entendu dire un truc vrai.

– Tu as une cigarette ? il a demandé.

Il avait dû sentir un peu la même chose, parce qu'il ne fumait pas, Batou. C'était pour qu'on partage quelque chose. Je suis presque sûr.

– Je l'avais jamais vue sans son manteau, il a dit au bout d'un moment.

Le lendemain elle était là. Elle était comme d'habitude, elle avait même son parapluie. Je n'ai rien entendu de ce qu'on racontait en cours, j'ai passé tout mon temps à la regarder. Après, à l'interclasse, j'ai fait le type qui a autre chose à penser. À la récré de dix heures je suis même allé tirer quelques paniers avec les première. On n'avait pas cours l'après-midi et j'ai fini par penser qu'elle ne viendrait jamais me parler, mais quand je suis sorti à midi elle m'attendait, juste après le portail.

– J'ai réfléchi à ce que tu m'as dit l'autre soir.

– Moi ? Quand ? Qu'est-ce que j'ai dit ?

– Tu sais ? Que Dieu met Abraham en garde contre la foi.

– Ah oui.

– Tu te souviens ?

– Oui.

– Ça m'a bien énervée. Ça m'a tellement énervée que j'en ai parlé à ma mère.

On a commencé à marcher ensemble vers l'arrêt du bus. Elle ne disait plus rien, elle souriait en regardant par terre comme si une blague Carambar était gravée dans le trottoir.

– Et alors ?

– Elle a dit qu'elle en parlerait au prêtre.

– Bon. On est sauvés.

– Je voulais te demander quelque chose…

On était arrivés à l'endroit où il faut traverser pour prendre le bus, et j'ai compris qu'elle n'allait pas traverser. Moi j'avais fait comme si j'allais prendre le bus, exprès pour être avec elle, alors maintenant j'étais un peu coincé. C'est là qu'elle me l'a demandé.

Ce soir-là j'ai pris la casquette de mon frère. Il a mis quelques secondes à s'en rendre compte, il était plongé dans un pensum sur les nombres complexes. Là, il a protesté.

– Dis, c'est ma casquette.

– Oui, mais là, je dois passer le bac. J'ai besoin de savoir ce que tu sais. Et puis j'aide une copine à réviser.

– T'es amoureux ?

– Arrête de dire des conneries.

– Tu veux sortir avec elle.

– Ouais, c'est possible. Je ne sais pas.

– T'as la trouille.

– Pas du tout. Alors là. Pas du tout.

– Moi, ce que j'en dis... C'est juste que si elle s'en aperçoit, tu n'as aucune chance.

Je l'ai laissé dire. Les filles, il n'y connaissait rien. Je n'y connaissais rien. Je suis allé me voir dans la glace de l'entrée. Est-ce que j'avais encore l'âge de porter ça ? C'était un peu ridicule. Je suis retourné dans la chambre. Mon frère avait disparu. Je me suis assis sur le lit, j'ai fermé les yeux.

– T'es là ?

Pas de réponse.

J'ai senti le chat qui passait contre ma cuisse. Et le silence autour de moi, ouvert comme un gouffre.

La dernière heure de cours est arrivée sans qu'on s'en aperçoive. C'était vraiment la dernière heure de cours, la dernière fois qu'on allait au lycée de toute notre vie, si tout se passait bien. Personne n'avait l'air de s'en rendre compte. Ils avaient l'air de penser que la vie allait continuer comme si de rien n'était. On est restés un moment dans la cour à fumer des Camel et à se dire qu'on se verrait aux épreuves. On s'était mis aux Camel à cause du *Reggae égyptien*. Sur certains paquets il y avait un chameau qui souriait. Bruno a quand même proposé qu'on se retrouve le samedi d'après pour un foot au Petit Parc Stadium.

– On aura la tête lourde à ce moment-là, ça fera pas de mal.

Tout le monde a trouvé que c'était une bonne idée, même Batou à qui personne n'avait demandé de venir.

– Tu lui as parlé, à Aurore, depuis l'autre jour ? a demandé Marco.

J'ai haussé les épaules.

– Arrêtez de m'emmerder avec ça. Elle est à côté de ses pompes.

– Ça, je ne sais pas. Je vois juste comment elle est foutue.

Je me souviens qu'il faisait très beau. Je trouvais tout très beau. Les vieilles pierres noircies par les ans, les barreaux aux fenêtres, les mobylettes alignées, et dans le ciel des oiseaux calmes qui nous tournaient autour sans raison. C'est vrai, je trouvais tout très beau.

Le samedi d'après je ne suis pas allé au Petit Parc Stadium (et j'ai pas dit pourquoi). À 14 h 30 précises j'ai sonné chez Aurore, mon cœur battait comme des tambours de guerre, comme si j'étais habité par une tribu de sauvages impossibles à calmer. En fait il fallait sonner à l'interphone en bas, c'était un immeuble super moderne. J'ai regardé autour de moi, j'avais la trouille de me faire repérer.

– Oui ?

– Bonjour Madame, je suis un ami d'Aurore, on doit se voir pour les maths.

– Je t'ouvre. C'est au septième.

C'était elle, j'avais pas reconnu sa voix.

Dans l'ascenseur je me suis regardé dans la glace.

Je ne ressemblais absolument pas à Tony Curtis. Tout le monde de toute façon ne peut pas ressembler à Tony Curtis. Mais j'avais peut-être eu tort, pour les cheveux courts.

Aurore a ouvert la porte et j'ai fait le type normal qui a l'habitude d'aller chez les femmes alors qu'en fait, non. Elle m'a demandé d'enlever mes chaussures pour entrer et c'est vrai qu'il y avait un tapis par terre avec des poils qui arrivaient presque au genou. J'ai noté dans l'ordre que l'entrée était grande comme tout notre appartement, le plafond hors d'atteinte, un peu comme à l'église, et que tout était blanc, d'un blanc aveuglant, avec une grande glace sur le côté, et qu'Aurore avait mis une robe. Elle était vraiment en robe, une robe assez longue, serrée en haut et qui s'enroulait sur ses cuisses quand elle marchait. Elle me regardait avec ses grands yeux bleu-gris. J'ai mis un moment à comprendre que je pouvais les voir parce que ses cheveux tenaient avec un foulard.

On est allés dans sa chambre et j'ai noté aussi ce truc dingue qu'elle avait un grand lit, un lit double, un lit comme les parents. Je me suis dit, c'est dingue.

Aurore sans son manteau, je croyais vraiment que c'était quelque chose qui n'existait que dans les films. C'était comme de la voir à poil. Surtout avec cette robe serrée en haut, on voyait bien ses seins et j'avais beau essayer, c'était difficile de regarder ailleurs. J'ai failli lui poser la question, pourquoi tu ne te montres pas comme ça, pourquoi tu es toujours cachée derrière ton manteau et tes cheveux, mais en même temps je sais que les filles sont bizarres et compliquées. Elles veulent qu'on les regarde et en même temps non. Peut-être que si j'avais été une femme je n'aurais pas voulu être tout le temps toute nue devant tout le monde.

– Quelque chose ne va pas ?

– Hein ? Pourquoi ?

– Je ne sais pas, tu as un air bizarre.

– Tu parles, que j'ai un air bizarre. J'ai dix-sept ans, je suis avec la plus belle fille du monde, je vais encore rater mon coup et après je n'aurai plus qu'à me tuer.

Évidemment je n'ai pas dit ça. Je ne sais pas ce que j'ai dit à la place mais ce devait être un peu n'importe quoi, parce qu'après elle a dit :

– T'es quand même bizarre.

Elle a haussé les épaules. Elle me regardait bien en face, comme la fille dans le catalogue de La Redoute. Elle avait cette grosse bouche qui aurait rendu dingue un mec normal, et je n'étais même pas un mec normal. J'aurais déjà dû l'embrasser, mais on a beau dire, ce n'est pas si simple. Ce n'est pas comme à la télé où on a l'impression que ça ne rate jamais. C'était impossible de savoir avant si elle était d'accord ou pas. Et ce qui rend tout ça encore plus compliqué, c'est que tu es censé savoir comment on fait. Mais pour ça il faudrait l'avoir déjà fait. C'est un vrai problème. Tu ne peux pas t'entraîner tout seul à sortir avec une fille.

– Tu veux qu'on commence par quoi ?

Mais c'était très gênant d'être là avec elle, dans sa chambre. Je crois qu'elle devait le sentir aussi, c'était presque impossible de parler de mathématiques dans ces conditions. On peut tout expliquer par les mathématiques, mais pas quand on se retrouve avec une femme dans sa chambre. Je me suis assis sur son lit sans me rendre compte de ce que je faisais, alors qu'il y avait un bureau et deux chaises et tous ses bouquins et ses cours ouverts, c'était évident qu'on était censés s'asseoir là. Et elle s'est assise à côté de moi, au bord du lit, tournée vers moi et j'avais beaucoup de mal à respirer maintenant. Il fallait vraiment que je fasse quelque chose avec mes mains alors j'ai cherché mes cigarettes.

– Ah non, tu ne peux pas fumer dans ma chambre. Si tu veux fumer on peut aller au salon.

– Non, ça va.

– Je ne sais pas si je peux te faire confiance.

Elle était vraiment barrée. Elle disait tout le temps des trucs compliqués qui n'avaient rien à voir avec rien, ou alors c'est moi qui ne comprenais pas. Elle me regardait comme si elle cherchait à voir quelque chose qu'on ne pouvait pas voir.

– Dis-moi un secret.

– Quoi ?

– Dis-moi un secret. Quelque chose que tu voudrais que personne ne sache jamais.

J'ai haussé les épaules. Je n'avais aucun secret. En même temps c'était bien de pouvoir parler de quelque chose.

– Je lis tout le temps des BD.

– Comment ?

– Je lis toujours *Tintin*.

– Quoi ?

Elle avait ouvert la bouche en grand, comme chaque fois qu'elle n'arrive pas à croire ce que je dis tellement c'est idiot.

– *Tif et Tondu. Le Fantôme du Bengale. Batman*. Des BD, quoi. Les trucs que je lisais à l'école.

– Et c'est un secret ?

– Ben, j'en parle pas.

– Mais c'est pas grave, ça, si ?

– C'est pas grave ?

– Non.

J'ai secoué la tête.

– Si Bruno et les autres le savaient je passerais pour un débile.

– Mais non. Dis-moi quelque chose de vraiment grave.

J'ai cherché ce que je pouvais bien trouver de plus grave à lui raconter. J'avais la tête vide, aucune idée ne venait.

Mais elle me regardait toujours avec l'air de penser que j'allais le dire, alors je l'ai dit :

– J'invente des gens.

– Quoi ?

– J'invente des gens. Sinon je suis trop seul.

Ma voix a bizarrement sauté une marche, j'ai été obligé d'avaler et j'ai dû arrêter de parler.

Elle était là assise à côté de moi les seins tournés vers moi et c'était très compliqué d'être avec elle, je ne savais pas quoi faire avec mes mains, et depuis le début elle disait autre chose à la place de ce que je voulais qu'elle dise. Et là elle ne disait plus rien. De toute façon maintenant j'avais commencé et elle me regardait comme si j'allais continuer, alors j'ai continué.

– Parfois je sais qu'ils n'existent pas vraiment, mais parfois j'oublie, c'est comme s'ils étaient vraiment là.

J'ai encore dû attendre un moment avant de continuer.

– Mais en fait, non, ce ne sont pas des gens qui existent. Je les invente pour être moins seul. J'ai commencé quand j'étais gosse, je m'étais inventé des parents. D'autres parents. Je les appelais mes parents d'à côté.

Parler devenait très compliqué. Je ne savais pas que ça pouvait être si dur, comme si les mots ne pouvaient pas sortir, comme s'ils étaient trop lourds.

– J'étais vraiment un môme à ce moment-là, on peut comprendre. Mais je le fais toujours. Je veux dire…

Mes autres parents… Mes parents d'à côté ont disparu, parce que j'ai grandi. Il y a eu quelqu'un… Quelque chose d'autre.

Je me suis arrêté. Je ne pouvais pas en dire plus. Je ne pouvais quand même pas tout dire. J'ai regardé dans le tapis parce que c'était plus simple.

J'ai encore pensé à la fille dans le catalogue de La Redoute. Je me suis dit que si Aurore enlevait sa robe et si je pouvais la voir en slip et en soutien-gorge, ce serait un truc que personne ne croirait.

Au bout d'un moment elle a demandé :

– Et moi, alors ? Je suis vraiment là ?

J'ai tourné la tête vers elle. Elle était vraiment là.

À ce moment-là elle a avancé un peu la tête vers moi, elle a approché sa bouche et je crois qu'elle attendait quand même que je le fasse moi, alors j'ai penché la tête sur le côté et c'est étonnant comme on pouvait s'enfoncer profond dans ses lèvres, comme dans des oreillers et sa bouche pouvait s'ouvrir si grand que j'avais l'impression que ça n'allait pas s'arrêter et que j'allais entrer tout entier à l'intérieur. Mais après ça s'est calmé et je l'ai très bien embrassée, exactement comme un héros de télé. Elle respirait fort, comme quelqu'un qui va mourir et ça aussi j'aime bien.

J'ai ouvert les yeux et j'ai vu qu'elle avait toujours les yeux fermés, j'ai posé les mains sur sa taille de chaque côté comme quand je l'avais invitée à danser et c'est vraiment ça qu'il faut faire. Elle a mis ses mains sur mes épaules et puis derrière, je l'ai tirée un peu contre moi et c'est ça qu'elle attendait, j'ai senti qu'elle venait vers moi et ses seins serrés dans sa robe qui s'écrasaient contre moi et ça c'est quand même un peu dingue.

On s'est embrassés pendant une heure, à la fin on était quand même très serrés. J'avais envie qu'elle enlève sa robe. Comme dans les romans-photos pour adultes. Elle a passé une main sous mon T-shirt.

– C'est fou comme tu as la peau douce. Tu as déjà dû sortir avec des tas de filles.

– Quelques-unes.

C'était bien répondu.

– Tu veux que j'enlève ma robe ?

Une femme toute nue, en vrai, quand tu n'en as jamais vu, c'est assez incroyable. Une femme comme Aurore, qui a déjà l'air d'être à poil quand elle est habillée, c'est impossible à raconter. J'étais près d'elle, j'étais contre elle, mes mains sur elle. J'avais une érection jusqu'au sternum quand elle a descendu la fermeture Éclair de mon jean.

Le premier jet passe entre elle et moi comme si c'était la voie lactée en personne, la survolant longuement avant de percuter le mur. Le deuxième caresse son épaule nue et va se perdre dans les coussins. Je les regarde passer sur elle sans comprendre, des gerbes de lumière qui traversent la chambre en silence et s'écrasent comme des anges en perdition. On dirait que ça ne va jamais finir. Aucun de nous ne bouge plus.

Je devrais être mort, mais ce n'est pas le cas.

Au bout d'un moment elle a bougé.

Elle a fini d'enlever sa robe et elle s'est essuyée avec. Il y en avait partout. Je voulais dire quelque chose, mais je ne savais pas quoi dire. Elle m'a souri. Puis elle a pris ma tête avec sa main comme on fait avec les enfants.

– Je vais prendre la pilule.

Elle me disait ça comme si je comprenais ce que ça voulait dire.

Elle m'a encore embrassé, puis elle s'est levée et je l'ai regardée marcher toute nue dans le tapis, comme un mirage.

– Tu pourrais mettre un porte-jarretelles ?

– Quoi ?

Elle s'est retournée, elle avait toujours son foulard dans les cheveux et vraiment rien d'autre. Je jure que c'est la vérité.

– Ces trucs compliqués qu'elles mettaient pendant la guerre ? T'es cinglé. D'abord on n'en trouve plus. Plus personne ne met ça. T'es vraiment dingue.

Elle me regardait comme si j'étais vraiment dingue, mais je ne voyais pas quoi dire d'autre. J'étais embêté. Au bout d'un moment elle a soupiré.

– Je regarderai chez ma grand-mère. Mais t'es quand même pas normal.

Après je suis rentré à la maison parce qu'il n'y avait pas moyen de faire autrement. J'habitais chez mes parents, elle aussi. On habitait tous chez nos parents, on était encore de ce côté du mur.

J'ai fait un détour par la place Saint-Roch. Là je suis entré dans l'église et j'ai allumé un cierge à trente centimes.

– À mon avis (j'ai tenu à le préciser), Vous n'y êtes pour rien. Et Vous n'existez pas, c'est une évidence. En même temps, c'est vrai que je suis bon au foot maintenant et que je sors avec la plus belle fille du monde et que je l'ai vue à poil.

Il y avait tous ces vitraux autour de moi, toutes ces

scènes de grande souffrance traversées par la lumière du soir.

– Elle est quand même super jolie (ça aussi j'ai tenu à le préciser). Disons que j'éprouvais le besoin de faire quelque chose, d'exprimer ma gratitude. Et je ne connais pas d'autre rite, pour ainsi dire. Bon, et puis trente centimes...

À ce moment-là le paquet de blondes était à quatre francs quatre-vingts. J'ai quand même fait le signe de croix avant de partir. L'habitude.

Je n'ai pas pris le bus pour rentrer, je suis remonté à pied. Mon père m'attendait debout à la porte du salon. Je ne lui ai pas laissé le temps de m'engueuler.

– Si on sortait, tous les trois ? On ne sort jamais.

Ma mère est sortie de la cuisine, elle a essuyé ses mains sur son tablier.

– Sortir ?

– On pourrait aller au restaurant. Au cinéma. Ils passent *Mon nom est personne* au Royal.

Elle s'est tournée vers mon père. C'était la première fois que je proposais quelque chose dans cette maison. C'est sûr, ils n'avaient pas l'habitude.

Mon père a froncé les sourcils.

– Et quand est-ce que tu...

– Demain. Demain matin je me lève et je m'y mets.

Je n'avais plus l'impression qu'on allait tous mourir. Bien sûr qu'on allait tous mourir, mais c'est comme si ça n'avait plus d'importance.

Il a retiré de sa bouche la cigarette qu'il n'avait pas encore allumée. Il l'a regardée comme s'il ne savait pas quoi en faire.

– On peut aller à la Cafétéria Casino, si vous voulez.

Ma mère m'a souri, elle a enlevé son tablier.

– Oui. C'est la fête !

Je suis passé par la chambre, j'avais envie de voir mes affaires. Ou peut-être qu'il y avait une autre raison. Il n'y avait pas grand-chose à voir, à vrai dire. La couverture kabyle était tirée au cordeau, comme au premier jour. Le chat dormait au milieu des coussins. La guitare dont je ne savais toujours pas jouer était posée contre le mur. Un album de Valérian traînait sur le tapis. Je suis resté là un moment à regarder, mais je connaissais tout ça par cœur.

Quand je suis revenu dans l'entrée, ils étaient prêts, ils m'attendaient. Ma mère a juste demandé :

– Tu ne prends pas ta casquette ?

– Non. Je n'en ai plus besoin.

# Notes sur les titres des chapitres

*L'éléphant s'évapore* est le titre français d'un recueil de nouvelles de Haruki Murakami. *Pilote de guerre* est un roman d'Antoine de Saint-Exupéry. *L'Art de la fugue* est un recueil de pièces de musique contrapunctique, composées par Jean-Sébastien Bach. *Des Chiffres et des Lettres* est un jeu télévisé créé par Armand Jammot dans les années soixante et diffusé sur la deuxième chaîne de télévision française. *I'm Not in Love* est une chanson de Ten CC.

DU MÊME AUTEUR

*La Folie du roi*
Fleuve noir, 1982

*Le Zen de nos grand-mères*
Seuil, 2008

*La Publicité*
PUF, « Que sais-je », 2013

*L'espion qui venait du livre*
Rivages/Noir, 2014

*Un trou dans la toile*
Rivages/Noir, 2016
Grand Prix de Littérature policière

*Les Dix Meilleurs Films de tous les temps*
Marest, 2017

*Le Polar de l'été*
La Manufacture de livres, 2017

*Un petit chef-d'œuvre de littérature*
Marest, 2018

*Le Dernier Thriller norvégien*
La Manufacture de livres, 2019

ILS ONT COLLABORÉ À CE LIVRE :

PIERRE FOURNIAUD
DIRECTION ÉDITORIALE ET COORDINATION

HERVÉ DELOUCHE
CORRECTION

CORINNE BERNARD
RELECTURE

RÉMY TRICOT
COUVERTURE

BRUNO RINGEVAL
COMPOSITION

DONATA JANSONAITE J
IMPRESSION

MARIE-ANNE LACOMA
SUIVI COMMERCIAL ET PROMOTIONNEL

AGENCE TRAMES
PRESSE ET CESSION DE DROITS

LES ÉQUIPES DU CDE ET DE LA SODIS
DIFFUSION ET DISTRIBUTION

LES LIBRAIRES
COMMERCIALISATION ET PROMOTION

DÉPÔT LÉGAL : AOÛT 2021
IMPRIMÉ EN UE